지옥이 따로 있나,
이곳이 미궁인걸

지옥이 따로 있나, 이곳이 미궁인걸

의문의 사건, 몸부림치는 어느 가족의 비극

초 판 1쇄 2024년 10월 21일

지은이 신상은
펴낸이 류종렬

펴낸곳 미다스북스
본부장 임종익
편집장 이다경, 김가영
디자인 윤가희, 임인영
책임진행 이예나, 김요섭, 안채원, 김은진, 장민주

등록 2001년 3월 21일 제2001-000040호
주소 서울시 마포구 양화로 133 서교타워 711호
전화 02) 322-7802~3
팩스 02) 6007-1845
블로그 http://blog.naver.com/midasbooks
전자주소 midasbooks@hanmail.net
페이스북 https://www.facebook.com/midasbooks425
인스타그램 https://www.instagram.com/midasbooks

ⓒ 신상은, 미다스북스 2024, *Printed in Korea.*

ISBN 979-11-6910-865-2 03810

값 18,000원

미다스북스는 다음세대에게 필요한 지혜와 교양을 생각합니다.

의문의 사건, 몸부림치는 어느 가족의 비극

지옥이 따로 있나, 이곳이 미궁인걸

신 상 은

미다스북스

일러두기

이 책에 나오는 모든 이야기는 실화이나, 인물은 가명을 사용하였습니다.

머리말

독자 여러분 안녕하세요? 저는 대한민국에 거주하고 있는 소시민입니다. 좀 더 자세히 말하면 그저 평범한 프리랜서로 근무하던 직장인이었습니다. 제가 겪은 일을 바탕으로 다시는 일어나지 말아야 하고 일어나서도 안 될 '일가족의 처참한 몰락'에 대해 공유하고자 용기를 내서 글을 작성하게 되었습니다.

행복했던 가정에 어느 날 갑자기 들이닥친 비극, 어쩌면 받지 말았어야 할 전화 한 통이 이렇게나 큰 고통을 불러올 것이라고는 꿈에서조차 상상하지 못했습니다.

그는 양심을 품고 법망을 교묘하게 피해 한 사람을 사회적으로 완전하게 매장하며 한 가족을 몰락시켰습니다. 거기에 한술 더 떠서 한 가정을 파탄 내기까지 했습니다. 가정을 파탄 낼 수도 있는 이 무서운 이름 모를 신종 범죄에 대해 독자 여러분과 함께 공유하고 싶은 마음에 이 글을 쓰기 시작했습니다.

피해자만 있고 가해자는 없는 미궁 사건, 아무도 믿지 않는 그 일입니다. 마치 숨어서 자라나는 암세포와 같다고 하겠습니다. 이 사건에는 오롯이 뒤에 숨어서 우리 가족의 일상과 생계를 위협하는 '그'가 있습니다. 그에 대해 제가 아는 모든 것을 풀어나갈까 합니다.

2년여 기간 동안 진행이 되어 왔고 '그'는 점점 더 악랄한 방법으로 우리 가족의 생업을 막고 있습니다. 그 수법은 날이 가면 갈수록 비열해지고 있습니다. 가장 중요한 건 이 글을 쓰는 현재에도 사건은 진행 중이라는 것입니다. 범인은 마치 우리 가족을 비웃기라도 하듯이 괴롭힘의 수위를 점점 높여가고 있습니다. 범법자는 죄를 저지르고도 법망을 교묘히 피해 다니면서 타인에게 누명을 씌웁니다. 그런 까닭에 그 꼬리표가 쉬이 드러나지 않습니다. 하지만 그 자신도 언젠가는 자신의 죄가 온 천하에 드러나리라는 것을 알기에 마음은 편치 않을 것으로 생각합니다.

범인은 우리 가족과 과거에 친밀한 관계였던 듯 보입니다. 어쩌면 우리 가족보다도 가족의 비밀과 과거에 대해 잘 알고 있는 그이기도 합니다. 모르는 사람보다 믿는 사람이 더 무섭다는 요즘 세상의 이 현실이 참으로 안타깝다고 생각합니다. 믿는 도끼에 찍힌 발등이 더 아프고 상처도 오래간다는 점을 노린 '계획형 범죄'가 아닐까 싶기도 합니다.

지옥이 따로 있나, 이곳이 미궁인걸

가슴 아픈 현실이지만, 유사한 일을 겪으신다면 초기에 가까운 경찰서에 방문하셔서 법적 구제를 받으시길 바랍니다. 이 글을 읽으시는 여러분의 가정은 어떠하신지요? 이런 일로 고통을 받으신다면 하루라도 빨리 평범한 일상을 되찾으시길 바랍니다.

어디까지나 독자 여러분의 선택입니다. 하지만 신고 과정에서 감히 제가 한 말씀 더 드리고자 합니다. 비록 바쁘시고 귀찮으실지라도 '본인'이 직접 방문하시어 피해 사실에 대해 진정 또는 고소를 진행하시길 바랍니다. 대신 사건을 해결해 주겠다는 가까운 지인이 있으면 완강하게 거부하시길 바랍니다. 누군가 독자 여러분의 인생을 도와줄 수는 있어도 대신 살아주지는 못한다는 사실을 꼭 명심하시기를 바랍니다. 제가 독자 여러분께 왜 이런 부탁을 할까요?

이제부터 제가 1년여간 직접 겪은 피해에 대해 천천히 말씀드리겠습니다. 직접 두 눈으로 본 저도 믿기 어려운 그 사건에 대해 최대한 많은 정보를 공유하고자 합니다. 겪은 사람은 있어도 믿어주는 사람은 없는 슬프고도 암담하고 처참한 그런 일입니다. 그 이야기에 대해 지금부터 시작해 보겠습니다. 끝으로 제 이야기를 통해 서로 믿고 의지하고 살 수 있는 사회가 되길 바랍니다. 더불어 모두가 마음 편히 살 수 있는 세상이 되길 기원할 뿐입니다. 저는 소시민에 지나지 않습니다. 그런 일일지라도, 경청해 주시고 실마리를 찾고자 함께 노력하시는 사명감 있는 분을 찾고 싶습니다. 지금부터, 믿기지 않는 이야기 시작해 보겠습니다.

목차

2장

일상이 무너진다

3장

미궁에 빠진 사건, 진짜는 어디에

1장

가면을 쓰고 나타난 그

1.

평범하지만 편안한 일상,
시작되는 집착

    착하기만 한 우리 가족에게 일어난 일을 말씀드려 보겠습니다. 저희 집은 어느 집보다도 화목하고, 행복하게 지내고 있었습니다. 재택근무로 '마케팅 관련 일'을 하는지라 시간은 항상 넉넉했습니다. 한 주에 한 번 어머니와 함께 병원에 내원해서 수액을 맞을 정도로 여유로운 일상을 보내고 있었습니다. 적어도 주에 두어 번 정도는 어머니와 함께 외출하여 바깥세상 구경도 하고, 장터나 마트에도 가곤 하였습니다. 비록 생활이 평범했지만, 마음만은 편안했었습니다.

    가정의 생계를 책임지시느라 사업을 하셔서 항상 바쁘셨던 아버지와는 달리, 어머니는 가사를 전담하고 계셨습니다. 그렇기에 어머니와 보내는 시간이 길었습니다. 저는 저대로 일을 하고 있었고 어머니는 어머니대로 가사에 전념하고 계셨습니다. 어느 가정이나 마찬가지겠지만, 저희 집 또한 그렇게 보통의 삶을 살고 있었습니다. 저에겐 오빠가 한 명 있지만, 카카오톡을 통해 메신저로만 연락을 주고받을 뿐 자주 왕래하진 않았습니다.

오빠는 약 15년 넘게 영업직에 종사했습니다. 내성적인 저와는 다르게 밝고 긍정적인 성격을 가져 아는 사람도 많았습니다. 그렇기에 남녀노소 가리지 않고 싫어하는 사람 하나 없는 사람입니다. 오히려 법이 오빠를 지켜줘야 할 정도로 너무 착하게만 사는 사람입니다. 남에게 신세 지고 피해 주는 것을 제일 싫어하는 사람이라고 할 수 있겠네요. 본인이 손해를 볼지라도 남에게 양보하고 좋은 게 좋은 거라 하고 웬만하면 남에게 맞춰주자, 하는 마음으로 사는 너그러운 사람입니다. 타인에게 싫은 소리나 내색 한 번 못 하는 그런 사람!

독자 여러분도 대충은 짐작하셨을 거로 생각하겠습니다.

오빠는 1년 넘게 NGO(후원 단체)에서 영업직으로 업무를 보고 있었습니다. 그러던 중 아버지의 사업을 돕고자 2022년 8월경 퇴사를 하였던 것으로 알고 있습니다. 같이 업무를 보던 대표에게도 아버지의 사업을 돕기 위해 회사를 그만둔다고 하여 퇴사 이유를 분명히 밝혔습니다. 또한 퇴사할 때 자기가 맡은 일도 마무리를 잘한 것으로 알고 있습니다.

오빠는 아버지의 사업을 돕느라 가족들과 왕래하는 기회도 늘어났습니다. 그 때문에 행복한 한때를 보내고 있었습니다. 우연의 일치일까요? 퇴사한 지 한 달도 채 되지 않아서 전 대표란 사람에게 연락이 왔습니다.

지옥이 따로 있나, 이곳이 미궁인걸

그가 전산 사진을 오빠에게 보여주며, 70만 원을 내놓으라고 했답니다. 함께한 옛정도 있고 깊게 추궁하고 싶지 않았답니다. 그래서 시시비비 가리고 싶지 않아 싫은 내색 없이 그가 요구하는 액수만큼 이체해 줬답니다. 그의 돈 요구는 한 달만이 아니었습니다. 장장 3개월에 걸쳐, 월초마다 요구했고, 그동안 그가 원하는 대로 해줬답니다. 그렇게 빼앗기다시피 이체해 준 돈만 자그마치 210만 원입니다. 그의 돈 요구는 이게 끝이 아니었습니다.

퇴사 후 4개월 차 되는 달까지 그의 돈 요구는 계속되었습니다. 금액은 87만 원입니다. 오빠는 이건 아니라고 판단하였답니다. 하시는 일 번창하시라고 하고, 연락하는 일 없었으면 좋겠다고 오빠의 의사를 통보했습니다. 그 관계는 이렇게 일단락되는 듯했지요. 하지만 이것이 사건의 발단이 될지는 꿈에도 몰랐습니다.

오빠가 연락처를 바꾸고 잠적하자 주거래 은행을 통해 1원씩 보내기 시작했습니다. 내용은, '돈 내놔라, 돈 안 내놓으면 끝까지 받아낸다.' 등등의 협박성 메시지로 스토킹을 이어갔습니다. 같이 일할 땐 이렇게 돈에 대한 집착이 강하고 집요한 사람이었는지는 몰랐다고 하더라고요. 얼마나 집요한지, 당시에 오빠가 교제하던 여자친구의 사업장도 방문했다고 합니다. 그의 스토킹 행위는 이것뿐만이 아닙니다. 오빠가 알고 지내던 동생에게도 문자를 해서는 '연락처 당장 내놓아라.'라고 협박하는 등의 집요함의 끝판왕을 보여줬다고 합니다.

2.

계속되는 폭언과 협박,
속수무책 빼앗기는 돈

    추석을 쇠러 본가에 방문한 오빠가 차를 다른 곳에다가 세워두겠다고 했습니다. 너무 집요하게 끝까지 돈을 받아내겠다고 집착하는 전 대표가 찾아올까 무서웠다고 합니다. 이를 들은 어머니는 오빠더러 법적으로 대응하라고 조언을 해 주셨습니다. 오빠는 추석 쇠고, 어머니의 말씀대로 하겠다고 했지요. 그렇게 이 사건은 막이 내리는 듯했습니다. 하지만 반전이 있었습니다. 어쩌면 이 일은 서막에 불과했습니다.

    오빠는 블로그를 통해 아버지의 사업을 홍보하고 있었습니다. 아버지의 사업 홍보차, 본인 홍보도 할 겸, 오래 운영해 온 블로그가 있었지요. 크기도 꽤 컸습니다. 전국적으로 사업을 홍보하고자 아버지의 명함을 게시하였습니다. 명함을 제작할 때, 편리성을 위해 아버지의 계좌 번호를 함께 기재했지요. 공교롭게도 블로그에 올렸다던 그 명함엔 아버지의 연락처와 계좌 번호가 버젓이 기재되어 있었습니다. 당시에 아버지께선 꽤 바쁘셨고 사업을 하시는 탓에 모르는 번호를 받는 일이 귀찮았습니다. 하지만 누구나 먹고살기 위해 일을 하는 겁니다. 따라서 아버지도 생계를 위해서 전화를 받아야만 했지요. 어느 날은 오빠와 함께 일하던 사람이라 하면서 아버지께 돈을 요구하는 전화가 걸려 왔다고 합니다. 대화의 내용을 제가 간략하게 요약하자면 이렇습니다.

"저는 아드님과 같이 일하던 동료 박본관이라 하는데 아드님이 빚을 지고 갚지 않아서 연락을 드린 것입니다. 아들은 연락도 되지 않고 잠적을 해 아버님께 연락을 드렸는데, 아들이 진 빚은 아버지가 갚아야 하지 않나요?"

"저는 자초지종을 전혀 모릅니다. 아들에게 직접 연락하시지요."

이쯤이면 의문점이 하나 생깁니다. 본가에 거주하지 않는 오빠가 진 빚, 아버지는 그 돈에 대한 아무런 인과 관계도 모르십니다. 이게 어떻게 된 건지 자초지종도 모른 채 뜬금없이 박본관의 연락을 받은 겁니다. 이 것은 곧 마른하늘에 날벼락을 맞은 것이지요. 사실이 맞는다고 한들, 과연 성인이 아들이 진 빚을 아버지가 대신 갚아야 할 의무가 있을까요?

판단은 독자 여러분께서 직접 하시는 거고, 생각하는 기준도 다 다르실 겁니다. 돈을 빌린 사실도 없을뿐더러, 상호 간의 차용증도 없습니다.

그리고 돈을 빌렸다는 아무런 증거가 없습니다. 그런데 무엇을 근거로 저런 전화를 했는지 저는 이해할 수가 없습니다. 또한 지금, 이 시점에서는 삭제되고 없지만 박본관이란 사람 자기 번호로

"돈 내놓으세요. 안 주면 당장 찾아가겠습니다."

등등의 문자 메시지도 계속 왔다고 합니다. 아버지는 너무 방해되고 귀찮으신 나머지, 해당 번호로 문자 또는 전화가 안 오게 차단을 해두셨다고 합니다. 이쯤 되면 이 사람이 상당히 집요한 사람이란 걸 알 수 있죠. 돈에 대한 집착도 병적으로 강하며, 스토커 기질까지 있는 사람으로 보입니다. 오빠의 전 대표인 박본관의 스토킹 행위는 여기서 끝난 게 아니라, 이는 시작에 불과했습니다. 오빠가 그의 연락을 차단하자 그의 스토킹 행위는 아버지께까지 확장이 되었습니다. 아버지의 주거래 은행으로 1원씩 보내기 시작했습니다. 오빠에게 하던 것과 같은 내용으로 '돈 내놔라, 당장 찾아가겠다.' '너희 집 망하게 해주겠다.' 등등의 협박을 이어갔습니다. 가면 갈수록 협박의 수위는 점점 높아만 지고 강도도 세졌습니다. 급기야 '불 싸질러 버린다, 죽여버리겠다.' 등등 은행을 통한 1원 스토킹만 600여 건이 훌쩍 넘어갔습니다. 그뿐만 아니라 없는 번호로 전화해서는 숨소리만 내고 끊기 일쑤였습니다. 또 어느 날부터는 '주거래 은행 잔액 100만 원 이상 유지 바랍니다.' 등등의 은행으로 속이는 문자도 없는 번호로 오기 시작했습니다. 엎친 데 덮친 격으로 이쯤 되니 휴대 전화가 괴물로 보일 정도였지요. 마침내 문자나 전화 소리만 들리

지옥이 따로 있나, 이곳이 미궁인걸

면 심장이 쿵쾅거리고 두근거리고 요동을 쳤습니다. 2023년에 살고 있지만 제 가족만 1970년대에 머문 것만 같았습니다. 아버지께 없는 번호로 문자가 오고 전화가 걸려 왔습니다. 해결책은 보이지 않았고 한 치 앞을 알 수 없는 캄캄한 암흑 속에서 살고 있는 것만 같았습니다.

일상이 설레고 행복해야 하는데 왜 착하디착하게 산 우리 가족에게 이런 비극이 닥친 건지 이해할 수가 없었습니다. 신은 있는 건지 의문이 들었으며 급기야 스스로 생을 마감하는 사람의 심정을 이해할 수 있었습니다. 그들이 왜 그런 선택을 한 건지, 그 과정엔 얼마나 힘들었을지, 정말 공감이 갔습니다. 한편으론 그 심정을 이해할 수 있을 것 같았습니다.

가족들은 하루하루가 지옥 속에서 사는 듯 힘겨운 나날들을 보내야만 했습니다. '내일은 괜찮겠지, 이제 끝나겠지, 알아서 멈추겠지.' 이러한 생각들은 저 혼자만의 망상이고 착각이었습니다. 급기야 전 대표인 박본관이 가족을 대놓고 조롱했습니다. 눈 뜨고 코 베이는 격으로, 우리 가족은, 아무것도 모르는 바보 취급하는 듯한 느낌까지도 받았습니다. 이젠 자신의 정체를 드러내다시피 하였습니다. 그러고는 법망을 교묘하게 빠져나가며, 더욱 심하게 조롱하고 괴롭혔습니다.

마침 오빠가 저에게만 털어놓은 사실이 있습니다. 아버지께 1원씩 스토킹함과 동시에 오빠의 휴대 전화를 원격 제어했답니다. 그러곤 '토스뱅크 통장'을 개설해서는 '잘 쓸게 호구야 넌 호구니까 나 못 잡아.'라는 메시지를 남겨뒀답니다. 그렇게 하고는, 계좌에 있는 모든 돈을 전액 찾아 갔다고 합니다. 한 번은 국민카드에서 200만 원 대출, 또 한번은 소액 결제 300만 원 정도 해갔답니다. 오빠의 급여일은 어떻게 알았을까요? 오빠의 급여가 들어옴과 동시에 그 돈을 전액 찾았다고 합니다. 오빠의 돈을 빼간 범인, 아버지의 주거래 통장으로 1원 스토킹을 하는 스토커, 모두 같은 시기에 일어난 일입니다. 너무 공교롭게도 이 둘이 요구하는 바와 모든 말투며 정황이 똑같습니다. 박본관으로 추정되는 범인이 남긴 어록 중에 다음과 같은 말이 있습니다.

'목숨은 잃어도 돈 잃고는 안 산다.' 이 표현입니다. 우리가 일상생활을 하고 의식주를 해결하기 위해서 돈은 반드시 중요합니다. 하지만, '목숨보다도 중요한 돈, 생명보다도 귀중한 돈'이란 게 저는 모순적인 표현이라고 생각합니다. 목숨을 잃었는데, 돈이 무슨 필요가 있을지요. 모든 말에는 정답은 없듯 이 말에 관한 판단 역시 독자 여러분의 몫입니다.

지옥이 따로 있나, 이곳이 미궁인걸

3.

밤낮을 가리지 않는
전화 테러

이런 일이 일어남과 동시에 또 하나의 사건이 발생하게 됩니다. 그게 무슨 사건인가 하면 바로 전화 테러입니다. 전 대표는 오빠가 알던 사람인데, 아버지께도 똑같은 테러가 시작되었습니다. 맨 처음에 전화를 받은 아버지는 깜짝 놀라셨지만 잘못 걸려 온 전화인 줄 알고 끊었답니다. 하지만 불길한 생각은 비껴가질 않나 봅니다. 그게 확장이 되어 전화 테러가 빗발치는 상황에 이른 겁니다.

"심규철 씨 휴대 전화 아닌가요? 여기는 폐차장인데 규철 씨가 상담을 남겨줘서요."

여기에서 말하는 규철 씨는 오빠의 이름입니다. 처음엔 그저 누군가가 장난을 짓궂게 치는가 보다 하고 좋게 넘어갔습니다. 더 나아가 대출, 상조, 이삿짐센터, 용달차 장의사 등등에 이르기까지 합니다. 이젠 한국에서 인터넷 광고를 하는 곳에서는 다 한 번쯤은 연락이 오게 되는 상황이 됩니다. 이쯤 되면 대한민국 광고 업체에서 오빠의 이름마저 다 알겠지요. 사업을 하시는 아버지께는 엄연히 업무 방해입니다. 당시에 한창 추울 때인데 언 손으로 전화 받으시고 일하시라 몸이 열 개여도 분주한 생활을 하고 계셨습니다. 이 상황에 오빠를 찾는 전화가 아버지의 사업을 제대로 방해하기 시작합니다. 예상하셨겠지만 아버지는 이미 일 하나만으로도 벅찬 어르신입니다. 본인의 일만으로도 힘드실 것이란 거, 잘 아실 겁니다. 더욱이 머리와 몸을 동시에 쓰는 일을 하고 계십니다. 범인도 이를 아는 것일지요?

  하루가 다르게 테러의 정도는 가면 갈수록 심해집니다. 급기야 낮과 밤을 가리지 않고 오빠를 찾는 전화들은 빗발쳤습니다. 이제 더 나아가 자정에까지 테러 전화가 오는 등 상황은 점점 최악으로 치달았습니다. 오빠는 박본관과 통장에서 돈을 출금해 간 범인에 대해 경찰서에 진정서를 제출하게 됩니다. 범인을 진정한 지 얼마 안 가 경찰서로부터 이런 통보를 받습니다. "수사관인데, 명의 도용은 노숙자가 한 것 같아요. 그래서 이 사람 소환해서 조사했고, 자신도 돈을 받고 통장을 판 죄밖엔 없다고 하던데요. 통장 대여도 죄목으로 들어가기에 이 부분에 대해서만 좀 더 수사해서 검찰로 기소하도록 할게요. 통장이 너무 많아 어떤 게 범죄에 악용된 통장인지 확인할 수가 없어 이 수사는 종결처리 하겠습니다."

지옥이 따로 있나, 이곳이 미궁인걸

한편 이 노숙인은, 벌금형으로 약식기소로 처벌이 이루어진 걸로 알고 있습니다. 그러면 그도 범인이 아니라면 누가 이렇게 하는 것일까요? 사실은 저도 잘은 모르겠습니다. 하지만 단 한 가지, 확실한 건 누군가가 타인의 통장을 악용한 것이지요. 그 결과 우리 가족이 처참하게 몰락한 현실은 변하지 않는 사실이었습니다. 결정적으로 우리가 찾고 싶었던 명의 도용을 한 사람은 검거에 실패하게 됩니다. 오빠 통장에 1원씩 욕설 및 협박으로 문자를 보낸 박본관에 대해 공정하고 자세히 수사해 달라고 요청했습니다. 통장을 개설한 이도 못 찾았겠다, 그의 혐의라도 입증해야 할 절박한 상황이었습니다. 오빠에게 전해 듣길, 박본관은 걸음을 걸어도 만보기 앱을 사용한답니다. 돈을 벌어서 한 푼도 안 쓰고 집을 샀다고 자랑삼아 입버릇처럼 말했답니다. 항상 저축, 절약해야 한다는 둥, 직장 상사가 직원에게 할 말은 아닐 말들을 여러 차례 반복적으로 해 왔답니다.

자신의 절약 정신을 직원에게까지 강요할 필요가 있을까요? 이것만 봐도 돈에 과도하게 관심이 많단 것은 알 수 있습니다. 자린고비 정신을 보였을 정도로 돈을 쓰는 일에 있어서는 누구보다도 인색했다네요. 함께 일을 할 때도 수당을 환수해 가는 경우도 다반사로 매우 많았답니다. 오빠는 급여를 받기 전, 자신이 얼마를 받아야 하는지 매달 계산하곤 했습니다. 오빠는 매우 꼼꼼한 성격을 가진 사람입니다. 하지만 계산과는 맞지 않게 급여조차도 '약 10만 원에서 20만 원' 정도는 모자라게 주곤 했답니다. 둘은 동갑이고 통하는 부분도 많다 보니 친구 겸 직장 상사로 정 때문에 오랜 기간 같이 일을 한 것입니다. 그래서 비는 돈에 대해선 따로 추궁하지 않았습니다. 가정도 있으니 여윳돈 좀 챙기거나 담뱃값으로 썼겠거니 이해하고 너그러운 마음으로 받아들였다고 합니다. 어느 날, 박 본관이 온라인 신용 대출에 대해 오빠에게 상세하게 물어봤답니다. 이쪽에 대해 잘 아는 오빠는 그에게 상세하게 가르쳐 줬답니다. 그러면서도 자린고비 정신이 투철한 박본관이 대출을 받는다길래 다소 의아하기도 했다지요. 그렇지만 사람이 살다 보면 비상금이 필요할 수도 있는 거지 하고 좋게 생각하여 찜찜함을 지워버렸답니다. 박본관은 또 하나의 특징이 있습니다. 바로 컴퓨터나 기계 다루는 것에 대해 남들보다 서툴다는 점인데요. 그는 이 부분 때문에 오빠에게 많은 의지를 했다네요.

오빠도 그가 컴퓨터나 기계들 다루는 법에 관해 물어보면 하나하나 친절하게 설명해 줬답니다. 그의 특징 두 번째는 뭐 하나 일을 계획하면 될 때까지 하는 남다른 집요함이 있다고 합니다. 예를 들어서, 서류 작성을 안 해주겠다는 고객에겐 포기하지 않고 설득해서 받아냈다고 합니다. 자기를 만나주지 않는 사람에겐 어떻게든 스토킹해서 만나려는 집요함이 있었답니다. 그래서는 오빠에게 다시 고객의 사업장에 찾아가서는 끝까지 설득하라고 지시했답니다. 울며 겨자 먹기로 시키는데 해야 할 수밖에요. 그렇게 그는 집요의 끝판왕을 보여줬다고 하네요. 오빠에게 전해

지옥이 따로 있나, 이곳이 미궁인걸

들은 그의 성격은 단순하답니다. 비행기 태워주는 칭찬을 좋아하며 근검절약이 몸에 밴 사람이랍니다. 앞서 이야기했듯 돈에 대한 집착이 유독심했답니다. 그를 만난 적이 없고 듣는 사람 처지에서도 그의 절약 정신은 너무 과도해 보일 정도였으니까요. 더욱 특별한 건 밥 한 끼를 사더라도 그는 현금으로 결제하지 않았습니다. 그가 앱을 통해 모은 적립금으로 산다고 할 정도로 돈에 대해 인색한 사람이기도 합니다. 이 사람이 아버지의 사업에 어떤 영향을 주는지와, 우리 가족들에게 어떤 영향을 끼치게 되는지 궁금하실 겁니다. 이제 그에 대해 서서히 알아보도록 하겠습니다.

이때까지만 해도 아버지는 며칠 더 이러다가 그만둘 거라고 하는 마음으로 참으셨답니다. '아들 동료라고 하는데 내가 참지.'라는 마음으로 전화를 무음으로 해 놓고 사용하셨습니다. 비록 생업 때문에 전화를 이용하는 게 맞습니다. 반복되는 집착에 힘드셨지만 최대한 버텨보려고 노력을 정말 많이 하셨습니다.

4.

아버지의
늘어나는 대출금과
그의 협박 연관성

아버지께 주거래 은행을 통한 그의 협박은 계속 이어졌습니다. 은행을 통해 받은 협박만 3천여 개에 이릅니다. 내용은 가면 갈수록 악랄해지고 정말 알면 알수록 가관입니다. 그가 요구하는 돈의 금액도 점점 늘어났습니다. 어느 날은 오빠가 경찰에 고소한 건에 대해, 자기는 변호사를 선임해 조사받겠다고 합니다. 그러고는 변호사 비용까지 400만 원을 요구했습니다. 그는 전직 사채업자였을까요? 이젠 오빠 때문에 자기가 일을 못 한 비용까지 다 내놓으랍니다. 마침내, 오천만 원을 내놓으라는 문자까지 그의 공갈 협박 수위는 높아질 대로 높아진 상태입니다.

1원 협박에 지친 아버지는 생계를 거의 포기하다시피 하시고 휴대 전화를 거의 꺼놓고 생활하셨습니다. 그렇게 시간이 흘러 일주일 정도 지났을까요? 불행 중 너무나도 다행스럽게도 아버지의 전화는 조용해진

지옥이 따로 있나, 이곳이 미궁인걸

듯하였습니다. 우리 가족도 다시금 일상생활에 복귀하였습니다. 그간 시달린 정신적 후유증이 이미 너무 컸습니다. 하지만 아버지는 가족의 생계를 유지하기 위해 휴대 전화를 다시 켜놓고 생활할 수밖에 없습니다. 다시 가족들을 위해 하시던 일을 시작하셨고 그렇게 일상으로 돌아간 듯했습니다. 하지만 문자 테러는 저에게 이어졌습니다. 은행을 통한 1원 스토킹부터 해서, 문자까지 정말 다양한 협박들이 마구 쏟아집니다. 그는 휴대 전화가 50여 대는 되는 것일까요?

모르는 번호로 온갖 폭언과 협박, 욕설이 오기 시작했습니다. 아버지께서 당하신 그것과 마찬가지로 내용은 같았습니다. 전 대표로 추정되는 범인은 제가 동생이란 걸 아는 듯한 눈치입니다. '네 오빠는 호구니까 네가 갚아라! 고려장 치르게 해주겠다.' 이젠 대놓고 계좌까지 보내더라고요. 어떤 계좌를 문자로 보내놓고는 이 계좌로 몇 시까지 입금해라 등등의 협박성 문자가 수도 없이 쏟아졌습니다. 같은 시기에 주거래 통장을 통한 '1원 스토킹'은 지속됐습니다. 즉, 문자 스토킹과 함께 1원 스토킹이 지속이 된 것이지요. 저는 웬만해서는 안 좋은 일은 혼자만 알고 있는 성격입니다. 걱정하시는 게 염려스러워 부모님께 알리는 걸 꺼리는 편입니다. 하지만 너무 선을 넘은 나머지 어머니께 상황에 대해 공유하기로 마음먹었고 실행했습니다. 당시에 오빠가 전 대표를 스토킹 혐의로 고소를 진행한 상태였습니다. 아 물론, 저를 비롯해 부모님도 같은 상황이었고요. 당시에도 부모님은 너무도 힘든 생활을 하셨고 심신은 이미 지칠 대로 지쳤습니다. 급기야 어머니는 오빠에게 전 대표에게 공중전화로라도 연락을 취해볼 것을 요청합니다. 너무도 힘드셨던 나머지 그가 왜 이렇게까지 하는지 이유라도 알고 싶으셨던 겁니다. 제가 기억하는 대화의 내용은 다음과 같습니다. "엄마도 그렇고 동생도 그렇고 전 대표란 사람 때문에 일상생활을 할 수 없을 정도이니 전화해서 우리 가족을 왜 괴롭히는지 알아봐 줘라."

"네 알겠습니다, 그렇게 할게요."

시간이 조금 흐르고 오빠가 전 대표란 사람과 공중전화로 통화를 했다는 소식을 전해 들었습니다. 사건의 당사자인 오빠는 자신에게는 그렇게 하는 걸 그렇다고 치자며 이해하려 했습니다. 하지만 부모님과 하나뿐인 동생까지 괴롭히는 건 이해할 수 없었고, 그 목적이 상당히 미심쩍었답니다. 그래서 박본관 씨에게 전화해서 이와 같은 것에 대해 추궁하자 해당 질문에는 침묵했다고 합니다. 시인도 부인도 아닌 무거운 침묵, 그리고 전화기 너머의 그의 길고 긴 숨소리만 들려올 뿐이었습니다. 이 통화의 끝엔

"나중에 법정에서 보자."

라는 말과 함께 그 통화는 끝난 것으로 알고 있습니다. 이때 아버지가 유독 생계에 목을 맸던 이유가 따로 있습니다. 이렇게 정신없이 테러하고 괴롭히고, 협박에 시달리면 연세도 지긋하신 분이고, 이젠 쉬시는 게 맞습니다. 하지만 가장의 무게이자 책임감이라고나 할까요? 아들

이 진 빚을 갚기 위해 열심히 일을 하셔서 한 푼이라도 벌어야 했던 것입니다. 여기에서 말하는 빚은 아버지가 직접 받은 게 아닙니다. 정체 모를 누군가가 아버지 명의로 도용을 해서 대출을 받은 겁니다. 대출금만 1억8,000만 원 정도에 이른다고 합니다. 한 달 이자만 '300만 원'이었고 대출금이 실행된 일시는 8월에서 11월 사이입니다. 모두 전 대표가 사용한다던 토스뱅크에서 이루어진 것입니다. 원금이 있기에 이자만 다달이 300만 원 가까이 갚아나가야 했지요. 이 일로 몇 번이고 법의 도움을 받아보고자 경찰에 신고하려 했습니다. 하지만 너무 불행하게도 경찰 측에서 아버지께 들려오는 소식은 제 예상과는 달랐습니다. 경찰은 이 사건은 '가족 간의 돈거래일 뿐이니 가족들이 처벌을 받는다.'라는 소식뿐이었습니다. 그렇기에 더 이상 시간 낭비 하기 싫고 신고해 봐야 해결될 일은 아니란 걸 아신 겁니다. 결국 결심하신 게 힘들더라도 직접 벌어서 갚자는 길을 택한 것이지요. 공교롭게도 대출 당시에 아버지 전화에는 대출과 관련된 아무런 연락이 오지 않았답니다. 거래처에서 오는 전화까지도 못 받을 정도로 아버지의 전화는 일명 먹통 상태가 되고 말았습니다. 하지만 1원 스토킹이 시작되면서 이 대출금이 박본관과 깊은 관련이 있음을 어느 정도 눈치채게 됩니다. 아버지가 이 일당이 받은 대출금을 왜 갚아야 하는지 모르겠습니다. 그저 억울한 마음뿐이었지요. 하루하루 육체적, 정신적으로 힘든 생활을 이어가셨습니다. 우리 가족들에겐 어디에도 길은 없었습니다. 제가 당시에 벌던 약 300만 원의 돈, 그리고 아버지가 버신 돈으로 원금과 이자를 동시에 상환해 나가기 시작했습니다. 하지만 예상대로 역부족이었습니다. 마치 계란으로 바위 치기를 하는 격이었지요. 생계 자체가 어려웠던 우리 가족에겐 일억팔천만 원이란 빚의 무게는 너무 무거웠습니다, 마치 무거운 돌멩이 하나를 업고 다니듯 너무 감당하기 어려웠습니다. 여기에서 이상한 점이 있습니다. 제가 일정한 금액을 갚게 되었을 때, 아버지의 계좌에서 돈이 적게는 100만 원, 많게는 300만 원 정도씩, 원래 있어야 할 돈과는 계산이 다르게 되기 시작했습니다. 이 말은 통장에서 돈이 빈다는 소리입니다. 물론 이자를 납부했는데, 통장에서 돈이 비는 건 당연한 이치입니다. 하지만 그게 이자를 납부했던 것을 제외하고 더 많이 돈이 빠져나간다면, 그래서 계산했던 것과 착오가 생긴다면, 그건 누군가 무슨 일을 벌이고 있다는 증거이지요. 그래서 박본관이란 사람이 더 큰일을 벌이는 건 아닌지 아버지께서는 항상 노심초사하셨습니다. 그렇게 우리 집은 하루라도 조용할 날이 없었고, 고요할 날이 없었으며 평탄한 날이 없었습니다. 하루하루 불안에 떨며 마음 졸이고 살아야만 했습니다. 아버지께서 주거래 은행에 직접 방문하시자 놀라운 사실 하나를 알게 됩니다. 그 사실이 뭐냐 하면, 빈다고 하던 그 돈이 아버지의 '토스뱅크 마이너스 통장'으로 모두 흘러가고 있었던 겁니다. 이를 아신 아버지는 우황청심환이 없으면 못 사실 정도로 건강이 쇠약해지셨습니다. 당시 우리 가족에게 무엇보다도 시급한 건 이 돈을 누가 어떻게 뺀 것인지 알아내는 것만이 삶의 유일한 돌파

지옥이 따로 있나, 이곳이 미궁인걸

구였고 희망이었습니다. 이 사실을 알고 난 뒤 아버지는 한동안 정신없는 나날을 보내셨습니다. 정신을 차리시고 인터넷 은행인 토스뱅크, 그곳에 전화하셔서 직접 상황에 대해 알아보시겠다고 했습니다.

일단 본인이 사용한 게 아니니 지급 정지부터 하기로 했습니다. 모든 일에 절차가 있듯 절차대로 마이너스 통장에 대한 거래 명세서를 받아보셨습니다. 하지만 여기에는 보다 충격적인 비밀이 있었습니다. 토스뱅크 통장에서 아버지 주거래 통장으로, 주거래 통장에서 또 어머니 통장으로 자금이 이어집니다. 여기서 끝이 아닙니다. 어머니 통장에서 제 통장으로 돈세탁이 되는 겁니다. 일명 자금 세탁인 것이지요. 더욱더 놀라운 건 마침내 어떤 ATM 기계를 통해 현금으로 돈을 찾는다는 것이었습니다. 어떻게 이런 일이 개인에게 일어날 수 있을까요? 그저 놀라울 뿐이었습니다.

더욱 놀라운 것은 아버지 통장에서 돈을 출금해 갈 때 유독 자주 사용하는 단어가 있었습니다. 그것은 바로 비상금, 비자금, 용돈 등의 단어였습니다. 무슨 의도인지 알 수 없지만 어쩔 땐 제 이름을 사용하기도 했습니다. 주거래 은행 명세서를 보자 이런 일은 이번뿐만이 아니었습니다. 대출이 실행되던 9월 그 시기부터 비상금이란 이름으로 조금씩 출금해 가기 시작했습니다. 놀랍게도 아버지의 휴대 전화엔 비상금이란 단어는 스팸 단어로 분류되어 있었답니다. 비상금이란 단어로 아버지의 통장에서 출금하면 아무런 문자가 안 가지요. 이는 즉 이때부터 아버지의 휴대 전화를 원격 제어했단 뜻입니다. 여전히 이 돈의 동선이나 흐름은 알 수 없었습니다. 모두 현금으로 찾아서는 최종 도착지는 그 누구도 알 수 없게 해 놨던 것입니다. 누가, 도대체, 왜 이런 짓을 하는 것일까요? 여기에서 자린고비 정신이 투철하다던 전 대표가 생각이 안 날 수 없었습니다. 협박 문자를 자세히 보면 '그동안 내가 너 모셔다 주고 밥 사준 돈까지 싹 내놔라.' 하고 온 것을 볼 수 있습니다. 이는 박본관이 요구하는 돈을 주지 않자 화가 나서 아버지 통장에 이런 일을 벌인 것이라 생각할 수 있습니다. 마치 돈 87만 원에 자신의 모든 인생을 건 사람으로밖엔 보이지 않았지요. 또 한편으로는 엄연히 가정이 있는 사람입니다. 그 사람은 한 회사의 대표이기도 했고요. 그런 사람이 푼돈이라면 푼돈인 87만 원 때문에 이런 일을 벌이나 싶은 의아함도 있었습니다. 하지만 저희 가족에게 이렇게까지 할 사람은 오직 박본관 하나뿐이었습니다. 이 사람을 범인으로 지목하는 이유는 오빠와 인연이 끝날 때까지 돈을 요구한 유일한 사람이기 때문이죠. 더구나 원한을 살 사람도 없었고 안 좋게 인연이 끊어진 다른 사람도 없었습니다. 그리고 박본관을 유력한 용의자로 지목하는 이유는 그의 집요함이 컸던 것 같습니다. 그동안 그가 오빠에게 했던 행동들을 보고 미루어 짐작할 수 있는 것입니다.

독자분들께서 한 가지 의문이 드실 수도 있을 겁니다. 바로 비상금, 용돈이란 단어로 돈이 출금됐는데도 왜 모르냐는 것인데요. 앞서 말했듯

지옥이 따로 있나, 이곳이 미궁인걸

용의자들이 해당 번호로 문자를 못 받게 아예 스팸 문자로 설정해 놨습니다. ATM에서 돈을 찾았다면, 은행의 CCTV 등을 확보해서 그를 검거하면 될 것이라고 생각할 수도 있습니다. 그런데 왜 신고를 못 하냐는 의문도 생길 수가 있지요. 하지만 용의자는 아버지의 명의로 토스뱅크 신용카드까지 발급받았다고 합니다. 너무 공교롭게도 주소지는 이쪽이 아닌 여기와는 전혀 동떨어진 먼 지역으로 되어 있었습니다. 그 지역에 직접 가보니 인기척도 없었으며 사람이 사는 흔적 또한 없었습니다.

예상하셨겠지만 카드 배송지는 허허벌판이고 이들이 허위로 만든 가짜 주소였습니다. 그렇게 아버지 신용카드로 거금의 현금을 ATM을 통해 매번 출금해 갔던 것입니다. 또한 이들은 이를 무마하고자 아버지의 업무를 그렇게도 열심히 방해한 것이지요. 굳이 은행이 아니더라도, 인터넷 은행이기에 편의점이나 무인 ATM이 설치된 곳이면 해당 은행에 잔액만 있으면 얼마든 현금을 찾을 수 있었던 것입니다. 너무 영악하게도, 이들은 어느 지점에서 돈을 찾았는지조차 모르게 막아놨습니다. 결국 이런 용의주도함 때문에 아버지께서 신고를 포기하시고 생계에 집중하셨던 것이지요. 수사 기관에서조차 '이건 가족들의 범행이다.'라고 단정 지을 정도니 가족 간의 관계는 점점 멀어졌습니다. 이 상황이 지속되자 서로 간에 대화도 없어지게 됩니다. 급기야 타지에 사는 오빠와는 연락도 못 하고 지낼 정도로 이때부터 본격적인 '이산가족 생활'이 시작되었던 것입니다.

한 달에 두 번 정도 본가에 오는 오빠의 발걸음은 완전하게 끊기게 되었습니다. 또한 아버지는 아버지대로 빚을 완납해서 다시 일어서야 한다는 가장의 책임감이 있었습니다. 그 때문에 하루하루를 고통 속에서 너무도 힘겹게 살아가셨습니다. 그렇다면, 오빠와 함께 업무를 보던 사람인데 왜 애먼 아버지의 운전 자금에 손을 댔는지 궁금하실 겁니다. 이쯤에서 한 가지 말하자면 박본관은 정상적인 사고방식을 가진 인물이 아님을 미리 알려드립니다. 이렇게 2억이 넘는 돈을 출금해 간 박본관 일당들, 그들은 자숙도 안 합니다. 오히려 이 상황을 더 즐기는 듯한 눈치입니다. 한편, 테러는 더 여러 사람에게 확장됩니다.

5.

돈 87만 원,
온 가족으로
확장되는 테러

제 주거래 은행으로부터 1원씩 입금이 되며 문자가 마구 쏟아지기 시작합니다.

'너희 오빠는 천치니까 네가 100이라도 돈을 벌어서 빚을 갚아라.'

이런 내용이었고, 은행을 통한 1원 협박만 50건 정도 받았습니다, 이는 현재 증거 자료 또한 보관 중입니다. 그런데 이번엔 번호도 없는 번호 즉, 명의자가 없는 번호로부터 문자 메시지가 마구 쏟아지기 시작합니다.

내용을 대략 요약하자면 다음과 같습니다.

'너희 집 라면도 못 먹게 할 거고 풍비박산 내줄게. 어떻게든 길거리에 나앉게 할 거다. 너희 오빠 잘 두었는지 알아라.' 한눈에 봐도 다소 불안감과 공포심을 일으킬 만한 내용입니다.

저 내용 외에도 욕설과 협박은 마구 쏟아졌습니다. 그 내용들 또한 오빠를 가리키고 있었습니다. 더욱 공교로운 것은, 내용도, 말투도, 사용하는 단어도 누군가를 향해 있었습니다. 그것은 바로 돈에 집착하는 성향을 가진, 오빠와 함께 일하던 유력한 용의자인 박본관이었습니다. 오빠의 말에 따르면 너무도 소심하고 단순하다던 그는 왜 이렇게 듣던 성격과는 반대로 너무 대범하고도 치밀한, 계획형 범죄를 저지르는 것일까요?

너무나도 단순하고, 멍청하다던 '그'랍니다. 어쩌면 오빠에게도 그의 본모습은 숨긴 채, 연기를 하고 있었던 게 아닐까요? 오빠가 말하는 그는 조금 집요하고 돈에 관심이 많은 것 빼고는 평범한 사람이랍니다. 그런 그가 어떻게 이런 엄청난 일을 벌일 수 있었을까요? 대출금 사건이 터지고 잠깐 휴대 전화 사용에 서툰 아버지를 대신해서 이자 납부 등의 업무를 대신해 드린 적이 있습니다. 독자 여러분께 이자 납부에 숨겨진 비밀이 있음을 미리 말씀드립니다.

급기야 이제 1원 테러는, 아버지의 주거래 통장이 아닌 타 은행 계좌에도 시작이 되었습니다. 내용은 '나 박본관인데 돈 당장 내놓아라. 나 지금 너희 동네 요양 병원이다. 당장 돈 가지고 나와라.' 이런 식으로 협박의 수위는 높아졌습니다. 그의 폭주는 하루가 멀다고 수위는 점점 높아졌고 거칠어져만 갔습니다. 아버지의 주거래 통장이 아닌 다른 은행 통장을 박본관이 어떻게 알았냐에 대해 잠시 설명해 보겠습니다. 박본관으로 추정되는 이가 토스뱅크 앱에, 주거래 은행이 아닌 타 은행까지도 연계가 되게 설정해 놨던 겁니다. 그렇기에 부처님 손바닥 안에서 놀듯 가족들이 악마의 손아귀에서 놀아난 것인지도 모르겠습니다.

급한 대로, 대출금은 이자와 함께 갚아나가기로 하였습니다. 하지만 제 급여와 합쳐 아버지의 수입으로 이자를 갚을 때마다 계산과 다르게 자꾸만 통장의 돈이 비는 건 무슨 현상일까요? 이런 식으로 아버지의 통장에서 무단으로 출금해 간 돈만 약 4천만 원 정도 됩니다. 웬만한 직장인의 연봉보다도 많다면 많은 금액입니다. 그 악마는 아버지의 피와 땀을 한순간에 집어삼켰던 것이지요. 위에서 말한 비상금, 용돈 등등의 단어가 이들이 돈을 출금하기 위해 써왔던 단어들입니다. 이 단어들 역시 스팸으로 등록돼 있었기에 몰랐던 것이지요.

이 대출금과 관련해서 제가 간단하게 전해 들은 일화가 있습니다. 아버지께선 지난여름부터 '휴대 전화가 뜨끈뜨끈해지는 게 이상하네. 오는 건 아무것도 없는데.'하고 혼잣말하시곤 했습니다. 마치 난로와도 같아서, 만지면 화상이라도 입을 듯 휴대 전화는 뜨거웠습니다. 또한, 문자가 오지 않았는데도 이유 없이 알림이 울리고 꺼지기 일쑤였다고 합니다. 휴대 전화를 주로 업무 용도로 사용하시는 아버지이기에 이런 현상은 기계의 노후 때문에 그런지 알고 새 기계로 바꾸셨지요. 그랬더니 그 현상은 거짓말처럼 없어졌습니다. 물론 상대방에서 전화를 걸면 전화기가 꺼져 있다고 나오거나, 목소리가 안 들리는 이상 현상은 가끔 있었습니다. 하지만 이건 전화 통화를 하는 상대방의 문제로 인지하신 것이지요. 안 좋은 일은 잊는 게 좋다고 일단은 잊고 지내셨다고 합니다. 그때의 일이 이렇게 큰 비극을 부를지는 꿈에도 몰랐습니다. 짐작하셨겠지만, 대출금과 돈에 대한 비극은 여기에서 끝이 아닙니다. 어머니께선 아버지가 주시는 생활비로 정기 예금에 가입해 두셨습니다. 그때 어머니껜 소박한 꿈이 하나 있었습니다. 그건 바로 내년 정도에는 집을 한 채 더 사기로 마음먹고 지내고 계셨던 것이죠. 약 2억 4천만 원 정도의 자금으로, 서울 근교에 새집 하나 사서 내년엔 조금 작은 집으로 이사할 계획이었습니다.

또한, 어머니는 외출할 일이 없으셨고 가사만 전담하셨습니다. 그래서 매일 은행에 매일 간다는 건 상상도 못 하는 일인 것이지요. 그러던 어느 날, 어머니께서 몸이 몹시 편찮으셔서 병원에 방문하게 됩니다. 병원비를 결제하려 카드를 내민 순간, 앞이 캄캄했다고 합니다. 해당 병원은 어머니께서 자주 다니는 병원이기도 합니다. 간호사가 말하기를

"이 카드는 잔액이 없는데, 다른 카드로 주시겠어요?"

"그럴 리가 없는데요. 며칠 전까지만 해도 분명히 6천만 원이 넘었는데 다시 한번 시도해 보시겠어요?"

"잔액이 부족해서 쓸 수가 없어요."

이 말을 들은 어머니는 충격으로 쓰러질 뻔했답니다. 집으로 돌아오신 어머니의 표정이 매우 다급해 보입니다.

"엄마 잠깐 이 앞에 은행에 좀 다녀올게."

"다녀오세요."

은행에 가신다는 어머니의 발걸음이 그날따라 유난히 다급하고 바빠 보입니다.

6.

어머니의 통장은
악마의 손아귀 안에 있었다

　마침내 어머니께서 은행에 도착하셨습니다.

　통장엔 6천만 원이 넘는 돈이 있었습니다. 그 돈은 모두 아버지의 이름으로 출금된 상태였습니다. 그렇기에 어머니의 통장엔 1원 하나도 없었지요. 이 사실만으로도 충격이 크셨을 겁니다. 그 생각을 하면 지금에 와서도 마음이 참 아플 뿐입니다. 그러면 어머니가 아버지께 돈을 송금한 사실이 없습니다. 그렇다면 무엇으로 어떻게 그 돈이 아버지 통장으로 가게 되었을까요?

　은행원의 말에 따르면 어머니 명의로 최근에 개설된 토스뱅크 통장이 두 개 있다고 합니다.

　하나는 토스뱅크 일반 통장이고, 하나는 비상금 대출을 받기 위한 대출 통장이라고 알고 있습니다. 대화를 요약해 보자면,

　　　　　　　　　　　　　지옥이 따로 있나, 이곳이 미궁인걸

"토스뱅크 고객 센터에 전화하셔서, 어머님 명의로 가입된 통장 살펴보세요. 혹시 신분증 분실하신 적 있나요? 그렇다면 신분증은 반드시 재발급받으시고요."

"일단 잘 알겠습니다. 토스뱅크에서 대출받은 것까지 조회 좀 해주시겠어요?"

"최근 비상금 대출 50만 원 있습니다."

이 통장으로 박본관과 이 일당으로 추정되는 사람이, 토스뱅크에서 비상금 대출로 50만 원까지 받은 상황입니다.

어머니의 휴대 전화는 항상 방치되어 있었습니다. 즉 전원조차도 꺼져 있는 상태가 많았습니다. 통화를 해봐야 타지에 사는 오빠와 가끔 안부 차원에서 연락하시곤 합니다. 떨어져 지내기에 안부가 궁금한 것이지요. 그리고 밤늦게까지 업무를 보는 아버지가 어머니의 연락 상대의 전부이기도 했습니다. 그래서 딱히 켜 두실 필요가 없었고 전화 통화에 관심 없는 어머니는 노상 꺼두셨지요. 전원을 꺼놓은 사이, 이 일당이 어머니의 전화에 악성 문자나 사진을 보낸 걸로 추정이 됩니다. 또 고의로 그걸 설치해서 토스뱅크를 통해 위조된 신분증으로 통장을 개설합니다. 범행을 위해 주민등록번호 발급 일자까지 조작한 것이지요. 이 시대에 이게 어떻게 가능한 일인 지는 저도 모르겠고 아직도 의문입니다.

이들은 급기야 이 위조된 서류로 대출까지도 실행했습니다. 어머니께서 직접적으로 당하신 피해 금액만 '보통 예금에 있던 돈, 그리고 토스뱅크 비상금 대출까지 7천만 원 정도' 됩니다. 여기에서 잠깐 짚고 넘어가야 할 사실이 하나 있습니다. 토스뱅크에서 대출까지 실행이 되게 하려면 반드시 영상통화를 거쳐야 한다고 합니다. 그렇게 치면 어머니와 나이대가 얼추 비슷한 인물이 그날 영상통화를 한 것이지요. 그렇게 해서 대출까지 실행했다고 추측할 수 있습니다. 비상금 대출만 받은 이유는 어머니께서 소득이 없으셔서이지요. 만일 고정적인 수입이 있으셨다면 피해 금액은 더 커졌을 겁니다.

자, 이렇게 놓고 본다면 범인은 60세 이상의 여성이라는 답이 나옵니다. 시기상 놓고 봤을 때도 이 일당 중 한 명이라 확신합니다. 너무나도 불길한 예감이 든 어머니는 잠시 뒤에 은행에 또 한 번 가보시게 됩니다. 여기에서 더욱더 충격적이고 놀라운 사실을 은행원으로부터 전해 들을 수 있었습니다.

아까까지만 해도 없었던 1원 테러 문자들입니다. 거래 명세서를 떼어보자, 하나하나 나오기 시작했습니다. 그 내용 또한 가관이었고 경악을 금치 못할 정도였습니다.

'네 아들은 바보천치라서 돈을 벌 능력이 안 되니 어미인 네가 갚아라.' '네 아들 호구 등등' 조롱하는 문자들만 한 페이지 가득합니다. 이러한 문자가 약 80개 정도 왔다고 치면 1원씩 80원이 되는 셈입니다. 그리고 더욱 놀라운 사실은 범인이 어머니를 조롱하듯, '나 돈 뺐다'라고 자랑스럽

지옥이 따로 있나, 이곳이 미궁인걸

게 시인하는 것이었습니다. 당시에 슬리퍼를 신고 은행에 가셨던 어머니, 직원이 무슨 말을 하는지는 귀에 하나도 들어오지 않았답니다. 어머니의 신경은 오직 그가 보낸 조롱 및 협박 문자에만 다 가 있었던 것입니다. 사람이 태어나서 듣지 말아야 할 말들과 폭언들을 어머니는 한순간에 다 들으신 게 되지요. 이 사실이 너무 답답하고 화가 났습니다. 저는 해당 서류를 떼어서 경찰서에 수사 의뢰할 것을 말씀드렸습니다. 하지만 어머니는 다 가족들 이름으로 일어난 일인데, 어떻게 신고하냐며 오히려 보류하시겠다고 하셨습니다. 7천만 원이면 큰돈입니다. 먹고 싶은 것 안 먹고, 가고 싶은 곳 안 가고, 좋아하는 취미 생활 안 하고 아끼고 아껴서 약 5년 정도 모아야 할 금액이지요. 그 돈을 자고 일어난 사이에 날렸다면?

그게 본인의 부주의도 아니고, 오직 남의 악의적인 의도 때문에 잃었다고 생각한다면 독자 여러분은 어떤 생각이 드실지요?

돈에 대한 가치는 사람마다 느끼기에 다 다를 수 있습니다. 다만 확실한 건 우리의 생활 속에서 의식주를 해결하기 위해 돈은 꼭 필요한 수단이지요. 또한 생계에 있어 중요한 역할을 한다는 건 누구도 부정할 수 없는 사실입니다. 그날 어머니께서는, 은행 측에 본인이 직접 방문해서 돈을 찾는 것 외에는 못 하도록 조치 취했답니다. 이쯤에서 박본관의 어록 하나를 짚고 넘어가도록 하겠습니다. '세상에 있는 모든 돈은 내 돈이다.'라며 아버지께 직접적으로 1억 원을 내놓으라고 협박한 사실도 있습니다. 당시에 아버지는 박본관이 그저 화가 나서 한 말쯤으로 인식하셨답니다. 상황이 이렇게 와전될 줄은 모르셨답니다. 그렇기에 해당 녹취기록을 지우셨지요. 하지만 마음만 먹으면 복원할 수 있다고 하네요. 어디까지나 1억 내놓으라는 돈은 오빠와 같이 일했다던 전 대표 박본관이 한 말임은 명백한 사실입니다.

아버지에 이어 어머니까지 금전적인 피해는 엎친 데 덮친 격이 되었습니다.

피해 금액만 얼추 계산해도 2억8천여만 원입니다. 이 금액은 보통의 사람들은 평생에 한 번 만져보지도 못할 큰 액수이지요. 결론은 부모님이 피땀 흘려서 번 돈, 웬만한 도심에 있는 집 한 채 값을 그냥 날린 심정이라고 생각하면 될 것입니다. 어머니의 통장에서 인출된 돈도, 행방을 찾아보니 아버지의 주거래 은행을 타게 됩니다. 이게 끝이 아니라, 제 통장을 거친 후에 어디론가 유유히 사라져 버렸습니다. 마치 '바람과 함께 사라지다'라는 영화처럼, 마지막에 입금받은 사람은 누구인지조차 확인할 수 없는 상황이 된 것입니다. 그때 당시에, 너무나도 힘겨웠고 하루하루 숨이 쉬어지니 사는 것이었습니다. 우리의 일을 믿어주는 사람은 없었습니다. 더 나아가 아무도 들어주려는 노력도 하지 않았기에 더욱 힘들었습니다. 또한 누구에게 물어봐도 이런 식으로 범죄를 저지르는 사람은 없답니다. 수사관조차도 가족들의 탓으로 돌리는 상황에 직면하고 맙니다.

7.

우리에게 귀 기울여 주는 사람은
아무도 없었다

도리어, 어떤 수사관은 말하길, '사기를 당한 사람이 관리를 소홀히 한 게 잘못이지요.'라고 말하기까지 할 정도였습니다. 이 일에 관심 있어야 할 수사관조차 외면하니, 가족들은 어디에 하소연할 곳도 없었습니다. 곧이 믿어주는 사람도 없었기에 답답하고 불안한 심정은 날로 커져만 갑니다. 늘어만 가는 피해 금액, 다달이 이자라도 상환하려면 길은 딱 하나입니다. 그것은 바로 아버지께서 사업을 하시면서 힘겹게 혼자 생계를 이어 나가는 길 이외엔 없었던 거죠. 하지만 많은 이자를 감당하기에 아버지는 너무 연로하셨습니다. 경제 활동을 하는 사람이 없기에 생계는 막막할 뿐이었습니다. 우리 가족에게 돌파구이자 살길은 오직 피해 구제 하나였던 겁니다.

박본관이 이런 범행을 했다는 심증은 너무나도 많았습니다. 하지만 어디에도 그가 이런 일을 꾸몄다는 뾰족한 물증은 없었습니다. 그래서 박 본관을 고소하는 것도 도박이었던 겁니다. 형사 사건에 있어 중요한 건 '단서이며 증거'입니다. 그게 없으니, 참으로 애매합니다. 하지만 가족들 이 피땀 흘려 모은 이 돈을 한순간에 잃었습니다. 엎친 데 덮친 격으로 그 사실을 뒤늦게야 알았던 것이죠. 가족들이 벌어서 상환하기에는 너무 벅찬 돈이었고 이러지도 저러지도 못하는 상황이었습니다.

또한 이들이 받은 대부분의 대출 상환 기간이 5년이었습니다. 지금 아 버지 연세를 놓고 고려한다면 5년 동안 이 대출금을 모두 상환하기란 역 부족인 상태였습니다. 적어도 아직은 한국 사회에서는 '돈'이란 게, 물질 적인 풍요가 중요한 상황입니다. 따라서 이게 어느 정도 충족이 되지 않 으면 자존감은 자존감대로 떨어지게 됩니다. 그뿐만이 아니라 힘도 빠지 고, 의지도 없어지게 만드는 존재입니다. 돈을 벌기 위해 우리는 모두 경 쟁 사회 속에서 지지 않으려 매 순간을 열심히 살고 있는 것입니다. 우스 갯소리로 돈만 있으면 다 된다는 소리까지 나왔을 정도입니다. 이쯤 되 면 돈에 대한 중요성은 잘 아시겠지요?

어머니의 통장에 있는 돈이 모두 출금된 상태였습니다. 어머니는 추가 로 정기 적금 통장의 비밀번호를 누군가가 알아내려고 계속 시도한다는 사실을 알게 됩니다. 이 말은 곧 돈을 출금해 가기 위해 몇십 번이나 시 도했음을 알 수 있죠. 그리고 적금 통장이라 출금이 안 됨을 확인하자 이들이 비밀번호만 바꿔놨을 거라고 추정을 해봅니다. 이걸 알게 된 순간, 박본관이 지난달에 저에게 보냈던 메시지가 기억이 났습니다. 내용은 '너희 가족 전부 다 평생 500원짜리 동전 하나 못 만지게 한다.'라는 말이 머릿속에 스쳐 갔습니다. 이 말은 곧 장난이 아님을 알 수가 있었습니다. 돈에 유난히도 관심이 많았던 전 대표였고 문자의 내용 또한 너무 소름 돋게 맞아떨어집니다. 이러한 범행을 하는 것도 혼자가 아닐 것입니다. 이는 흥신소나 심부름센터도 개입돼 있음을 알 수 있습니다. 한창 대출이 실행되고 돈이 출금될 당시에 저는 다른 회사로 이직하게 됩니다. 이전 회사보다 급여도 더 높고 복지를 비롯해 모든 조건이 좋았습니다. 무엇보다도 노후가 보장된 회사였습니다. 더 좋은 건 회사에서 스카우트 제의가 들어왔다는 겁니다.

결론적으로 악재가 겹칠 시기에 좋은 회사로 이직에 성공했습니다. 그렇기에 가족들의 관심은 모두 그에 쏠렸지요. 이때는 엄청난 스트레스를 받고 있을 때이고, 테러에 시달릴 때였습니다. 하지만 고통은 잠시일 뿐, 행복한 미래가 기다리고 있다고 확신했습니다. 따라서, 설렘에 하루하루 희망을 품으며 살아가게 됩니다. '내일은 해가 뜨겠지.'라는 믿음으로 본업에 충실하며 보통의 삶을 살아가고 있었습니다. 하지만 이때쯤, 테러는 다시 시작되었고 생각해 보면 이들의 문자 테러에는 공통점이 있습니다. 분명히 계정은 여러 개, 번호도 여러 개인 듯한 이들, 자신의 정체가 발각될까 두려운 마음인 듯합니다. 마치 정해놓은 규칙인 것처럼, 맞춤법은 맞는 게 하나도 없고 띄어쓰기는 아예 없었습니다. 문자가 와도 몇 번을 읽어야 겨우 이해할 정도였습니다. 급기야 수사관에게 보여줘도 '이건 해외에 서버를 두고 범행하는 거니 못 잡는다.'라고 딱 잘라 말했습니다. 아마 어느 정도인지 짐작이 가실 겁니다. 이때쯤, 오빠에게 엄청난 전화 테러가 시작됩니다. 영업직이고 휴대 전화가 삶의 동아줄이라고나 표현할까요? 아무리 많은 전화가 올지라도 휴대 전화 전원을 꺼놓는 것은 곧 생계를 포기함과 다름이 없습니다. 항상 켜놓고 생활해야 하는 직업입니다.

걸려 오는 문의들이 곧 생계와도 이어지기에 전화 한 통 한 통이 중요합니다. 하지만 하루에도 수백 통씩 걸려 오는 전화들을 일일이 받기란 누가 봐도 역부족입니다. 오빠가 받는 전화들은 제삼자를 통한 전화 테러입니다. 그게 과반수를 차지합니다. 즉, 누군가 업무 방해 차원에서 고의로 오빠의 이름으로 상담 신청을 올려놓는 수법으로 괴롭히는 것이지요.

제삼자 전화 테러와 더불어 똑같은 시기에 엄청난 협박에도 시달렸다고 합니다. 이것들을 다 이기지 못한 오빠는 끝내 연락처 변경을 마음먹고 이를 실행합니다. 실질적으로 새롭게 새 출발하는 마음에서 어렵게 한 선택이지요.

아무에게도 공개하지 않은 채 오직 혼자만 연락처를 가지고 있었다고 합니다. 생계를 유지해야 하므로 회사 관계자와 고객들은 제외하도록 할 게요.

8.

석이 그는 누구인가?
새벽에 연락해 온
가짜 고객의 정체

며칠 동안 별 탈 없이 협박과 테러에서 탈출해 잘 지냈다고 합니다. 그러던 어느 날 새벽, 블로그를 보고 연락을 했다며 반가운 고객 문의를 받게 되었답니다. 그 여느 때와 마찬가지로 열심히 상담해 주었다고 합니다. 새벽에 문의하는 건 이상했지만, 그래도 본인을 찾아주는지라 정말 고마웠답니다. 약간 의심스러웠지만 직업 특성상 믿고 신뢰해 주는 고객이 필요한지라 연락처를 알려줄 수밖엔 없었지요. 오빠가 하던 업무 특성상 고객과의 대면은 필수입니다. 그런데 뭔가 모를 찝찝함이 드는 건 왜일까요? 희한하게도 이 고객은 자신의 연락처는 주지 않았고 무언가 숨기려 하는 느낌이 강하게 들었다고 하네요. 더 이상한 건 지금은 바쁘니 본인이 편할 때 연락을 주겠다는 말을 반복했다고 합니다. 급기야, 오빠의 연락처를 자신의 카카오톡으로 전송해줄 것을 요청했다고 합니다.

지옥이 따로 있나, 이곳이 미궁인걸

어쩌면 고객이 상담사에게 연락처를 묻는 것은 당연한 일이기도 합니다. 가짜가 판을 치는 요즘 세상, 고객이라면 한 번쯤 의심을 해보고자 상담사의 연락처를 먼저 물어올 수 있는 겁니다.

그리고 대화하는 시점 옆에 누군가가 있거나 업무 중이라면 전혀 이상한 일이 아닙니다. 그렇기에 새벽 시간이고 본인을 숨기려는 의도에서 약간의 의심은 하고 있었답니다. 누가 고객 사칭을 할까요? 결국 오빠는 의심하는 마음보다 생계를 유지해야겠다는 마음이 더 컸기에 자신의 새로운 연락처를 고객이라 칭하는 자에게 전송했다 합니다. 무엇보다도 생계를 위해 한 푼이라도 벌어야 한다는 절박한 마음이 컸겠지만요. 그런데 우연이라기엔 너무 절묘한 일이 발생합니다.

그 고객이란 사람에게 연락처를 알려주고 20분 정도 지났을 시점 놀라운 일이 발생했습니다. 바로, 전에 말했던 제삼자를 통한 전화 테러가 다시 시작된 겁니다. 각종 대출업체, 보험업체, 심지어는 개인회생을 진행하는 법무사, 장의사까지 업종도 다양합니다. 또다시 악몽은 시작이 된 겁니다. 그 이후 하루에 200통에 가까운 전화 테러에 시달려야만 했답니다. 독자 여러분도 아시다시피 그는 바뀐 연락처를 알아내기 위해 고객으로 위장한 복병이었죠. 너무나도 당연하게 그는 그렇게 그대로 잠적했습니다. 여기에서 주목해야 할 점이 하나가 있습니다. 도리어 그가 오빠에게 하소연하길 '사방에서 당신을 찾는 전화가 많이 와서 일을 할 수가 없다.'라고 했답니다. 자신의 파렴치한 범행을 무마하기 위해 일종의 작전을 펼친 것이죠. 또한 오빠를 오히려 이상한 사람으로 몰아가려 했던 것은 확실합니다. 그리고 또 하나, 이 사건과 밀접한 연관성이 있음을 알 수 있습니다.

　그의 카카오톡 배경 사진은 마치 본인이 오래도록 관리해 온 계정처럼 관리가 되어있었다고 합니다. 결정적으로 본인으로 추정이 되는 소개 사진도 있었다고 합니다. 그리고 해외로 추정되는 배경 화면 등등이 있었습니다. 이는 어쩌면 그가 계정을 오랫동안 운영해 온 증거라고 할 수 있지요. 한편 테러는 날이 가면 갈수록 점점 심해졌습니다. 국제 전화라고 한 번 정도는 들어보셨을 겁니다. 이젠 국제 전화, 문자까지 받아야 할 상황으로 치닫게 됩니다.

　이젠 오빠 본인뿐만 아니라 주변 사람, 일면식도 없는 사람에게까지 똑같은 상황이 발생하기 시작했습니다. 급기야 전화 테러, 문자 테러, 이젠 인증 테러까지 오는 것이었습니다. 상황은 극악으로 치닫게 됩니다. 하루에 들어오는 인증 문자는 적어도 3천여 개가 들어옵니다. 이것도 양호한 겁니다. 아주 많이 들어오는 날엔 만여 개 정도 들어왔다고 합니다. 이는 새벽 시간까지도 계속 이어졌다고 하네요. 마침내 휴대 전화는 먹통이 되어 서비스받으러 서비스센터에서 시간을 허비하는 날이 더 많았다고 합니다.

  그렇기에 생업에도 지장이 컸다고 들었습니다. 오빠가 말하길 그날 새벽에 가짜 고객을 응대해 준 걸 뼈저리게 후회하고 있답니다. 그에게 속아 연락처를 넘기는 실수만 하지 않았더라도 이런 테러 전화를 받는 일은 없었을 테니까요.

  그렇다면 이른 시간에 오빠의 연락처를 알아내기 위해 접근한 그는 정체가 무엇일까요? 그 이유에 대해 독자 여러분과 생각해 보기로 하겠습니다.

9.

휴대 전화 소액 결제,
그리고 이들의 손안에서
놀아난 가족들

이 일당들의 특징이 한 가지 있다면 앞에서는 어떠한 단서도 남기지 않는단 것입니다. 이들은 오롯이 뒤에서 문자 메시지를 통해 사람을 조종한다는 것이지요. 그렇다면 석이는 무슨 역할을 한 것일까요? 그리고 이른 새벽 시간에 그는 왜 나타나야만 했을까요? 그가 나타난 뒤, 가족들은 물론 주위 사람들까지도 고통을 받기 시작합니다. 온 집안의 기둥 뿌리를 뽑아갔습니다. 그와 동시에 한 가족을 파탄에까지 이르게 하는 이 범인, 그들의 만행은 이게 끝이 아니었습니다. 독자 여러분도 휴대 전화 소액 대출이라고 들어는 보셨을 겁니다. 휴대 전화 대출에 대해 간략하게 설명해 드리겠습니다. 결제에는 소액 결제가 있고 휴대 전화 자체 결제가 있습니다. 소액 결제의 경우 온라인 쇼핑, 부가 서비스 결제 등을 할 때 이용하는 것입니다. 휴대 전화 결제는 게임 아이템이나 이모티콘

등을 구매할 때 사용합니다.

소액 결제도, 본인이 필요로 좋게 이용하면 꼭 필요한 결제 수단입니다. 이들은 이걸 약 5개월간 범죄에 악용했습니다. 저희 어머니의 휴대전화는 계속 말했다시피 거의 방치 상태이고 사용 자체를 안 합니다. 그래서 제가 어머니 휴대 전화에 인증 문자들이 많이 와 있어서 우연히 사진첩을 보게 됐습니다. 충격적인 비밀이 있었는데, 거기엔 음란물 사진이 버젓이 찍혀 있었습니다. 하지만 대수롭지 않겠거니 하고 그냥 놔뒀던 기억이 납니다. 추정컨대, 이 사진에 악성 앱이 설치되어 있었던 것입니다. 그래서 어머니 명의로 소액 결제 및 휴대 전화 결제가 한 달에 적게는 50만 원, 많게는 200만 원씩 실행되었던 것이죠. 요금이 합산되어 청구되었던 것입니다. 휴대 전화를 사용하지 않으시는 어머니는 이 사실을 알 일이 없습니다. 그렇게 장장 5개월간 당하셨답니다. 그 피해액이 자그마치 900만 원 정도 된다고 알고 있습니다.

모두 어머니가 모르는 틈을 타, 어머니의 통장에서 출금되었습니다. 출금 방식 또한 어머니가 아닌 다른 누군가가 고객센터 앱을 통해 어머니 행세를 한 것입니다. '이 계좌에서 밀린 요금들 다 납부해 주세요.'라며 채팅을 걸어왔을 것으로 추정합니다. 고객센터 앱이란, 전화번호와 주민등록번호만 알고 있으면 누구든 손쉽게 이용할 수 있습니다. 본인 인증 없이도 채팅 서비스 등등은 이용이 가능한 것으로 알고 있습니다. 또한 이러한 서비스가 비대면이라는 점을 악용해서 상담을 진행한 뒤 결제를 한 겁니다. 휴대 전화로 결제가 됐다는 알림이나 문자도 오지 않았고, 미납 요금이 발생했다는 문자도 오지 않았습니다.

당연히 휴대 전화가 정지된 적은 단 한 번도 없었습니다. 누군가 어머니 명의로 사기 행위를 벌이거나 혹은 범죄 용도로 악용하고자 위에 방법을 사용했을 겁니다. 그것도 한 번에 모든 미납금을 납부하는 것이 아닙니다. 일시적으로 정지만을 풀기 위해 10만 원, 20만 원 단위로 소액으로 입금하였던 것이죠. 즉 통신사로부터 '감시 대상 명단'에 올라가는 일만은 피했던 것입니다. 이러한 피해는 어머니만 당한 게 아니라 저도 당했습니다.

5개월에 걸쳐서 같은 방식으로 결제가 되었습니다. 알림이나 일시 정지된다는 문자 따위는 일절 없었습니다. 가끔 통신사 앱에서 알림이 오는 것도 있는데 그것 또한 꺼져있는 상태였습니다. 모두 아시겠지만, 미납 요금이 있었다면 통신사로부터 연락이 오는 게 지극히 정상입니다. 휴대 전화를 항상 옆에 두고 살았음에도 그런 연락은 한 번도 못 받았습니다. 사소한 알림조차도 없었습니다. 이러한 정황상으로 제 전화 역시 악의적으로 범죄에 이용되었음을 추정해 볼 수 있습니다.

이 일당은 10만 원, 20만 원, 푼돈을 조금씩 납부했습니다. 따라서 일시 정지 일자는 차일피일 미루어졌겠지요. 만일 이 정도로 미납이 지속이 됐다면 거주지로 그 관련해서 추심우편물이 날아와야 합니다. 하지만 그러한 우편물은 한 번도 받은 적이 없습니다. 그리고 전화도 정상으로 사용이 되니 고스란히 피해를 당할 수밖엔 없었던 것이지요. 이렇게 4개월간 피해 본 소액 결제 대금은 500만 원이 훌쩍 넘어가는 금액입니다.

피해 사실을 인지하고 결제 방식을 확인해 봤습니다. 아니나 다를까? 제가 설정해 둔 자동 이체는 해지되어 있었습니다. 요금 납부 방식도 바뀌어 있었습니다.

이들이 교묘하게 지로로 바꾸어 놓았더라고요. 주소 또한 다른 곳으로 되어있었기에 피해 사실을 알 길이 없었던 것이지요. 저도 통화할 곳이 많지는 않습니다. 아버지, 오빠, 그리고 회사, 이게 제가 연락하는 곳의 전부였습니다. 이때도 정지 없이 사용했으니 피해 사실을 인지할 길이 만무했던 것입니다. 이 같은 피해는 타지에 살고 있던 오빠도 똑같은 방식으로 당했습니다. 저와 어머니가 피해를 봄과 동시에 일어난 일입니다. 누군가 똑같은 방식을 사용해 악의적으로 소액 결제 및 휴대 전화 결제를 했던 것입니다 항상 휴대 전화를 손에 쥐고 사는 오빠조차도 몰랐다고 합니다. 이들이 얼마나 치밀한 성향인지 독자 여러분도 잘 아실 겁니다. 이 일을 겪고 가끔 사용하던 소액 결제 서비스는 마침내 가족 모두 '원천 차단'을 하는 것으로 정하였습니다.

이렇게 하면 본인이 직접 대리점에 방문한다고 하더라도 차단을 풀지 못합니다. 불편을 감수하며 살아야 하지만 이 상황에선 가장 안전한 방법입니다.

소액 결제, 휴대 전화 결제 피해는 주변에서 빈번하게 일어나는 일입니다. 저와 같거나 이와 비슷한 피해를 당하신 분은 고객센터에 연락하십시오. 그러고는 모든 결제 서비스를 원천 차단해 달라고 하면 큰 피해는 막을 수 있습니다. 휴대 전화 때문에 온 가족이 피해를 본 금액만 2천 백만 원 정도입니다. 어찌 보면 사회 초년생 연봉 정도라고 할 수 있는 금액이지요. 이 사실을 알게 된 뒤로 가족들은 하루하루를 불안 속에 살아야만 했습니다. 언제 어느 때 내 돈이 빠져나갈지 모르는 일촉즉발의 상황이었던 것이지요. 차라리 '통장에 있는 돈을 모두 찾는 것이 낫다고 판단한 적이 있었습니다. 혼자만 아는 곳에 보관하는 편이 안전하지 않을까?'하고 생각도 할 정도였습니다.

10.

산산조각이 나버린
부모님의 소박한 꿈,
그리고 희망

하지만 엎친 데 덮친 격으로 피해는 여기에서 끝이 아닙니다. 아버지께서는, 미래를 위해 보험을 여러 개 들어놓으셨다고 말씀하신 적이 있습니다. 저도 잘 모르는 대출이지만, 아마 생명을 담보로 실행이 되는 보험 약관 대출이라는 게 보험사마다 있나 봅니다. 어느 날 업무를 마치고 귀가하신 아버지의 표정이 어둡길래 무슨 일이시냐고 여쭈어보았습니다.

"이젠 보험 약관 대출이다."

라고 말씀을 하시는 겁니다. 대출 상환 기간도 100년 정도로 매우 길었습니다.

금액도 150만 원 정도로 비교적 적은 금액이었습니다.

하지만 누군가가 아버지의 생명까지 노렸다는 게 참으로 화가 났습니다. 이 정도면 희대의 악마가 따로 없지요. 집을 말아먹다 못해 영혼까지도 팔아먹는다고 할까요? 그 정도로 가세는 기울었고 생계는 힘들어졌습니다.

　며칠에 한 번씩, 돈에 대한 사고는 터지고 또 터집니다. 그리하여 마음 편하게 지낼 날이 단 하루도 없었습니다. 대출 실행이 됐으면 보험사로부터 아버지께 연락이 왔어야 합니다. 그런데 이들이 어떻게 철저하게 차단을 다 해놨습니다. 정작 본인인 아버지는 어떠한 연락 한 통도 못받으셨다고 하는 겁니다. 알고 보니 대출이 발생한 지 3개월이 지났답니다. 이자가 정상적으로 납부되지 않자, 보험사에서 우편물을 보낸 거죠. 아버지께선 이 사실을 우편물 때문에 아신 것이죠. 또한 더 이상 대출금이 나갈까 두려워서, 이 대출금은 갚지 않기로 결심하셨습니다. 해당 보험사 측에 명의 도용으로 인해 발생한 대출이므로 변제 못 한다는 취지로 등록을 해 놓으셨답니다. 이 일이 발생하기 전에는 세금이나 과태료 한 번 연체해 본 적이 없으신 분입니다. 하지만 일이 이렇게까지 되고 나서 금전적인 손해가 너무 막대한 상황에 이르렀습니다. 아버지께선 너무 지친 모습을 자주 보이셨습니다. 얼굴도 한번 본 적 없는 남에게 당하신 겁니다. 아버지는 이제 삶의 희망마저도 잃어가셨습니다.

　아버지께서 60여 년 동안 힘들게 사시면서 이뤄놓은 신용이 나락으로 떨어졌습니다. 그것도 누군가에 의해서요. 하루아침에 신용불량자로 전락하고 만 셈이지요. 그 심정은 독자 여러분도 아실 거라 생각합니다. 이렇게 갚아야 할 돈은 눈덩이처럼 불어났고, 이 빚을 갚을 만한 소득도 없는 상황이 되었습니다. 그렇게 하루하루를 죽지 못해 살아가고 있던 와중에 사고는 또 터집니다. 이번엔 토스뱅크에서 또 다른 대출이 발생하게 됩니다. 개인당 한 달에 30만 원 정도씩 부여된다는 후지급 결제 한도 대출이라고 들어는 보셨는지요? 우리나라엔 대출 종류가 참 많습니다. 아버지께선 90만 원 정도, 어머니께서도 그 정도 피해를 보셨습니다. 이 일당이 대출을 실행해 가고 3개월이 지났습니다. 어느 날 토스뱅크에서 대출금 연체가 되었다며 전화 한 통이 걸려 옵니다. 그때야 피해 사실을 알게 된 것이지요. 딱히 수입이 많은 사람도 없고 부러워할 것도 없는 우리 집입니다. 그런데 대체 누가, 왜 돌을 던진 것이고, 왜 이렇게 많은 걸 잃게 만드는지 원망스러울 뿐이었습니다.

이렇게 되면 순수한 금전적인 피해 금액만 제가 아는 것만 해도 3억이 훌쩍 넘어갑니다. 자세한 금액은, 계산할 수 없을 정도입니다. 부모님의 운전 자금을 이 일당들이 다 날려버렸습니다. 한 가족의 꿈과 행복을 송두리째 빼앗아 버린 것입니다. 이 일이 생기기 전에, 잠깐 병원에서 어머니와 수액을 맞으며 대화를 하던 일이 문득 기억납니다.

"내년엔 정기적금 들어놓은 돈으로 집 하나 더 살 거다. 그게 엄마의 희망이야."

　이들만 아니었다면 지금쯤 어머니는 꿈을 이루셨을 겁니다. 다른 집으로 이사 가서 세상 남부럽지 않게 살 것이고요. 하지만 그 꿈은 누군가가 고스란히 짓밟아버렸습니다. 그렇기에 마음이 더 아플 뿐이었지요. 그런 어머니의 꿈을 이루는 유일한 방법은 딱 한 가지였습니다. '그래, 이 일을 세상에 알리는 거야.'라고 생각해서 용기를 내 이 책을 쓰기 시작한 계기가 됐던 것이지요.

　가족의 희망을 앗아간 악마보다도 무서운 존재인 이들의 범행은 이게 끝이 아니었습니다. 이번엔 무엇일까요? 바로 본격적인 협박 문자가 시작된 것입니다. 욕설이 섞인 문자, 마침내 이들은 '너희 아버지 충격으로 쓰러뜨려서 돌아가시게 하는 게 최종목표다.'라고 할 정도로 조롱하기 시작했습니다. 이 자가 진짜 박본관인지 박본관으로 속여 말하는 이인지는 모르겠습니다. 본인을 박본관이라고 소개하면서 돈을 요구하는 카카오톡이 계정을 바꿔가며 계속 이어졌습니다. 그뿐만 아니라 마치 기계로 발송하듯 인증 문자는 하루에도 이만 개가 넘도록 발송되었습니다. 하나의 번호를 차단하면 다른 번호로 또 오고 또 옵니다. 반복되고 악순환의 연속이었습니다. 이쯤 되면, '차라리 모든 걸 포기하고 싶다.'라고 생각한 적이 한두 번이 아닙니다. 오죽하면 제발 내일 아침이 안 오길 바라는 마음도 있었습니다. 여기에서 추가된 게 있다면 반복적으로 오는 국제 전화, 국제 문자가 있었습니다.

어느 날은 국제 택시가 와서는 집 앞에 대기하고 있다고 한 적도 있었습니다. 국제 카드가 발급되었답니다. 그게 사용됐는데 연체 중이란 문자도 매우 빈번하게 왔습니다. 휴대 전화가 제어가 안 될 정도로 스팸 문자, 전화는 많이 왔습니다. 일상에서 꼭 필요한 게 휴대 전화입니다. 가족과의 추억을 기록하기에도, 사진을 찍어 저장하기에도 필요한 존재이죠. 그런 휴대 전화, 이제 쳐다도 보기 싫습니다. 그래도 마음만은 편하게 살고자 휴대 전화를 포기하고자 합니다. 우리 가족, 참 어려운 선택을 했습니다.

2장

일상이 무너진다

11.

진범을 색출하기 위해
나서준 방송사

급기야 가족들 모두 휴대 전화를 끄고 살기로 결심합니다. 저는 모든 연락을 다 끊고 직장 관계자하고만 소통한다고 마음을 먹었습니다. 한창 휴대 전화를 좋아할 나이입니다. 음악도 듣고 영화 감상도 하고 휴대 전화로 할 게 많았습니다. 그래도 큰마음 먹고 유심이 없는 공기계를 이용하기 시작합니다. 전화도 올 수 없고, 문자도 올 수 없습니다. 유일하게 카카오톡 메시지만 주고받을 수 있는 기계입니다. 마침 집에 사용하던 공기계가 있었기에 가능한 것이었습니다.

그 전화마저 없었더라면 사회적으로 완전하게 고립된 생활을 해야 했습니다. 이제 전화 테러는 다시 오빠가 중심이 됩니다. 하루에 많게는 500통 정도 전화를 받는다고 합니다. 영업하는 직업이라 한 통도 빠지지 않고 받았다고 합니다. 대략 계산해 보자면 거의 30초에 한 번꼴로 스팸 전화가 왔던 것으로 예상할 수 있지요. 오빠뿐만 아니라, 주위 사람, 직장 상사에게까지 이 전화는 지속됩니다. 하다못해 일면식이 없는 동종업계 직원들까지 제삼자를 통한 업무 방해 전화가 계속되었다고 합니다.

이 시대가 개인정보 보안이 워낙에 엄격한 세상이죠. 그렇다 보니 오빠와 같이 일하던 직원분은 테러에 견디지 못해 퇴사했다고 알고 있습니다. 이들이 찾는 이름은 심ㅇㅇ(가명), 즉 오빠의 이름이었습니다. 이렇게 평균적으로 오빠를 찾는 전화를 하루에 수백 통 가까이 받았다고 합니다. 이 괴롭힘을 못 이기던 오빠는 끝내 방송사의 도움을 받기로 합니다. 그래서 마침내 모 방송사에 취재 요청을 했습니다. 오빠, 참 어려운 결심을 했습니다. 기나긴 방송 촬영에 응하기로 한 것이죠. 전화 테러가 생업에 막대한 지장을 초래합니다. 최후의 수단으로 방송사에 의지할 수밖엔 없었습니다.

해당 방송사 측은 범인의 단서를 하나라도 찾기 위해 죽을힘을 다해 노력하게 됩니다.

이들이 상담 신청 문의를 남겼던 곳에 어렵게 연락해 취재 요청을 했습니다. 이를 통해 범인의 IP 등을 색출해 내게 되는 나름의 성과를 거두게 되었습니다. 하지만 IP는 의정부시, 부산광역시, 대구광역시, 일본 등등 너무나도 광대했습니다. IP 추적을 통해 얻게 된 것이 있다면 범인은 IP 우회기를 이용하고 있다는 점이었습니다.

지옥이 따로 있나, 이곳이 미궁인걸

그래도 한 가족의 생계가 달린 중한 사안이지요. 정말 고맙게도 취재진은 포기하지 않고 주소지마다 직접 방문해 확인해 보았습니다. 죽기 살기로 증거를 찾기 위해 노력했습니다. 하지만 주소지를 찾아가도 있는 건 컨테이너, 낡은 빌딩 두 채뿐이었습니다. 박본관 혼자 범행했다기엔 범행은 너무나도 치밀했고 단서는 없었습니다. 그에 대한 근거는 혼자 범행했다고 하기엔 피해 금액도 너무나도 컸습니다. 또한 피해자의 숫자도 많았습니다. 아주 미묘한 차이지만 괴롭히는 방식도 약간은 달랐지요.

비록 범인 검거에는 실패했지만, 오빠는 범인으로 추정되는 IP주소 몇 개를 증거 자료로 찾게 됩니다. 이에 관한 자료 100여 장을 출력해 인근 관할 경찰서에 진정할 수 있는 실낱같은 희망은 얻게 되었습니다. 해당 방송이 방영이 된 후, 전화 테러도 약간은 잠잠해지나 기대했습니다. 하지만 범인은 '나 잡아봐라.'하고 조롱이라도 하듯 테러는 점점 더 극에 달했습니다. '평생 500원도 못 벌게 하겠다.' 이 말을 지키려는 듯한 의지인지는 모르겠지만요. 그가 괴롭히는 방식은 대범해졌습니다. 급기야 이젠 전화기가 마비될 정도로 극성맞게 범행을 이어가기 시작합니다.

방송사에도 한 번 방영이 됐던 일이기도 합니다. 심각한 사안인데 박본관으로 추정되는 이 범인은 아직 사안의 중함을 모르는 것 같습니다. 또한 마치 완전범죄를 꿈꾸는 듯한 미래를 계획하는 것처럼 보이기도 했습니다. 그러던 어느 날, 오빠의 관할 경찰서에서 박본관을 소환하기 위해 통화를 했다고 합니다. 그가 수사관과 통화했다던 그다음 날부터 이상한 일들이 벌어지기 시작합니다.

마치 아무 죄도 없는 사람을 왜 자꾸 건드냐는 듯 화가 난 듯합니다. 자신의 억울함에 대해 묵언의 호소라도 하는 것일까요? 전화를 받는 것 이외에 다른 업무는 완전하게 마비가 될 정도로 못 하게 막았습니다. 사실은 일전에 오빠가 공중전화로 박본관에게 전화를 건 적이 있었다고 합니다. 왜 자꾸 주변 사람들을 괴롭히는 것인지, 그 이유에 대해 묻고 싶었습니다. 오빠는 아버지 계좌 번호는 어떻게 알아낸 것인지 지속해서 깊게 추궁했답니다. 그러자 아무런 대답도 하지 않은 채 '법정에서 만나자'라고 이야기했답니다. 그 기억이 아직도 정말 생생합니다. 박본관이란 인물에 대해 간단하게 언급해 볼게요. 그는 맨 처음에 오빠가 그를 경찰에 신고했다고 말할 당시, '가짜 경찰'이라고 했답니다. 그 정도로 의심이 많았던 것이지요.

어쩌면 남을 속이고 범죄 행위를 하며 살아온 인생이기에 스스로 못 믿는 걸 수도 있습니다. 그는 경찰조차 믿지 못해, 진짜 경찰이 맞냐며 여러 차례 확인했답니다. 담당 수사관 또한 그의 집요함에 한동안 시달렸다고 알고 있습니다. 긴 시달림 끝에 진짜 수사관이 맞음을 어렵게 확인시켰다고 합니다. 그래도 방송의 힘을 빌려, 수사는 진행이 잘 되겠거니 하고 생각하고 있었지요. 그렇기에 혐의가 입증되겠거니 하고 법의 심판만을 기다리게 되었습니다. 하지만, 수사관은 가끔가다가 '수사 중'

이라는 문자만 남길 뿐이었습니다. 즉 수사에는 미진했지요. 사건에는 큰 관심이 없는 듯했고 해결도 안 되었습니다. 피해 금액이야, 어차피 민사로 해결을 봐야 하는 부분이기 어쩔 수 없는 걸 잘 압니다. 하지만 현재 진행되고 있는 협박과 전화 테러, 국제 문자만큼은 멈춰야만 했습니다. 그것만이 그나마 가족들의 생계를 유지할 수 있는 상황이었습니다. 신은 이것조차 허락하지 않는 것일까요? 시간이 가면 갈수록 협박과 테러는 더 심해졌습니다.

12.

취재 후 더 악화한 상황,
마약 범죄에 연루되다

한 가지 더 시작된 것이 있습니다. 바로 사기 범죄와 마약 범죄 연루였습니다. 방송사에서 취재한 후, 방송까지 완료한 상황이었는데 마약 사건까지 연루된 겁니다. 그때는 너무도 당황스러울 뿐이었습니다. 경찰서에서 우리 가족을 찾아오게 되고, 경찰에게 수사받는다는 게 정신적으로 보통 일이 아님을 압니다. 순간 앞이 캄캄한 기분이 들었지요. 저는 관할 경찰서에 가서 조사받게 됩니다. '약사법 위반'이라고 하는 혐의로 조사를 받게 되었습니다.

누군가 제 이름으로 마약 성분이 들어있다고 하는 일명 식욕억제제를 판매했답니다. 그것도 한 달 치가 아닌 넉 달 치나 불법적으로 판매했다는 겁니다. 이들의 범행의 공통점은 모두 밤에 이루어졌다는 공통성을 가지고 있습니다. 또한, 카카오톡 공개 채팅방이나 다이어트 관련 카페

지옥이 따로 있나, 이곳이 미궁인걸

에서 범행했답니다. 광고를 할 때 제 연락처를 기재하는 방식으로 했으리라는 추측이 듭니다. 이들은 다른 계좌로 돈을 가로챈 뒤, 유유히 잠적했답니다. 피해자들은 모두 돈을 변제받지 못한 걸로 알고 있습니다. 또한 범행에 실질적으로 이용된 ID는 명의가 없는 것이라고 하네요.

그래도 엄연히 다른 누군가에게 명의 도용을 당한 것입니다. 당시에 약 세 시간에 걸쳐 고강도의 수사를 받았습니다. 그렇게 그 일은 마무리가 되었지요. 하지만, 당시에 제 처방 기록, 및 은행 거래 명세도 모두 경찰 측에서 모두 수색했습니다. 그것도 압수수색 영장을 받아서요.

제 추측이지만 이들은 일반 '사기죄'보다 이 혐의가 중형이 선고된다는 것을 알고 있는 겁니다. 그래서 제삼자의 이름으로 이런 행각을 벌였던 것이겠지요. 경찰의 출석요구를 받기 전에 이들로부터 온 협박 메시지가 있습니다.

'너랑 너희 아버지 모두 교도소에 보내버린다.' 이 말이 불현듯 머릿속에 스쳐 지나가는 것이었죠. 지금까지 나열한 정황으로만 봐도 이들은 범죄 쪽으로는 매우 빠삭합니다. 그리고 교묘하게 머리를 써서 자신은 법의 처벌에서 유유히 빠져나가는 것이지요. 더욱이 타인의 연락처를 기재하는 방식으로 애먼 사람을 조사받게 만듭니다. 이렇게 무서운 치밀함도 가지고 있습니다.

이들이 더 악랄하다고 할 수 있는 단서는 전화 테러는 계속된다는 점이었습니다. 문자 테러 또한 계속되었지요. 하물며 경찰 조사 중에도 어떠한 악행 하나라도 멈추는 것이 없었습니다. 부모님은 두 분 다 금융감독원 '개인 정보노출자'로 등록을 해 두시게 되는 불편함까지 감수합니다. 대출 중 일정 금액을 갚지 않으셔서, 신용불량자로 생활하셔야 하는 최악의 상황까지도 맞이하게 됩니다.채무를 갚을 능력이 없어서 못 하는 것이 아닙니다. 단순히 이들의 추가 범행을 막고자 하는 취지에서 하는 임시방편인 셈이지요. 이렇게 조치하자 이들은 다른 범죄에 손을 댑니다. 돈만 받은 채 물품을 배송하지 않는 범죄를 택한 거죠. 그것도 다이어트 약이니 마약 범죄라고 할 수 있습니다. 마약 범죄로 적발이 되면 거의 대다수가 구속 수사를 받습니다. 이런 점을 노리고 범행을 이어간 건 아닐지 의심이 됩니다. 많고 많은 물품 중에, 하필 다이어트약이나, 마약으로 사기행각을 이어 나가는 게 그 단서입니다. 아직 물증은 없지만 이에 대한 피해 금액도 몇백 또는 몇천만 원 정도 되지 않을까 어림잡아 추측해 봅니다.

이들이 허위로 판매하는 약은 중추신경계를 자극하는 약이 대부분이었습니다. 이름은 마약 범죄입니다. 하지만 실제로는 저와 가족들의 명의로 불법적인 행위를 저질러서 돈을 노리는 범죄라는 사실에 주목해 주십시오.

지옥이 따로 있나, 이곳이 미궁인걸

사람마다 생각이 다르겠지만 조금만 생각해 보면 이 범죄 행위의 대부분은 돈과 연관이 되어있습니다. 즉 생계를 위협하기 위한 목적임을 알 수 있지요. 또한 사회적으로 완전히 매장해서 낙오자로 만드는 게 이들의 최종 목표물로 보입니다. 결론적으로 '돈'이란 게 들어오는 곳이 없게 만드는 게 이들의 범행 동기이자 목표라고 저는 확신합니다. 타지에서 한창 생업에 집중하고 있는 오빠는 어느 날 경찰서로부터 연락을 한 통 받습니다. 아니나 다를까, 인천 광역 수사대 마약 수사팀이란 곳에서 연락이 왔습니다.

마약류에 관심조차 없는 오빠에게 왜 이런 전화가 걸려 온 것일까요? 해당 수사관과 오빠의 대화를 간략하게 요약하고자 하면 이렇습니다.

"심규철 씨 휴대 전화 되시나요? 인천 광역 수사대 마약 수사팀인데, 사건이 접수되어 연락드렸습니다."

"네 맞는데, 마약엔 관심이 없는데 무슨 일이지요?"

"그래도 사건이 접수되었으니 사실 확인차 출석해 주시길 바랍니다"

너무나도 억울한 오빠는 해당 전화를 받고 바로 경찰서로 갔다고 합니다.

이번에도 네이버 카페채팅방에서 누군가가 다이어트약을 팔기 위해 오빠의 연락처를 기재하였답니다. 이를 버젓이 남겨둔 채 타인의 계좌로 돈을 송금받은 채 진범은 유유히 잠적해 버렸지요. 제가 받은 조사와 범행 방식이 일치합니다. 범행의 동기 또한 택배 거래를 통해 피해자를 속여 돈을 빼앗는 것도 같습니다. 이들의 목표는 오빠의 번호로 사기 행각을 벌여, 애먼 사람에게 법의 심판을 받게 하는 게 목적이겠지요. 참 대담하고 교묘한 범죄입니다.

13.

아주머니,
당신의 정체는
무엇인가요?

이쯤에서 잠깐 방송사에서 '약을 판다는 사람'이랑 통화를 한 적이 있답니다. 이 사람은 약 50~60세 사이로 추정이 되는 아주머니라고 합니다. 이는 방송사 작가에게 오빠가 전해 들은 말로 결정적인 증거는 아닙니다. 그래도 '이 시기에 이런 사람이 이러한 행동을 했다'라는 단서는 될 수는 있겠지요.

저 아주머니를 주범이라고 가정해 봅시다. 그러면 지속해서 범행을 이어가는 것으로 보아 혼자가 아닌 적어도 한두 명의 공범 정도는 더 있는 것으로 보입니다. 제 개인적인 생각이지만 공범 중에도 약을 판매하는 조직이 있을 것 같습니다. 그리고 대포통장을 이용해 돈을 속여 뺏는 조직으로 구성이 돼 있는 듯합니다. 이는 어디까지나 제 추측일 뿐입니다. 옛날의 일이지만 이에 대한 증거를 전송해 줬으면 어땠을까요? 아주머니의 음성 파일이나, 녹취 파일이 있다고 들었습니다. 이걸 피해자에게 주지 않은 게 아쉽습니다. 만일 이를 수사 참고 자료 용도라도 사용했다면 해당 인물은 어쩌면 지금 검거할 수가 있었을 겁니다. 피해자까지 수십 명, 수백 명에 달할 것으로 예상해 봅니다. 이 아주머니에게 실제로 약을 처방한 사실이 없다고 칩시다, 그렇다면 해당 병원에서 이 아주머니를 상대로 사문서위조 행사 등으로 고소를 진행하는 방식이 있겠지요. 병원 측에서 고소를 진행하는 방법 역시 이 일의 주범을 검거하는 데에 한몫할 거로 생각합니다. 상황은 허위 다이어트약 판매로 경찰서에 오가는 상황까지 치닫습니다. 이와 더불어 가족들의 생활 수준은 점점 더 나락으로 떨어지게 됩니다. 범인을 검거할 수 있다는 희망 또한 점점 사라지게 되지요. 각종 테러에, 명의 도용 대출에, 인증 문자 대량 전송도 모자란 것일까요? 괴롭힘은 방법을 달리하고 점점 진화합니다. 이젠 경찰서도 들랑날랑하는 처지가 되었습니다. 이대로 가다간 법원에도 들랑날랑하는 처지가 되겠습니다. 점점 더 불안해지기 시작합니다.

14.

휴대 전화 원격 조정?
도청 그 비밀

그때 제 휴대 전화를 검사해 보자 생각지도 못한 광경을 접하게 됩니다. 이를 보고는 깜짝 놀랄 수밖에 없었습니다. 눈으로 보고도 믿기지 않을 그 상황을 접하게 된 것이지요.

누군가와 대화를 나눌 때, 제 경우는 카카오톡 메신저를 이용하고 문자는 전혀 사용하지 않습니다.

그런데 문자 메시지 함은 가득 차 있었습니다. 내용 중에는 제가 검사님께 수사받았는데 해당 검사에게 돈 5만 원을 꿔 달라는 내용이 있었습니다.

그리고 다이어트약을 판매한다는 수도 없이 많은 문자 메시지가 있었습니다. 더욱 놀라운 것은 아버지의 생신이니 선물을 해 드려야 한다며 돈을 꾸는 내용도 있었습니다. '개인 돈 잠깐만 쓸 수 있을까요?'로 시작해 온갖 돈에 관한 내용들이 수두룩하게 빽빽했습니다. 이 정황을 보고 정신이 한동안 멍해져 있었습니다. '다이어트약 사실 생각 없나요?'란 문자는 셀 수도 없이 많았습니다. 사진첩에는 다이어트약이나, 다이어트 한약, 주사제로 추정되는 사진이 너무도 빼곡했지요. 깜짝 놀란 나머지 해당 문자와 사진은 모두 즉시 삭제했습니다. 다이어트약에 관한 문자들은 맞춤법이 하나도 맞지 않았으며, 띄어쓰기는 전혀 하지 않았습니다. 말 그대로 조선족의 화법이라고 해야 할까요? 이런 내용들이 대다수였습니다. 제가 평소 쓰는 말투와는 확연히 달랐습니다. 그러니 즉, 누군가가 제 이름으로 엄청난 범죄 행각을 꾸미고 있음을 알 수 있었지요.

결국 저 또한 휴대 전화번호를 변경하게 되었습니다. 동시에 해지까지 완료했지요. 그런데도 혹시나 하는 마음에 해지한 번호로 다시 전화를 걸자, 해당 번호로 버젓이 통화 연결음이 이어졌고, 잠시 후에 꺼져있다는 대사가 나왔습니다.

이를 통신사 측에 문의해 보니 이런 일은 처음이랍니다. 따라서 조금 있으면 정상적으로 없는 번호로 나올 것이란 말만 들은 채 통화를 종료해야 했습니다. 한참이 지나도 해당 번호는 없어지지 않았습니다. 다시 전화해도 전원이 꺼져있다는 멘트만 나올 뿐입니다. 그래도 일상생활을 해야 하기에 그 부분에 대해서는 크게 신경 쓰지 않은 채 생활하게 됩니다.

그러면 우리 가족들을 교도소에 보내기 위해 이렇게도 열심히 다이어트약을 파는 인물은 누구일까요?

이는 '석이'가 나타남과 동시에 이뤄진 일이기도 합니다. 그의 배경엔 여성 한 명이 있었습니다. 일부 독자분들은 석이의 어머니로 추정이 된 다던 그 여성을 기억하실 겁니다. 어머니의 계정이 따로 있는 것은 아니었습니다. 하지만 정황상 석이와 약을 파는 인물이 나타난 시기는 얼추 비슷합니다. 또한 둘은 관련이 있음을 알 수 있습니다. 석이가 박본관의 하수인이라고 가정합시다. 그렇게 추정하면 어머니는 또 다른 범죄인인 약 판매자가 되는 것이지요. 이렇게 추정을 해보면 이들이 자연히 심부름센터나 흥신소의 사람들이라는 것을 알 수 있겠습니다. 가족들의 돈도 모자라 영혼까지도 다 털어가려는 속셈을 가지고 접근한 것임을 알 수가 있습니다.

'석이'가 나타나기 전엔 단순히 제삼자를 통한 업무 방해 전화만 왔습니다. 하지만 석이가 나타난 뒤로부턴 상황이 달라집니다. 전화에 이어 자신이 박본관이란 문자, 협박 문자까지 빗발칩니다. 이젠 음란물 사진까지도 쇄도합니다.

이 당시에도 그는 모든 증거들을 은닉했습니다. 오죽하면 국내에서 2위 간다고 하는 해커조차도 그의 정체 파악에 대해 사실상 포기하게 되었으니까요. 한창 다이어트약으로 수사를 받던 당시가 '마약류 집중단속' 하던 기간과도 거의 일치합니다. 이런 점을 보면 그는 가중 처벌까지 계획하고 범행을 한 점을 알 수 있게 됩니다.

15.

무엇 때문에 접근하셨나요?
그가 벌인 엄청난 일

    하지만 불행은 여기에서만 그친 게 아니었고, 이건 이제 서막에 불과했습니다. 독자분들은 사람에게 꼭 필요한 것이 뭐라고 생각하는지요? 기준은 다 다르겠지만 '자유' 또한 그 범위에 들어간다고 볼 수 있습니다. 하지만 가족들은 이것을 누군가에 의해 강제로 침해당하는 그런 사건까지도 겪게 됩니다. 그것도 돈과 은행에 엮여서 벌어진다고 생각하니, 더 끔찍한 셈이지요. 그 끔찍하고도 무서운 이야기는 지금부터 시작하도록 하겠습니다. 낫, 식칼, 도끼, 이들의 공통점은 흉기로 사용될 수 있다는 점입니다.

    통장 잔액도 확인할 겸 겸사겸사 약 두 달 만에 은행에 방문하게 됩니다. 그런데 누군가는 이걸 먼저 알고 있다면, 무섭지 않으신지요? 더 무

지옥이 따로 있나, 이곳이 미궁인걸

서운 것은 마지막으로 은행에 간 날짜까지 기억하고 있었습니다. 통장의
색깔까지도 정확하게 알고 있었고요.

이에 대해 카카오톡 계정으로 협박까지 들어오게 됩니다. 카카오톡 내
용을 보면 저와 가족들이 은행에 언제 갔는지 아주 정확하게 알고 있었
습니다. 은행에 마지막으로 방문할 당시 주위에는 아무도 없었습니다.
또한 은행 내부에도 아무도 없었고요. 그렇다면, 저에게 이런 협박 메시
지를 전송하는 사람은 누구일까요?
  그렇다고 은행 CCTV를 악의적으로 해킹한다는 게 말이나 될까요?
  신문 기사, 미디어, 뉴스 등을 접해봐도 '은행 전산망을 해킹한 범죄'는
들어본 적 없습니다. 만약 이 사건이 그런 부류의 범죄라고 한다면 벌써
언론이 떠들썩했을 겁니다. 하지만 그것도 아닌 걸 보면 전산망 해킹은
아니라는 이야기가 됩니다. 그는 왜 제가 은행에 가는 것을 두려워하고,
이에 대해 과도할 정도로 집착하는 것일까요? 여기엔 엄청난 반전이 숨
어있음을 미리 알려드리도록 하겠습니다.

제 소득부터 먼저 이야기하자면 모 회사에서 정규직으로 근무 중이었
습니다. 세금을 공제하고 월 300만 원씩 통장으로 급여를 수령하고 있었
습니다. 정확한 회사 이름을 밝히면 대부분 다 아실 법한 회사에 재직 중
이었습니다. 회사와 관련해서는 여기까지만 공개하도록 할게요.

방송사에서 방영된 뒤, 관심을 가지는 사람은 많았습니다. 하지만 실질적으로 해결된 일은 없었고 일종의 조언을 들었을 뿐이지요. '사건이 하루빨리 해결되어서 일상으로 되돌아갔으면 한다.', '그들이 하루빨리 법의 심판을 받았으면 좋겠다.'라는 사람들의 따뜻한 조언을 들을 수 있었습니다. 시간을 거슬러 올라가, 가짜 고객 석이와 관련이 되어있는 인물을 제가 알고 지낸 적이 있습니다. 당시에 그는 군무원 시험 준비 중이라며 저에게 접근했습니다. 그는 서울 강서구에 거주한다고 했지요. 그는 제게 접근하여 말하길, 제게 공짜로 과외를 해 달라며 부탁을 하였습니다. 저는 국어에 관심이 많고 남에게 좋은 일을 하면 복을 받는다는 마음으로 약 2개월간 공부를 가르치는 일에 전념했습니다.

지금부터 해당 인물은 군무원이라고 칭할게요. 당시에는 국어 관련 자격증도 없었습니다. 또한 공부를 가르친다고 어디에 게시한 상황도 아니었습니다. 갑자기 누군가가 연락이 오는 점은 이상했습니다. 그렇지만 남을 가르치는 게 나쁜 일은 아니기에 흔쾌히 수락했습니다. 저에게 열심히 배운 나머지, 그는 시험에 합격한 것으로 알고 있습니다. 하지만 그에게 한 가지 이상한 점이 있었습니다. 바로 자신의 연락처를 절대로 알려주지 않는다는 점이었습니다. 하지만 카카오톡 메신저를 통해 워낙 연락이 잘 되는 상황이었지요. 그렇기에 딱히 연락처는 필요 없는 상황이었습니다. 자신이 필기시험에 합격하자, 본인의 여자친구라고 주장하는 사람을 소개해 주기도 했습니다.

그 이후, 그는 저에게 군무원 관련 면접을 봐야 한다면서 A4용지 30페이지 정도의 자기소개서를 작성해 달라고 요청하였습니다. 그는 공짜로 해달라고 요청했고, 전 이를 작성해 주었습니다. 하지만 면접 결과가 나오자, 본인이 시험에서 낙방했다고 한 뒤에 저를 차단했습니다. 여자친구 또한 이사해야 한다며 저를 차단했습니다. 제가 써준 원고로 면접을 보고, 그의 태도는 돌변한 것이지요. 그에게는 무슨 일이 있었던 것일까요? 이 시기는 한창 아버지 모르게, 아버지의 명의로 대출이 실행되고 있던 시기와 일치합니다. 대출을 실행한 자가 이 군무원이라는 자인지는 알 수 없습니다. 하지만 '오양맛살' 이런 식으로, 네 자리 글자를 보냄과 동시에 1원씩 입금합니다. 이 점은 아버지 통장에 손대려고 계획하고 있었던 것이지요. 이와 동시에 어머니 통장에서 인출된 현금 3천5백만 원 정도에는 이 군무원의 이름이 기재돼 있었습니다.

제 토스뱅크 통장을 통해 어머니의 통장을 원격했는지는 알 수 없습니다. 다만 네 글자의 이름으로 인증 문자가 옴과 동시에 일어난 일입니다. 군무원을 알고 지낼 시기에 일어난 일입니다. 즉 그의 소행은 확실합니다. 해당 군무원은 사실 면접에 합격한 사실을 공개 채팅방을 통해 알 수 있었습니다. 또한 대표로 나서서 익명으로 버스 대절까지도 하고 있었습니다.

박본관과 군무원은 사는 곳도 나이도 다릅니다. 하지만 공통점이 있습니다. 서로 나타난 시기가 일치한다는 점이 있겠습니다. 또한 1원씩 입금하고 돈을 빼 가는 방법으로 괴롭힌다는 점이 매우 비슷하지요. 이러한 정황들을 봤을 때 이 군무원은 박본관의 하수인임을 알 수 있습니다. 석이가 나타난 건 이로부터 약 3개월 뒤이기도 합니다. 그가 석이와도 관련이 있음을 조용히 추측해 봅니다. 또한 이 군무원은 제 오빠와 대화해 보는 것을 너무도 간곡하게 요청하더라고요. 그래서 공개 채팅방을 따로 만들어, 저, 해당 군무원, 오빠 이렇게 셋이 대화했던 적은 있었습니다. 당시 해당 군무원은 오빠에게 저를 칭찬하더라고요. '국어 잘하는 동생 둬서 좋겠다'라는 대화가 서로 간에 오갔습니다. 저는 그 대화를 지켜만 봤고요.

그 뒤로 얼마 지나지 않아 해당 군무원은 잠적했고 연락처를 모르다 보니 찾을 방법도 없었지요. 여자친구까지 잠적하니 찾을 길은 더욱더 없었습니다. 찾을 일도 없게 돼서 잊고 지내나 했죠. 그때 석이가 나타난 것이고 알고 보니 저에게는 이상하리만큼 연락처를 숨겼던 그였습니다. 그런데 이번엔 오빠의 바뀐 연락처를 어떻게든 알아내려고 합니다. 시기도 얼추 비슷합니다. 그걸 보면 동일 인물이라고 생각할 수밖에 없었던 겁니다. 저와 연락하고 지냈을 당시, 해당 군무원은 어머니에 대한 애정을 과시하곤 했지요. 석이 역시 어머니로 추정되는 여성과 찍은 사진을 기재했지요. 잠깐 언급한 방송사 작가가 통화했다던 50~60세 사이 약

팔이 아주머니를 석이의 어머니라고 가정하겠습니다. 그러면 이 군무원이 해당 사건과 밀접한 관련이 있음은 배제하지 못하지요.

박본관과 군무원이 아는 사이란 단서는 바로 제가 국어를 잘한다는 사실을 안다는 것입니다. 박본관이 이걸 알게 됨과 동시에 해당 군무원은 제게 접근해 왔습니다. 본인이 시험을 준비한다며 공짜로 국어 공부를 가르쳐 달라고 부탁해 왔습니다. 독자 여러분께서는 공짜로 무언가를 배우고 싶다며 접근한다는 게 이상하게 여겨지실 수도 있습니다. 저는 돈을 받고 누군가를 가르친다는 생각을 한 적이 없습니다. 단지 재능 기부 차원으로 수락을 한 것이지요. 박본관과 오빠가 한창 친하게 지낼 당시. 타지에 거주하는 오빠에게 도움이 되고자 노력했습니다. 예를 들자면, 비타민을 챙겨준다든지, 향수를 선물한다든지, 이런 사소한 것들입니다.

타인과 대화하기를 워낙 좋아하는 오빠는 동생이 여러 가지 물품을 선물해 줬다며 박본관에게 자랑했을 것입니다. 이를 빌미 삼아 그가 평소에 알고 지내던 심부름센터에 저에게 접근할 것을 부탁했을 것이고요. 제가 생각하는 내용은 대략 이렇습니다. "규철이 동생 국어도 잘하고 글도 괜찮게 쓰니 접근해 봐라." 제 추정이지만 내용은 이럴 듯합니다.

이 점은 우연의 일치일지는 모르겠습니다. 특정 브랜드의 향수를 좋아함이 군무원과 석이 두 인물이 일치합니다. 또 이들은 말투가 다소 정상적이지가 않으며 단답형이라는 점 또한 공통점이 있습니다.

군무원이 접근한 이유는 공부하려 한 게 아닙니다. 어머니의 통장에 있는 운전 자금에 손대려는 목적으로 접근한 것이라고 확신합니다. 석이도 가맹을 맺으려는 게 아닌 연락처를 알아내고자 접근한 것임을 알 수 있습니다. 이 일을 직접 겪은 저로서는 둘이 동일인이라는 합리적인 의심을 하고 있습니다. 군무원이 연락처를 알려주지 않은 것은 아직까지도 의문점으로 남아있습니다. 확실한 건 자신의 연락처가 공개되면 뭔가 켕기는 게 있었던 것이지요. 그 때문에 그토록 숨겼던 것으로 생각합니다. 예를 들어 신분이 박탈되고 법적 책임을 져야 함을 알았을 것입니다. 그렇기에 '본인 명의'의 연락처만큼은 그렇게 철저하게 숨겼을 거로 생각합니다.

단순한 우연의 일치일 수도 있겠지만 군무원도 '컴퓨터공학'을 전공했다고 알고 있습니다. 이 해당 사건의 범인도 우회, 원격 등등을 매우 자유자재로 합니다. 그 점을 보면 컴퓨터나 휴대 전화 같은 전자기기에 다양한 지식이 있음을 알 수 있지요. 가짜 고객인 석이 또한 본인의 카카오톡 프로필 배경을 그렇게 잘 관리할 정도이면 컴퓨터에 다소 능숙한 인물입니다. 나중에 확인해 본 결과, 군무원이란 인물이 아버지 통장에서도 2천여 만 원 정도 출금한 사실이 있습니다. 이는 그 군무원의 본명으로 출금이 되었습니다. 또한 한창 대출이 일어나던 시기와 일치합니다. 즉 단순한 우연이라고 하기엔 무리수이지요. 이유는 1원씩 여러 번에 걸쳐 인증을 보낸 뒤 통장에서 몇천만 원씩 자신의 이름으로 빼감을 알 수 있습니다. 이는 박본관이 하던 행동과 매우 흡사합니다. 그의 스토킹 행각과 같은 시기에 일어나기에 '군무원은 별개의 인물'이라 보기엔 무리수입니다. 확실히 어느 정도는 관련된 인물이지요. 박본관에게 다음과 같은 지시를 받았을 겁니다. 내용은 '규철이네 가족 끝까지 괴롭혀라.'

독자 여러분도 아시겠지만, 흥신소나 심부름센터에 무언가를 의뢰하면 '성공 수당'이 있답니다. 부르는 게 돈이라고 기본 비용이 몇백에 달한다고 합니다. 왜 굳이 그것도 뒤에서 그 소중하다던, 목숨보다 아깝다던, 그런 귀한 돈까지 써가며 우리 가족을 괴롭히는 걸까요?

제가 전해 듣기로 그는 과거부터 스토킹 기질이 있었다고 합니다. 그가 이루고자 하는 걸 이루지 못하면 상당히 불안해하는 일명 자폐 성향도 있는 사람이라고 알고 있습니다. 그런 사람이 관심 있어 하고, 의지하던 사람이 한순간에, 눈에서 없어진 순간 그의 눈은 뒤집혔을 겁니다. 또한 그의 머릿속엔 오빠를 다시금 자기네 사무실로 복귀시켜야겠다는 생각만 가득했을 것이고요. 이게 쉽사리 이루어지지 않자, 점점 더 비열하고 악독하게 그것도 뒤에서 괴롭히는 걸로 예상합니다. 하루가 멀다고 심해지는 협박, 이제 정말로 선을 넘을 대로 넘었습니다. 국제 전화, 인증 문자에 이어, 협박 문자까지 한두 달도 아닙니다. 너무 오랜 기간 이러한 상황이 지속되고 있습니다. 이제 부모님의 심신은 지칠 대로 지쳤습니다.

16.

심해진 협박,
우리의 일상을
어찌도 그리 잘 아시나요?

급기야 그동안 활짝 열고 살던 대문을 잠그고 살기로 마음을 먹었습니다. 사실 이렇게 마음을 먹기에는 다 이유가 있습니다. 이들이 현관 잠금장치 사진을 찍어서 전송하였습니다. 이젠 도를 넘어 아버지의 차량 번호가 담긴 자동차 사진도 찍어 보내더라고요. 바로 대문 앞에서 찍은 사진까지 저에게 보냈습니다. 그리고, 자신이 박본관이니 돈 들고 당장 나오라는 멘트와 함께 이러한 사진을 전송했던 것입니다.

요즘 세상이 험하고 무서운 것도 이유 중의 하나겠습니다. 하지만 박본관의 상태가 심상치 않음이 한몫했지요. 부모님께서는 '아예 속 편하게 문단속 잘하고 살자'라고 판단하셨던 것입니다. 그는 이 사실을 알고 있는지 부모님께서 잠깐이라도 외출하면 미행하는 낌새를 보였습니다. 가만히

주차해 놓은 아버지의 차량을 고스란히 사진 찍어 보내곤 했지요. 그리곤 대놓고, 자기가 박본관이라면서 문자를 보냅니다. 내용은 '동네 요양원이니 돈 얼마 가지고 몇 시까지 나와라.'라는 방식의 협박이었습니다.

아버지와 직접 통화해 본 적이 있는 박본관이면 충분히 대놓고 그렇게 하고도 남습니다. 그렇지만 박본관과 아버지는 엄연히 모르는 사람입니다. 태어나서 옷깃 한 번 스친 적 없는 남남인 사이입니다. 아버지께 대놓고 돈을 요구한다는 것은, 마치 비행기에 탑승했는데 덥다고 내리라는 격과도 같은 이치입니다. 즉, 앞뒤도 맞지 않으며 말이 안 되는 이야기이지요. 그가 꿀리는 점 없이 그래도 받아야 할 돈이라면 증거 자료를 가지고 찾아왔을 겁니다. 또한 '사정이 이러이러해서 받아야 합니다.'라고 설명부터 하는 게 맞지요. 이는 누구나 알 만한 사실이며 예의입니다. 또한 오빠에게 전해 들은 그의 거주지와 저희 동네와는 왕복 네 시간 정도 걸릴 정도로 먼 거리입니다. 매일 이곳에 100만 원도 안 되는 돈을 받으러 오고, 아버지까지 협박한다는 것은 너무나도 말이 안 되는 상황입니다. 이것은 박본관을 대신하여 그의 사주를 받았음을 알 수 있습니다. 그리고 심부름센터에서 하는 일이라고 추정할 수 있습니다. 마치 AI가 하듯 매일 똑같은 시간에 똑같은 말투로 하는 범행이란 게 이 사건의 힌트이지요.

박본관은 돈이라면 뭐든 포기할 수 있다고 본인이 오빠에게 직접적으로 이야기했답니다.

그렇지만, 실질적으로 오빠도 박본관에게 빌린 돈도 없습니다. 때문에 돈을 줘야 하는 상황이 아닙니다.

기존에 줬던 210만 원가량은 그동안 함께 일한 정 때문에 준 거랍니다. 나름의 유종의 미를 거두기 위해서요.

오빠는 물질적인 돈보다는 정신적으로 힘이 되어주고, 의지할 수 있는 사람을 선호하는 편입니다. 예를 들어, 서로 간의 비밀도 터놓을 수 있는 정신적인 가치를 우위에 두는 사람이라고 할 수 있지요. 박본관도 집요한 사람이긴 했지만, 같이 업무를 보며 심적으로 의지를 했던 부분이 많이 있었답니다. 그래서 무려 3개월에 걸쳐, 그가 요구하는 대로, 응해줬던 것이지요.

박본관이 보낸 협박 문자 중 다음과 같은 부분이 있습니다. '네 아들 때문에 내가 빚이 생겼으니 그 돈까지 다 내놓고, 일 못 한 돈까지 다 내놔라.'하는 건데, 이건 온전하게 제 생각일 뿐임을 알려드립니다. 오빠가 그의 사업을 도와주는 일에서 손을 떼면서 그의 사업엔 손해가 발생했을 겁니다. 그래서 사업 홍보 차원으로 다시 회사로 복귀시키게 하려고 괴롭히는 거라는 추정도 할 수 있습니다.

저에게 접근했던 군무원은 박본관이 시간 끌기 용도로 사주한 인물로 보입니다. 그에 대한 단서는 부모님의 통장에서 출금할 때와 저에게 공부할 때가 시기상으로 겹칩니다. 그를 입증하는 단서는 그간 군무원이 저에게 했던 대부분 말들이 거짓이라는 점에서 볼 수 있습니다. 하나를 보면 열을 알 수 있습니다. 어느 날은 뒷번호가 오빠의 기존 번호랑 같은 연락처로부터 전화 한 통이 걸려 왔습니다. 당시에 '오빠가 전화번호를 변경하였거나, 업무 전화를 개통하였나 보다.'하고 전화를 받은 적이 있습니다. 하지만 그는 운동화를 신었는지, 자박자박 걸음 걷는 소리와 긴 숨소리만 낼 뿐 아무런 대답도 하지 않았습니다. 숨소리는 약 40초간 이어졌고 자박자박 걷는 운동화 소리 외에는 아무 소리도 들리지 않았습니다. 그는 아무도 없는 조용한 곳에서 통화하는 것 같았습니다. 그 전화를 끊자, 약 1분도 안 돼 문자 한 통이 날아옵니다. '나 박본관인데, 네가 가산을 다 탕진해서 오빠가 글을 잘 쓰는데도 국문학과에 못 갔다.'하는 메시지입니다. 머지않아 이와 비슷한 내용이 아버지께 전송이 됐습니다. 이는 명백한 허위 사실이며 가산을 탕진한 사실도 없습니다.

오빠를 따라 한 연락처만 해도 족히 100개는 넘었습니다. 해당 번호로 연락을 해보면 모두 없는 번호였습니다. 간혹가다 있는 번호는 전원이 꺼져있다는 말만 들릴 뿐 결정적으로 통화는 모두 실패하였습니다.

누군가에게 바라는 바가 있고 긴급하게 전할 바가 있으면 문자보다는 통화 아닐까요? 급하다면 간편한 통화가 더 편할 것입니다. 하지만 여러 차례의 통화 시도에도 실패한 걸 보면 어딘가 꿀리는 구석이 있음은 사실입니다. 또, 자신의 정체를 이리도 숨기는 것을 보면 범인은 소심한 성격의 소유자입니다. 그와 동시에 남 앞에 쉽사리 나서지 못하는 사람이란 걸 쉽게 알 수 있습니다.

17.

당신만 가진
재능이 부러워요,
나에게도 나눔을

또 한 가지 특징은 범인이 오빠의 블로그나, 글쓰기 능력, 이런 것들에 매우 집착이 심하다는 점입니다. 오빠는 자기 어필 용도로 블로그를 오랜 시간 운영해 왔습니다. 그는 오빠의 블로그를 몹시도 부러워하고, 마치 오빠가 블로그를 통해 무언가 해줄 것을 간절히 바라는 사람인 것처럼 보였습니다. 이를 뒷받침할 수 있는 증거는 N사 지식인 서비스라고 한 번쯤은 들어보신 적이 있으실 겁니다. 이곳에 어느 순간부터 오빠의 필력에 대해 집요하게 묻는 글들이 쇄도하기 시작했습니다.

한두 번 물어보는 게 아닌, 아이디를 여러 차례 바꿔가며 반복적으로 질문했습니다. 여러 사람이 해당 글을 보고 자신들만의 관점에서 대답해줬는데도 이러한 질문은 계속됐습니다.

이 질문을 하는 ID 또한 여러 개였습니다. 하루에 많게는 몇백 개가 한

꺼번에 게시됐던 것으로 알고 있습니다.

이 글을 게시한 게시자 역시 박본관이 사주한 하수인이라고 생각하는 이유는 따로 있습니다. 오빠가 박본관과 함께 일할 당시, 일주일에 한두 개씩은 꾸준하게 그의 사업홍보 글을 게시해 주었다고 합니다. 하지만 그럼에도 성에 안 찬 박본관은 매일 게시해 달라고 요청했답니다. 오빠는 사소한 걸로 감정 소비하기 싫어 그의 부탁을 들어줬다고 합니다.

오빠는 그의 회사에서 퇴사한 후, 다른 회사로 이직했을 때도 꾸준히 블로그를 통해 업무를 봐 왔습니다. 하루에 한두 개씩 꾸준하게 게시글을 올렸다고 합니다. 물론 지금은 번호도 바뀌었고 블로그 주소도 바뀌었습니다. 하지만 홍보가 필요한 일이라 이전에는 블로그에 일주일에 한두 번은 글을 썼습니다.

먹방 위주로도 자주 올리곤 했답니다. 그리고 방문자 수 또한 하루에 100여 명 됐답니다. 새로 만든 블로그 또한 3개월 만에 활성화가 되는 등 나름 성과를 거두었던 것으로 압니다.

당시 박본관이 오빠의 블로그에 상주했던 사실이 거의 확실시되었습니다. 오빠의 블로그는 규모도 커지고 나름대로 성공하게 됩니다.

그는 이것이 배가 아팠는지 더 지독하게 괴롭히기 시작했습니다. 이젠 오빠의 번호까지 따라 해가며 지독하게 괴롭히더라고요. N사 아이디까지도, 비슷하게 만들어서 사칭까지 하는가 하면 여기저기 협박하고 다니기 시작했습니다.

참으로 그는 구제 불능입니다. 사실상 '스토커보다도 더 무서운 괴물과도 같은 존재'가 돼 버린 것입니다. 그렇다면 한 가정의 평범했던 일상을 몰락시킨 단서는 어떻게 누구를 통해 어떤 방법으로 찾아야 할까요? 이 답은 지금부터 독자 여러분과 함께 찾아가 보도록 하겠습니다.

현재 시점에도, 오빠의 N사 아이디로 밤, 낮, 새벽을 가리지 않고 로그인한답니다. 그렇게 접속해서는 오빠보다도 더 꼼꼼하게 메일함까지도 샅샅이 하나하나 읽어본다고 하더라고요. 독자 여러분은 밤마다, 누군가 내 메일함을 뒤져보고 있다고 상상이라도 해보셨는지요? 그는 그런 식으로 새벽마다 메일함을 통해 정보를 해킹했답니다. 그러고는 인사 담당자에게 협박 메시지를 보냅니다. 더 나아가 메일로 음란물 사진도 보냈답니다. 실제로 이러한 사진을 받은 사람도 많이 있습니다. 그는 이런 대범한 범행까지도 작은 단서 하나 남기지 않은 채 이어가고 있습니다.

인사 담당자에 대한 테러는 오빠가 입사하고 그다음 날이면 시작된다고 들었습니다. 그가 그런 식으로 범행했기에 오빠가 급여도 못 받고 해고된 곳만 다수입니다.

피해를 본 몇몇 다른 이들도 모두 박본관을 수사 기관에 수사 의뢰했답니다. 그렇지만 어떤 단서도 없었다고 하고 수사는 종결이 됐다네요. 어떤 곳은 피해자 측에서 변호인까지 선임해서 고소를 진행했답니다. 그렇지만 '증거 불충분'과 '혐의 없음'으로 법망을 빠져나갔다고 하네요. 이렇게 되면 대략 계산한다 쳐도 피해자 수는 가족들을 빼고도 적어도 100여 명은 되는 셈입니다. 만약에 그들이 법적 처벌을 받는다면 형사적 처벌은 물론이고 피해자들에게 손해배상까지도 해 줘야 할 것입니다.

그런데 대체 그가 어떻게 이렇게 마술처럼 유유히 빠져나갈 수 있었던 걸까요? 독자 여러분께서 이에 대해 의문을 제기할 수가 있을 겁니다. 그는 모두 명의자가 없는 가상 연락처를 이용했습니다. 그리고 가상 아이디를 사용했습니다. 또한 해당 ID와 연락처들의 IP 추적까지도 막아버렸습니다. 수사 기관에서도 위치 추적조차 안 된다고 하더라고요. 그러니 전화를 받은 사람은 있는데, 전화를 건 사람은 없는 상황이 되는 것입니다. 최근에 한 수사 기관에서 인터넷을 통해 발신자 번호를 바꿔서 발신, 수신을 할 수 있다고 들은 적이 있습니다. 또한 이걸 주말에도 해지할 수 있다고 합니다. 다만 이게 박본관의 소행이라는 게 결정적인 증거가 없다는 겁니다. 즉, 명의자나 위치조차 확인할 수 없기에 증거를 확보할 수 없게 됩니다. 그래서 그가 수사 단계부터 막히는 이런 점을 알고 끊임없이 범행하는 것이라고 짐작이 됩니다. 이런 수법으로 법망을 미꾸라지처럼 잘도 빠져나가는 그입니다.

어쩌면 범행하는 박본관이 진짜 가면을 벗은 그의 본모습인지도 모르겠습니다. 이 사건 초창기 때, 오빠는 잠깐 너무 소심하고 구두쇠인 그가 이런 짓을 할 리 없다고 절대적으로 그의 편을 들었습니다. 이를 통해 같이 일하는 동료조차도 속일 정도로 박본관이라는 자가 가면을 쓴 사람이란 걸 알 수가 있지요. 한 마디로 짧게 요약하자면 천사의 탈을 쓴 악마이자 양의 탈을 쓴 늑대임이 맞겠습니다.

전화 문자 테러에 이어 N사 지식인이란 곳에 하루 수백 차례 오빠의 필력을 질문하는 질문까지 빗발쳤습니다. 사실상 테러는 점점 더 진화되고 있었던 것이지요. 하지만 이러한 테러에만 집중할 수 없었던 것은, 언젠간 끝날 거라고 생각하는 마음이 있기 때문이었습니다. 게다가 가족들은 생계를 이어가는 게 우선이었습니다. 그는 혐의를 대부분 부인하기 때문에 신경을 끄고 살았던 것이었습니다. 좀 더 정확하게 이야기해 보자면 수사 기관에 가서 고소해 본다고 해도 입증되는 것이 없었습니다. 이 말은 달라지는 게 없단 말입니다. 그렇기에 여기에만 매달린다고 해결은 안 되기에 사건에 대해서는 잠깐 포기하고 살았던 적이 있었습니다.

하지만 그 시간이 그리 길지는 못했습니다. 이 당시는 온 가족들이 휴대 전화를 모두 꺼놓고 살던 시기입니다. 일을 하시던 아버지는 업무 중에만 잠시 휴대 전화를 켜셨습니다. 하지만 저와 어머니는 전화 자체를 아예 끄고 살았습니다. 이를 달리 말하자면 원시 시대를 살았다고 할 수 있습니다. 전화 테러도 테러이지만, 이보다 더 무서운 것이 있었습니다. 그건 바로 도청이었던 것이지요. 사사건건 일상부터 시작해서, 큰 비밀까지 이들은 가족들에 대해 모르는 게 없었습니다. 더 무서운 사실은 돈에 대한 부분에 있어서는 더 그랬습니다.

18.

도청일까요?
누군가의 장난일까요?

어머니께서 얼마짜리 지폐를 수납하시는지 너무나 잘 알았습니다. 하다못해 편의점에 가서서 뭘 사 오시는지, 돈에 대한 건 가족보다도 더 잘 알고 있었습니다. 이 때문에 한동안은 어머니께서 외출조차도 하지 못하셨습니다. 심지어는 어머니 혼자 병원에 내원하셔서 진료받으신 적이 있습니다. 이들은 어머니가 화장실에 다녀온 사실까지도 알고 있었습니다. 모든 걸 가족보다도 더 잘 아는 그가 슬슬 더 무서워지기 시작합니다.

이건 CCTV 해킹이 아님이 확실합니다.

가족들의 휴대 전화마다 악성 앱을 설치해서 누군가가 도청하고 있다고 생각할 수밖에 없었습니다. 따라서, 병원에 갈 때도 휴대 전화는 집에 두고 간 것입니다. 그런데 그는 어머니가 화장실에 간 걸 어떻게 알았을까요? 평범한 생활을 하고 싶어서 경찰서에 가서 도청 앱 유무를 확인했지만 없었습니다. 서비스센터도 여러 번 방문했었고요. 하지만 그런 앱은 발견되지 않았습니다. 그렇기에 '휴대 전화에 영원히 지워지지 않는 악성 앱을 설치했나 보다.'라고 생각할 수밖엔 없었습니다.

실질적으로 악성 앱이 발견된 건 아니었습니다. 하지만 가족들이 뭘 하는지, 비밀들을 하나하나 다 꿰고 있었으니까요. 겉으로는 아닌 척했지만, 사실은 이들이 무서웠습니다. 그렇기에 사생활 보호 차원에서 온 가족이 휴대 전화를 끄고 살았던 겁니다. 다만 직장 상사와 소통하기 위해 유심이 없는 공기계만을 켜두고 살게 됩니다.

유심이 없는 전화는 사실상 공기계입니다.

그 와중에 대화 속의 인물은 모든 걸 알고 있었습니다. 집안에 CCTV가 설치된 것도 아니고 일부러 녹음하는 상황도 아니었습니다. 또한 외출할 때 나가보면 아무도 없었음을 매번 확인합니다, 그런데도 어디에 다녀온 사실을 먼저 알고는 저에게 전달을 해주는 것이지요.

게다가 상대는 뒤에서만 조종합니다. 조롱당하는 기분이 여간 불쾌하고 답답한 게 아니었습니다. 또 한 가지, 상대방이 누구인지, 왜 그러는지조차 모르니까 더 힘든 것이었죠.

오죽 힘들었으면 휴대 전화까지 끄고 생활하기로 마음먹은 것입니다.

하다못해 오늘 저녁으론 뭘 먹었는지도 알고 있었습니다. 또한 타지에 거주하는 오빠의 카드 명세도 조회하는 듯한 정황도 있습니다. 오빠가 몇 시엔 어디에 가 있고, 무엇을 주문하는지까지도 속속들이 꿰고 있었습니다.

즉, 수사 기관에서도 찾을 수 없었습니다. 통신사에서도 찾을 수 없는 악성 앱을 이들이 설치해 둔 게 분명합니다.

박본관은 오빠와 같이 업무를 볼 당시에도 집요했답니다. 그리고 특정 일에 대한 집착이 강한 성격이라고 들었습니다.

나이도 같았으며 같은 사무실을 이용했답니다. 사무실이 큰 편은 아니어서 오빠는 휴대 전화를 사무실이나, 그의 차 등에 놓고 다녔답니다. 당시에 오빠의 휴대 전화에는 지문 인식 등 어떠한 잠금장치도 없었습니다. 워낙 교과서적이고 바른 생활을 추구하는 사람이기에 자리를 비운 사이에 휴대 전화를 훔쳐본다는 일은 상상도 못 했을 터이지요.

박본관은 오빠가 자리를 비운 틈을 타, 재빠르게 악성 앱을 실지했을 것으로 생각합니다. 이후 따로 연락 등을 해서 고의로 이를 클릭하게 했을 겁니다. 이에 대한 증거는 오빠의 휴대 전화에서 악성 앱이 발견돼서 삭제한 적이 있습니다. 하지만 다시 깔린 점을 미루어 볼 때 그는 '강력한 악성 앱'을 설치했을 가능성이 높은 것이지요.

악성 앱이 설치됨을 까맣게 모르고 있던 오빠는 주위 사람들에게 전화나 메신저 등으로 연락했을 것입니다.

이를 모르는 주위 사람들 역시 개인정보 등의 신상이 유출되는 등의 이차적인 피해를 봤을 것입니다. 그에 대한 근거는, 오빠가 잠시 근무했던 사무실이 있는데 이곳 팀장이라는 자의 본명도 알고 있었습니다. 또, 아들이 있는 등의 개인정보까지도 모두 알고 있더라고요. 이런 점을 미루어 짐작하면 그가 설치한 악성 앱에 의해 피해를 당한 피해자들은 셀 수도 없이 많아집니다.

이 사건과 관련해 전혀 다른 곳에서 다른 핵심 인물이 나타나게 됩니다. 그는 사건의 중요한 열쇠며, 단서임을 독자 여러분께 미리 알려드리도록 하겠습니다.

본격적으로 말씀드리기에 앞서 간략하게 어머니께서 꾸신 꿈을 알려드리겠습니다. 저희 어머니는 '끝없이 추락하는 꿈'을 약 보름 정도 연속으로 꾸신 적이 있습니다.

꿈인지 생시인지, 구분을 못 할 정도로 현실 같았답니다. 심지어 눈만 감으면 누군가가 나타나서 높은 곳에서 밀어서, 밤에 일부러 잠을 안 주무셨던 적이 있었습니다. '으악' 소리를 내며 깨신 적이 있었고 불안함의 연속을 보내야만 했을 때였지요. 저희 어머니는 예지몽을 꾸시는 분은 아닙니다.

하지만 불길한 꿈을 꾸게 되면 어김없이 조심해야 할 일이 생기기 마련입니다.

19.

맞아떨어지는
어머니의 예지몽,
그리고 그 후

　이번엔 어머니의 예지몽이 빗나간 듯합니다. 그 꿈을 꾸고 며칠 지나지 않아 저는 미래가 보장되는 회사에 입사하게 되었습니다. 게다가 정식 직원으로 채용되어 계약서까지 받았습니다. 그 회사 원장이라는 사람은 제게 말하길, 박본관을 경찰에 고소하기로 했다고 말했습니다. 그의 혐의를 입증한 뒤, 피해 금액을 다 받도록 해주겠다고 했습니다. 이 일에 최선을 다하고 끝까지 해결한답니다. 이 일에 앞장서기로 본인이 먼저 약속하더군요.

　당시에 아버지는 관할 경찰서에 서류를 제출했다가 반려받은 상태였습니다. 방송사에 방영이 된 후 테러는 오히려 더 심해진 상태였지요.

　그렇기에 썩은 나뭇가지라도 잡는 심정으로 온전히 그에게 의존할 수밖엔 없었던 것입니다.

108

우리 가족은 박본관이나 관련자들을 법정에 세워서 법의 심판을 받게 하는 게 목표였습니다. 그렇기에 원장에게 항상 감사한 마음을 갖고 있었지요. 그리고 이 원장이라는 자는, 영등포경찰서에 박본관을 고소했다고 말했습니다. 정확하게 그를 무슨 혐의로 고소했는지에 대한 건 구체적으로 명시해 주지 않았습니다.

고소한 지 얼마 안 돼 아직 수사관을 배정받지 못해서 그런가 보다 하고 생각하고 있었지요. 원장은 박본관과 대화한 내용을 고스란히 저에게 보내곤 했습니다. 그 내용엔 300만 원을 주면 오빠와 같이 업무를 보며 있었던 일들을 이야기해 주기로 했습니다.

박본관이 오빠의 복잡한 여자관계를 도맡아서 해결해 준 것 등등 에피소드들을 알려주겠답니다. 또한 그가 아버지에게 전화했을 당시 한 말이 있습니다. '내가 당신 아들의 복잡한 여자관계를 다 정리해 줬다'라는 말입니다. 그가 원장에게 역시 이 내용을 말한 것이겠지요.

원장이 보내주는 대화 속의 그는 이상한 점이 있었습니다. 어머니께서 검은 가방을 들고 은행에 가길 간절하게 기다리고 있었습니다. 그래서 언제 은행에 가냐는 둥, 원장을 추궁하는 듯 보이기도 했습니다.

원장과 박본관의 대화를 간략하게 요약하자면 이렇습니다.

"규철이 어미 은행 언제 가나?"

"내일 아침에 당장 검은 장미꽃 문양이 그려진 가방 들고 은행 앞으로 나오라고 해라." 등등을 명령하기도 했습니다.

원장은 이를 알 리 없다는 듯이 모른다고 대답했습니다. 하지만 이 대화에는 엄청난 비밀이 숨어 있었고, 나아가 반전의 반전을 거듭함을 미리 알려드립니다.

그 뒤에도 박본관은 어머니께서 은행에 갈 것을 강요합니다. 이젠 대놓고 "규철이 어미 은행에 가는 걸 최근에 언제 봤는데 내가 오토바이 날치기를 해서 그 돈을 채려고 했다."라는 말까지, 원장에게 털어놓더군요.

그 대화를 읽은 순간 온몸에는 소름이 쫙 돋고 전율이 흘렀습니다.

자존심이 강한 어머니께선 그 대화를 읽고 한동안 극심한 스트레스에 시달렸습니다. 무섭다기보단 뒤에서 조종하는 것 자체가 싫었던 것이죠. 어머니는 한동안 병원에조차 가지 않으셨습니다.

박본관은 원장을 통해 어머니의 위치를 실시간으로 알고 있었습니다. 한술 더 떠 통장의 잔액까지도 정확하게 알고 있었습니다. 사실상 이 상황에서, 밖에 나가기란 찝찝했습니다. 그리고 감시받는 기분이 앞섰기에 보류했던 겁니다.

또한 얼마 전, 통장에서 이들이 거액을 찾아가는 등의 큰 사고가 있었습니다. 이러한 사실을 아시기에 대화를 본 어머니는 걱정이 되고 충격이 클 수밖에 없었던 것입니다.

한술 더 떠 전에 은행에 혼자 가셨을 때가 있습니다. 당시에 그가 지켜보고 있었는데 돈을 날치기하려고 했다고 하는 겁니다. 저 말은 사람이라면 누구나 엄청난 불안감을 조성할 수 있는 말입니다. 그와 원장의 대화 속에서 은행이라는 단어가 등장하지 않자, 어머니와 저는 이러한 대화를 하게 됩니다.

20.

유독 은행과 돈에
집착하는 그의 비밀

"엄마 내일 병원에 갔다가 은행에 들러서 생활비라도 조금 찾아와야겠다."

"네 그러세요."

이게 대화의 전부였습니다. 이 대화를 한 지 채 5분도 안 되어서, 제 휴대 전화 카톡 음이 울립니다. 카톡을 한 인물은 다름이 아닌 원장이었습니다. 제게 박본관과 둘이 하는 대화를 전송해 주는 것이었습니다. 아니나 다를까,

"규철이 어미 내일 은행에 안 오면 내가 뒤에서 휴대 전화 모서리로 죽을 때까지 찍는다."

이 말을 들은 원장은 중립을 지키듯 가만히 있었습니다. 그러고는 고스란히 저에게 전송해 준 것이지요.

어머니는 은행과 무척이나 친하십니다. 한 달에 한 번씩은 무슨 일이

있어도 방문하셔서 잔액을 확인하는 분입니다. 더구나 이때쯤엔 집을 살 거란 꿈이 있고 계획이 있었습니다. 저 당시에는 어머니께서 은행과 더 친하셨을 때이기도 합니다.

그런데 대화한 지 5분도 안 돼, 저런 대화가 전송이 됐답니다. 대화를 보여드리자, 누구에게 머리를 한 대 맞은 거 같다고 말씀하셨습니다. 원 장과 박본관은 대화를 이어 나가는 듯했습니다. 이 대화에는

"규철이 어미가 아들이 가져다준 돈 다 탕진했다며? 아들이 생활비를 줬으면 한 푼 한 푼 모아서 저축해야지."라는 메시지가 전송돼 있었습니다. 그저 생활비를 찾으러 간다는 이야기를 한 것뿐이었습니다. 다른 대 화는 일절 한 사실이 없는데 저런 식으로 와전이 되니 놀라울 따름이었 습니다.

또한 저와 어머니가 단둘이 한 대화가 5분도 안 돼 그와 원장에게 전달 됐다? 뭔가가 이상합니다. 둘 중 한 명이 우리를 도청하는 정황은 거의 확실시되는 상황이었지요. 원장은 은인으로 생각하고 있었기에 박본관 이 도청을 하나 보다 하고 확신했습니다. 저는 원장에게

"어머니 당분간 은행에 못 가겠습니다. 저 사람 언제나 검거될까요?" 라고 카카오톡 메신저를 보냈던 것으로 기억이 납니다. 원장은 최선을 다한다고 했습니다. 이 사건에 대한 자료들은 저에게 다 전송해 주겠다 고 먼저 약속했습니다. 그러니 더욱 믿었지요. 어머니께서 은행에 안 간 다고 하니 안심이라도 한 걸까요? 한동안 은행에 관한 이야기는 잠잠해

졌습니다.

그런 일이 있은 후, 이젠 박본관이 원장에게 모자 관계를 고의로 멀어지게 할 법한 이야기들을 마구 쏟아부었습니다. 기억에 남는 말은,

"규철이는 할 효도 다 했다고 하니 어미가 병에 걸리거나 치매에 걸리면 바로 요양 병원에 처넣겠다고 나에게 이야기했다, 규철이는 어머니와 연을 끊으려고 했는데 동생도 바보이고 불쌍해서 억지로 이어가는 거다."

이런 등등의 대화가 원장을 통해 전송되기 시작한 겁니다. 어머니로서는 오빠를 원망 안 하려야 원망 안 할 수가 없었지요. 당시에는 저도 오빠가 너무 원망스러웠습니다. 혼자는 저렇게 생각했다고 한들 저런 말을 굳이 제삼자에게 전해야 했나 싶었고요. 오빠라는 존재 자체가 싫어졌던 순간이었습니다.

박본관의 전략이라고나 할까요? 박본관과 원장의 가족 간에 멀어지게 하려는 수작은 여기에서 끝나지 않았습니다.

"규철이는 어미 때문에 인생 완전히 조졌다. 걔가 그러는데, 그 동생을 어미가 낳은 게 자기 인생에서 가장 큰 실수란다"

원장과 대화하는 박본관은 직접 들은 이야기를 전하는 듯 정정당당하고 떳떳해 보였습니다. 그래서 그런 부분에 있어서는 그를 믿을 수밖에는 없었던 것입니다. 그래서 오빠를 의심할 수밖엔 없었던 것이죠. 저는

지옥이 따로 있나, 이곳이 미궁인걸

이런 대화가 원장에게 전송되면 가끔가다가 오빠에게 전달해 사실확인을 했습니다. 당연히 이런 사실은 없다고 하니 가족 간의 사이는 멀어지게 자연스럽게 멀어집니다.

그가 원장에게 하는 말은 하나같이 전부 다 오빠와 가족들의 사이를 갈라놓으려는 수작입니다. 해당 대화들은 지금, 이 순간까지도 고스란히 증거 자료로 보관되고 있습니다. 영등포경찰서에서는 사건이 너무 커서 해결할 수 없답니다. 이 이유로 사건을 직접 신고할 것을 말해주곤 반려했답니다.

이때가 아마 23년도 5월입니다. 이번엔 수사관의 연락처와 성명 정도는 저에게 넘겨줬습니다.

하지만 직접적인 고소인은 아니기에 번호를 알고 있어도 연락을 취해볼 생각은 하지 않았습니다. 이쯤에서 제 오빠에 대해서 잠깐 이야기하도록 하겠습니다. 성격이 좋은 탓에 워낙 사람 만나는 걸 좋아합니다. 저와는 다르게 대인관계가 좋습니다. 또한 사람을 잘 믿기에 비밀 없이 이야기하는 것은 맞습니다. 하지만 워낙 바른 생활만 추구하는 사람이고, 남에게 피해를 주는 걸 싫어하기도 합니다. 그렇기에 아무리 직장 상사이고 편하다고 해도 가족들에 대한 원망을 절대로 남에게 하소연하는 사람이 아닙니다.

그러면 저 대화는 박본관이 고의로 가족과의 관계를 멀어지게 하려고 하는 것이겠지요. 그게 아니라면 원장이 톡 썰 메이커 등 특수 앱을 이용해서 오빠와 가족 간의 사이를 멀어지게 하려는 겁니다. 두 가지 중 한 가지가 확실해 보입니다.

다시 본론으로 돌아가서, 원장은 기존에 잠깐 언급했던 석이를 검거했다고 저에게 카카오톡이 도착했습니다. 석이는 장승훈이라는 사채업자랍니다. 이번에는 폭행 등의 혐의로 벌금 천만 원을 납부하지 못해 검거되었답니다. 따라서 유치장에 입감해 구속 수사를 한답니다,

믿었던 이유는 장승훈이란 인물이, 저에게 연락했습니다. 아버지, 그리고 타지에 살던 오빠에게까지 여러 차례 집요하게 연락했었답니다. 오빠에게는 '동생 노름 그만하게 해라'라고 단도직입적으로 명령까지 했답니다. 오빠는 말도 안 되는 사기꾼이 연락이 온다며 계정 원천 차단을 걸었다던 기억이 납니다.

이런 걸 보아 하면 그때 연락했던 장승훈이 석이라는 증거는 없습니다. 하지만 원장이 말한 석이는 가짜 주민등록증도 만들 줄 알았습니다. 또한 아버지 명의 통장에서 돈도 출금해 간 정황을 볼 때 박본관과 형 동생 사이가 맞는 듯했습니다. 그가 석이라고 판단한 뒤 사건은 점점 해결돼 가는구나 하고 생각했던 것이지요,

제가 생각했던 석이와 원장이 말하는 석이 사이에는 확연히 차이가 있었습니다. 그래도 직장 상사였고, 사건의 원만한 해결을 위해 그를 믿기로 했습니다.

지옥이 따로 있나, 이곳이 미궁인걸

21.

조작인가요,
진짜인가요

오빠에게 고객을 위장해서 접근한 석이가 검거되었다고 합니다. 박본관은 이에 보복이라도 하듯, 알고 지내는 누나라며 여자 한 명을 초대했습니다.

박본관, 원장, 그리고 여자 셋이 공개 채팅방에서 채팅한 듯한 메시지를 저에게 전달해 줬습니다. 원장과의 대화만을 보면 여자는 박본관을 잘 아는 누나 같았습니다. 이상한 점은 박본관에 대해 추궁하면 계속 끼어들었습니다. 정황상 이상한 행동을 했던 것이죠. 급기야 원장이란 자에게 음란물 사진까지 전송하기 시작했습니다. 여자는 본인이 업소에서 일하고 있음을 자랑합니다.

이 상황만 보자면 '괜히 이런 일에 끼어들게 해서 피곤해지는 거 아닌가?'하고 미안한 생각도 들더군요. 원장이 여자에게 박본관이 있는 위치를 물어보곤 했습니다. 그때마다 자신의 알몸 사진을 보내는 등으로 말을 돌렸습니다. 또한 그때마다 박본관을 감싸듯, 해외에 출장 가 있음을 강조했습니다.

자신은 마약까지 하는 사람임을 원장에게 터놓더라고요. 그녀가 원장의 지인도 아닌데 왜 저런 걸로 자랑하는 것일까요?

이러한 사실은 원장과 그들의 대화일 뿐입니다. 저는 여자와도 박본관과도 대화한 적 없음을 독자분들께 미리 알리겠습니다.

원장이란 자는 여자의 연락처까지 저에게 전송해 줬습니다. 하지만 이런 범죄자와 엮이기도 싫었습니다. 평소에 아는 사람도 아니었기에 통화할 이유가 없었던 겁니다. 해당 연락처는 지웠습니다. 지금에 와서 생각해 보면 여자 또한 원장이 시선회피용으로 만들어 낸 가상 인물입니다. 자연히 대화 또한 조작이 되는 거죠.

여자가 했던 말 중에, 기억에 남는 말이

"규철이랑 일하던 동료인데, 아버지 돌아가시는 꼴 꼭 볼 거다."라는 말이었습니다. 오빠에게 사실 확인 결과, 해당 여성은 알지 못하는 사람이었으며 가족과도 생면부지였습니다. 만약 원장의 조작이 아니란 가정하에 해당 여성은 박본관에게 사주받은 하수인이 되는 겁니다. 즉 심부름센터나 흥신소라고 추정할 수 있습니다.

원장은 아침마다, 여자와 늦은 새벽까지 대화하는 사진 등을 자주 보내주곤 했습니다. 이에 동정이라도 바라듯 "어제는 새벽 다섯 시까지 대화했습니다."라고, 항상 저에게 보고하듯 말하곤 했습니다. 그럴 때마다 직장 상사인지라 고생이 많으시다는 취지로 답장하곤 했지요. 원장은 괜찮다는 듯 얼버무렸습니다.

얼마 안 가 박본관은 전화 테러를 하다가 인천 광역 수사대 마약 수사팀 모 수사관에게 구속이 됐다는 통보를 받게 됩니다. 다 떠나, 그 누구도 밝히지 못했던 그의 혐의점을 밝혀준 수사관에게 정말 고마운 마음뿐이었습니다.

상황이 상황인지라 부모님은 원장을 점점 신처럼 모시게 됩니다. 박본관 역시 마약까지 했다는 정황이 있다고 합니다. 또한 흥신소에 우리 가족을 죽을 때까지 괴롭히는 대가로 5천만 원을 줬다고 시인했다고 알고 있습니다.

아버지 명의로 받은 대출들도 모두 자신이 받았다고 진술했답니다. 그렇기에 당시에는 그 혐의를 밝혀준 해당 수사관과 원장에게 고마웠지요.

이제 조금만 지나면 행복은 오겠구나 싶었습니다. 원장 또한 속전속결로 사건을 진행하기로 했고요. 앞으로는 법률적인 자문을 구할 일이 있거나 법적인 문제가 생기면 직접 수사 기관에 방문하지 말랍니다. 그럴 때 자신에게 자문하라고 강요하듯 말하더라고요.

이번엔 인천 광역 수사대 마약 팀 수사관이, 석이를 조사하러 접견 갔다고 들었습니다. 이것 역시 원장에게 들은 사실에 지나지 않습니다.

　석이는 박본관으로부터 2073년까지 우리 가족을 괴롭힐 것을 지시받았다고 했습니다. 그리고 박본관과는 절친한 친한 형, 동생 사이랍니다. 자신이 가족들의 주민등록증까지 모두 위조해서 대출까지 받은 사실이 있답니다. 또한 가족들의 전화번호와 등본 등을 해외에 뿌린 사실도 쉽게 시인했답니다.

　그래도 본인이 저지른 범죄에 대해서는 쉽게 시인을 하길래 '이 사건 원장 덕분에 쉽게 마무리가 되겠구나.'하고 생각했지요. 이제 범인 중 석이와 박본관이 구속된 상황입니다. 전화 테러, 문자 테러, 등등이 한 이틀 정도는 뜸해졌습니다.

　　　　　　　　지옥이 따로 있나, 이곳이 미궁인걸

22.

오토바이 퀵 서비스,
누구를 찾으러 오셨나요?

그러나 행복도 잠시, 테러는 더 심하게 시작이 되었습니다. 마침내 오토바이 퀵 서비스 테러가 시작된 것이지요, 이는 새로운 테러의 시작입니다. 저희 집으로만 하루에 20건씩 오곤 했습니다.

모두 통장이나, 마약, 다이어트약을 퀵 서비스를 통해 다른 주소지로 보내달란 요청이었지요, 이때쯤엔 관할 경찰서에서 우리 집 앞에 항상 경찰들이 상주하고 있는 비상사태가 발생하게 됩니다. 퀵 서비스를 확인해보니, 박본관과 친한 누나라던 여자가 발송했고, 수취인은 아버지 번호로 돼 있었습니다.

지금에 와서 생각해 보면, 박본관의 친한 누나라던 여자를 실존 인물로 만들기 위한 원장의 발악이었습니다. 수취인이 원장 이름으로 돼 있던 퀵 서비스도 저희 집으로 항상 발송됐습니다. 마치 자신은 이 일의 피해자인 척 코스프레를 한 것이 된 겁니다. 어느 날 저희 어머니는 기사를 보내며 말씀하시기를 "너희 원장님 집 주소로 이 일당들이 퀵 서비스를 보내는 것 같다. 원장님 힘드셔서 어쩌냐."라고 하셨습니다. 순간 머리가 하얘졌고, 순수한 피해자로만 알고 있었던 터라 미안한 마음만 들었습니다. 당시에는 원장까지 공범으로 만들려는 이들의 수작으로 알았습니다. 한술 더 떠, 더 믿을 수밖에 없었던 게 원장은 항상 입버릇처럼 하던 말이 있습니다.

"지금이 학생들 강의 시즌인데 이 일 때문에 강의도 못 다니고 있습니다."라며 자신도 피해를 보고 있는 것을 항상 카카오톡 메신저를 통해 알려줬습니다. 이를 입증할 증거물은 아무것도 없었습니다. 하지만 나이 50이 넘었고, 장성한 자녀까지 있답니다. 그런 원장이 이런 일로 거짓말이나 할 사람이라고는 꿈에도 몰랐으니까요. 박본관이 구속돼서 친한 누나라던 여자가 화풀이하는구나 하고 생각할 때 정도일 겁니다. 빗발치는 퀵 서비스 때문에 피해는 점점 커지고 있었습니다. 이는 타지에 거주하고 있는 오빠의 사무실까지도 이어졌습니다. 전해 들은 말에 따르면 하루에 많게는 20건, 적게는 5건 정도의 퀵 서비스가 왔다고 합니다. 이들의 수법은 모두 통장이나 마약, 다이어트 약품 등을 보내라는 의도였습니다. 더욱 기가 막힌 것이 모두 부모님이 몰라야 한다, 회사 사람들이

지옥이 따로 있나, 이곳이 미궁인걸

모르게 비밀리에 보내는 것이라고 메모에 적혀있었습니다.

당시 원장이 대화하던 사람은 여자 외에 또 한 명 있었습니다. 바로 저희 동네에 거주한다던 공부방을 운영하던 김무관 씨였습니다. 이는 박본관의 대학 동기라고 합니다. 그 역시 박 본관과 쌍둥이일 정도로 말투는 비슷했습니다. 유독 어머니의 검은 가방과 은행에 집착하는 특징이 있었습니다. 박본관과 마찬가지로 돈에 병적으로 집착을 했지요. 오빠와 가족들이 완전히 등을 돌리고 살게 하려는 의도 또한 보였습니다. 어느 날 김무관이 원장에게 말하길

"규철이가 아버지 사업 도와주는 거 아주 징그럽게 싫다고 했는데 왜 자꾸 도와달라고 하냐고 하냐? 규철이가 그러는데 그 동생이 가산만 탕진 안 했으면 지금 정도면 아버지 고생도 안 하고 통장에 돈을 쌓아두고 살 것이고 자기도 용돈 받고 살 거라고 하더라."

라고 말한 걸 그대로 저에게 전송해 주었습니다. 당연히 너무나도 약이 오른 나머지 그 대화를 오빠에게 고스란히 전달했습니다. 너무나도 당연하게 오빠는 이런 말한 사실이 없다고 했고요. 원장은 철저하게 김무관의 편이었지요. 오빠와 가족들은 점점 더 멀어져서 이젠 남남으로 지내야 하는 지경에 이르게 됩니다.

돈은 물론이요, 가족과의 관계도 서로를 의심하며 멀어지게 되는 상황
이 됩니다. 즉 최악의 상황으로 치달았습니다. 김무관과 박본관이 비슷
한 건 말투뿐만이 아니었습니다. 공교롭게도 둘은 관심사도 똑같았습니
다. 맞춤법이나 띄어쓰기를 모르는 것도 쌍둥이처럼 같았습니다.

이 둘의 차이점이 딱 하나 있다면 카카오톡 프로필의 사진만 다르다는
것뿐이었지요. 김무관의 목표는 '자신이 어떻게 해서라도 구속된 박본관
을 빼내겠다.' 이거였습니다. 그렇다면 이쯤 돼서 자연스럽게 의문 하나
가 제기됩니다.

김무관이 실존 인물이라 칩시다. 박본관을 실제로 사회로 복귀시키려
하는 취지였으면 원장이랑 대화할 것이 아닙니다. 자신이 직접 법률 대
리인을 선임하든, 뾰족한 수를 써서 직접 발로 뛰는 게 빠른 상황이지요.
즉, 한가롭게 원장이랑 대화할 시간 따위는 없습니다. 더욱이 원장과 김
무관은 모르는 사이였는데 이 대화에 응해줄 이유가 없는 것이지요.

김무관이 원장과 대화하고부터, 퀵 서비스는 집요하고 귀찮을 정도로
오게 됩니다. 마침내 퀵 서비스 회사가 박본관이나 김무관을 업무 방해
로 고소하는 상황에까지 이르게 됩니다.

다음날 정도 되었을는지요? 퀵 서비스 회사 측에서 그 둘을 업무 방해
로 고소했다는 사실을 아버지께 듣게 됩니다. 바로 이 사실을 원장에게
이야기했지요. 이들은 더 집요하고도 악랄한 방법으로 가족들을 괴롭혔

지옥이 따로 있나, 이곳이 미궁인걸

습니다. 그러던 어느 날, 아버지의 거래처에 퀵 서비스가 갔다는 전화를 아버지께서 접하게 됩니다. 해당 거래처 직원분은 당황해서 어쩔 줄 몰라 하십니다.

"지금 우리 회사에 퀵 서비스가 왔는데 혹시 김무관이라고 아시는지요? 저희가 모르는 사람이라 반송하긴 했는데, 수고비라도 입금해 달라며 난리입니다. 하필 오늘 비 오는 날이라 할증까지 붙었다는데 어떻게 해야 할까요?"

"경찰에 신고부터 하라 하세요."

아버지와 거래처의 대화이고 간략하게 요약해 보자면 이렇습니다.

이렇듯, 비가 오거나 강풍이 부는 등 날씨가 좋지 않은 날은 상황이 더 안 좋았습니다. 이들은 퀵 서비스를 더 많이 접수하였습니다. 이 때문에 수고비라도 요청하는 퀵 서비스 기사들을 빈손으로 돌려보내는 것부터가 사실 난항이었지요. 전화 테러와 마찬가지로, 퀵 서비스를 보내게 되면 피해는 우리 가족만 보는 게 아닙니다. 그 많고 많은 퀵 서비스 회사들도 자연스럽게 피해자가 되는 셈이지요. 그때, 김무관은 원장에게 카카오톡을 통해 다음과 같은 말을 하게 됩니다.

"규철 어미 집으로 퀵 서비스 보냈으니, 규철이 통장과 어미 통장, 체크카드들까지 싹 보내라."라는 말이었습니다. 남에게 통장을 넘기면 그 의도와 상관없이 처벌받는다는 사실, 모두가 알 겁니다. 당시 김무관은 정말로 돈이 필요해서 저렇게 부탁했을까요? 그렇다기엔 저 부탁은 너무나도 허술했습니다. 그가 정말로 요구한 게 돈이라면, 비밀번호를 요구했을 겁니다. 그런데 그런 것도 없이 통장과 카드만 달랑 보내라는 건 뭔가 모를 시간 끌기용으로 보일 뿐이었죠.

원장과 일면식도 없는 김무관입니다. 원장은 김무관의 범죄 혐의에 대해 추궁하고자 채팅을 요청한 것입니다. 범인이라도, 범인이 아니어도 원장과 대화할 이유는 굳이 없어 보입니다. 그는 왜 시간을 낭비하면서까지 대화를 이어 나가는 것일까요? 김무관 역시, 잠깐 등장했던 여자처럼 원장의 머릿속에서만 살고 있는 '가상 인물'일 가능성이 매우 높습니다. 한편, 인천 광역수사대 담당 수사관은 원장과 대화하고 있는 김무관을 쉽게 검거하지 못하겠답니다. 조금 더 기다릴 것을 요청하더라고요.

당시에 담당 수사관과 원장이 대화한 파일 또한 제가 지금, 이 순간까지도 보관하고 있음을 알려드리겠습니다. 멀쩡히 대화까지 하고 있습니다. 나 여기에 있다고 알려주는 셈이지요. 본인 명의는 아니라지만 와이파이가 잡히는 곳에 있는 김무관을 왜 못 잡는 것일지요. 이 이야기를 끝까지 읽으시면 그에 대한 답을 어느 정도는 찾으실 수 있을 겁니다.

원장은 김무관과 여자 또한 아는 사이라고 했습니다. 자신들의 힘이자, 윗선이기도 한 박본관이 구속되니 보복하는 것이랍니다. 원장은 저에게 그렇게 전달했습니다. 만에 하나, 원장의 말이 맞는다면 김무관과 박본

126

관 그리고 여자는 공동 정범입니다. 따라서 함께 처벌받는 게 됩니다.

아무리 막장 인생이라도, 곧 철창 신세를 질 것이 뻔합니다. 하지만 저렇게 여유 있게 원장과 대화하는 태도도 이해가 안 됩니다.

앞서 구속된 석이가 본인의 범행을 순순히 시인했다 들었습니다. 그렇기에 김무관 역시 순순히 자신의 행위에 대해 반성하는구나 했지요. 범행에 있어서는 누구보다 치밀했습니다. 하지만 범행을 인정하는 사람다움이 있다고 마음 한쪽엔, 생각하고 있었습니다. 앞서 구속이 됐다던 석이도 마찬가지이고, 과거 폭행 혐의 때문에 벌금 천만 원이 미납되어서 구속되었답니다. 우리가 궁금한 건 현재의 혐의점입니다. 그에 대해서는 일절 알려주지 않았습니다. 하지만 이 일에 나서주는 것만으로도 은인이라고 생각했던 참이었지요. 그리고 직원으로서 꼬치꼬치 캐물으면 실례가 될 것만 같았습니다. 그의 도움을 받는 처지이었기에 부모님께서도 항상

"원장님이 하는 대로 놔둬라."하시고 저 역시 그런 실례는 하는 게 아닌 것으로 판단했습니다.

당시엔 원장을 믿었기에 깊게 파고든 적은 단 한 번도 없었습니다. 아주 간간이 원장이 먼저 '사문서위조, 명의 도용 혐의로 조사 중입니다.'라는 카카오톡만 보낼 뿐이었습니다. 구체적으로 설명을 해주면 좋았을 것입니다. 하지만 그는 단 한 번도 그러지 않았습니다. 그 때문에 타지에

살던 오빠와는 더욱 멀어지게 된 것이지요. 한 번 발생한 오해는 풀지 않으면 점점 깊어지는 것입니다. 따라서 오빠와의 관계를 회복하는 것 또한 쉽지 않았던 상황이었습니다.

한편 원장은 김무관과 대화를 새벽까지 계속 잘도 이어 나갑니다. 어쩔 땐 밤을 지새워서까지 대화한다고 전해 들었습니다. 어느 날은 김무관이 원장에게, 음란물 사진을 다량 보냈답니다. 원장은 그 사진을 그대로 저에게 전달해 주는 것이었습니다. 누가 봐도 음란물 사진임이 명백하고, 고의성도 가지고 있음도 명백했습니다. 원장과 직원과의 관계에서, 이런 사진을 주고받아도 될지 의문이 들 만한 사진이었습니다. 이 역시 지금까지 지우지 않고 고스란히 보관 중입니다. 여자, 박본관, 김무관, 모두 음란물 사진을 좋아하고, 그걸 원장에게 전송하는 모습까지도 닮았습니다. 이는 공통점을 하나 더 발견한 것입니다. 어느덧 김무관을 검거한다고 약속한 지도 한 달이 지났습니다.

어머니께서는 제게 말하길, 원장님께 너무 고생이 많으시다고 전해달라고 했습니다. 또한 김무관이 하루빨리 잡힐 날만 기다리고 있다며, 그가 잡히는 날엔 우리 딸과 못 갔던 은행에 가는 것이 소원이라고 말씀하기까지 하셨습니다. 이 내용을 원장에게 전송해 주길 원하시기에 어머니의 의사를 그대로 전달했습니다. 전달한 말은 다음과 같을 겁니다,

"원장님 너무 고생 많으십니다. 어머니께서 은행 업무를 못 보신 지 오래되셨는데 이 사람은 언제 검거가 될까요?"

물어보면 답변은 이번 주 내로 검거될 예정입니다. 하고 왔기에, 그래도 수사관과 실시간으로 소통은 잘되고 있는 것으로 알고 있었습니다. 그럴 때마다 어머니는 원장님만 믿고 기다리라고 하셨습니다. 그렇기에 참고 기다릴 수밖엔 없었습니다. 아무런 증거도 없지만 직장 상사이기도 하고 이 일에 나서준 정이 있기에 믿을 수밖엔 없었지요. 그리고 한때는 아버지보다도 더 믿었던 사람이기도 합니다. 저 또한 원장을 더 많이 의지했었고요.

그러던 어느 날 원장에게 뜻밖의 소식을 듣게 됩니다. 그건 바로 김무관의 아버지를 검거했다는 연락을 카카오톡 메신저를 통해 받은 것입니다. 김무관의 아버지는 약 40년 전부터 타인에게 사기를 치는 수법으로 집을 샀답니다. 또한 자택에서 검거했다고 전해 들었습니다. 즉, 김무관을 검거하러 경찰이 현장을 덮친 듯합니다.

그런데 그곳에는 김무관이 아닌 아버지가 있었던 것이지요. 김무관의 위치를 추궁하기 위해 아버지를 경찰서로 불러서 구속영장을 발부한 뒤 추궁하는 것이랍니다. 김무관도 엄연한 성인입니다. 그런데 위치를 알려는 목적만으로 아버지를 추궁하는 건 이해가 되지 않았습니다. 이에 관해 물어보고 싶었습니다. 하지만 너무 깊게 파고드는 것 같아 참았습니다.

한편, 김무관 아버지란 자는 경찰서에 가서 자기 아들은 죄가 없으니,

따라서 수사를 하지 말 것을 당부했다고 합니다. 또한 자기 아들이 사기치는 것을 방해하지 말라고 했답니다. 여기까진 좋고, 이해합니다. 부전자전이라고, 아들이 아버지를 닮는 건 너무나도 당연한 사실입니다.

하지만 저 내용이 사실이라고 한들 피해자인 원장에게 굳이 말해줄 이유가 있을지 궁금합니다. 보통의 사람들이 경찰서에 사건 접수를 하면, 대부분 묵묵부답으로 소식이 없는 것으로 알고 있습니다.

시간이 흘러 모든 조사가 끝나고 피의자가 검찰로 송치되거나 공판을 받게 될 때만 우편물로 전해주는 게 보통입니다. 그런데 굳이 원장이란 사람에게 비밀 없이 공유해 주는 게 말이 될지요? 저는, 성인의 경우, 아무리 부모 형제라고 한들 전과 기록이나 수사 기록에 관해 열람할 수 없다고 들었습니다.

백번 양보해서 저게 사실이라고 가정합시다. 분명히 김무관의 아버지는 구속이 됐다는데 김무관은 그런 상황에도 너무도 태연합니다. 마치 아무 일도 없었던 것처럼 안면도 없는 원장이 추궁하는 말에 대답도 너무 잘해줍니다. 기분도 좋아 보이고 장단도 잘 맞춰줍니다.

아무리 범죄자라도 감정은 있을 게 분명하지요. 김무관의 아버지가 구속됐다던 날 김무관은 원장에게 이런 말을 남깁니다.

"제가 어렸을 때 새를 죽이는 게 취미였는데 아버지의 기대대로 공부를 잘하자, 선물이라면서 새 한 마리를 더 죽이라며 사다 주셨다."라며 마치 지난 과거를 그리워하는 듯했습니다. 그 말을 원장에게 전송했고 원장은 또 저에게 그대로 보내주더라고요. 그날 밤 11시 정도 되었을까요? 김무관은 자신이 성인이 되었을 땐 길고양이를 죽이는 게 취미였답니다. 그런 자기를 아버지께서 너무 좋아하시더라고 원장에게 말했습니다. 그리고선 자신이 죽인 듯한 길고양이 사진을 같은 방식으로 전송했습니다. 독자 여러분은 지금 현실에서, 없을 법한 이야기를 읽고 계십니다.

3장

미궁에 빠진 사건,
진짜는 어디에

23.

원장님
당신은 누구십니까

원장과 대화를 나눈 인물은 여자와 김무관 둘만이 아니었습니다. 수사
관도 포함이 돼 있었던 겁니다. 물론 당시에 원장과 수사관이 대화했던
카카오톡 기록 또한 제가 고스란히 가지고 있습니다. 인천 광역 수사대
해당 수사관은 원장에게 전해 받은 대화만을 전제로 보면 수사에 적극적
이며 박본관의 존재를 알고 있었습니다.

거기엔 '최대한 빨리 이 수사를 끝내야겠다.'라는 내용이 담겨 있습니
다. 이 대화를 사실이라고 가정합시다. 원장이란 사람은 수사관의 개인
연락처까지도 모두 꿰고 있는 것이 되지요. 이에 관련된 이야기는 조금
뒤에 하도록 하겠습니다.

원장과 김무관이 대화를 하던 때로 거슬러 올라가 보겠습니다. 해가

서쪽에서 뜨는 날인가 봅니다. 어쩐 일로 김무관이 자수를 하러 관할 경찰서에 방문하겠다고 마음을 먹었답니다. 지금에 와서 설명해 드리자면 김무관은 본인이 어린 자녀들을 양육하는 가장이라고 주장을 했습니다. 가장으로서 아내와 어린 자녀들에게 미안해서 죄를 자수하겠다고 했답니다.

비록 원장을 통해 받은 연락이었지만 자신의 죄를 뉘우치고 자수를 한다고 하니 기뻤습니다. '저지른 일에 대한 책임은 지는가 보다' 하고 좋게 생각했지요.

하지만 그는 이런저런 핑계로 자수를 미뤘습니다. 그가 경찰서에 갔을까요? 끝내는 원장에게 알리던 날짜에 관할 경찰서에 가지 않았습니다. 이날로 김무관은 '지명 수배자'가 된 것이지요.

즉, 모든 경찰서에 김무관의 신상이 공개되는 것입니다. 범인은 언제 검거될지 모르기 불안하고 떨릴 겁니다. 본인의 명의로 만들어진 게 없어도 외부와의 연락은 차단하는 게 맞을 법도 한데 긴장하는 기색이 없습니다.

하지만 김무관은 지명 수배가 내려졌다고 한 뒤에도 모든 행동이 똑같았습니다. 오히려 더욱더 당당해진 그입니다. 오히려 이전보다 더 심하게 조롱합니다. 한 가지 추가된 게 있다면 이젠 아예 대놓고 어디 은행으로 몇 시까지 송금을 하라고 지시하기도 합니다.

지옥이 따로 있나, 이곳이 미궁인걸

또, 김무관은 관할 경찰서에 사기 건으로 피의자 신분으로 고소장이 접수되어 있었던 것으로 압니다. 이 또한 6개월째 미루고 있다고 자랑하는 여유까지도 보였습니다. TV에서나 보던 사이코패스가 바로 이런 모습이었을까요?

원장과의 대화 속에 김무관이란 인물은 감정이란 전혀 없었습니다. 더 무서운 건 자기 잘못에 대해 전혀 모르는 눈치였습니다. '다른 사람의 돈이 다 내 돈 같다'라고 말하는가 하면, '노인들 날치기해서 먹고 산 게 20년이 넘는다.' 이러한 자신의 과거까지도 모두 원장에게 털어놓았습니다. 당시에 저는, 김무관이 너무 불안해서 과거로 돌아가고 싶은 마음인가 싶었습니다. 누구나 힘들면 과거가 그리워지지요. 그렇듯 편안했던 시절로 돌아가고 싶은 마음인가 보다 하고 생각하고 있었습니다. 하지만 후에 생각하니 그것은 큰 오산이었던 것입니다.

여기에서 더 나아가 지명 수배 중인 지금 현시점에도 가능하면 '노인들 날치기를 해서 용돈 벌이라도 하고 싶다'라는 말이 참 기억에 남습니다.

원장과의 대화를 읽은 어머니는 '인간 되긴 글렀구나.'라고 매우 낙담한 모습을 보이셨습니다. 아버지 또한 '어떻게 이런 놈들을 알아서는 가족들이 이런 그것까지 봐야 하냐?'라며 오빠를 무척이나 원망하셨습니다. 원장에게 김무관 아버지에 관한 이야기를 전해 들었습니다.

김무관의 아버지는 경찰서에 처음 갈 때부터 수상한 기색이 있었습니다. 아들이 학창 시절 받았던 상장까지 가지고 갔답니다. 또한 현재 공부방을 운영하고 있다는 증거를 담당 수사관에게 보여줬답니다. 더 나아가 대학합격 통지서 그리고 공부방을 운영 중인 서류까지도 자랑하려는 목적으로 가져갔다네요. 물론, 우리 아들이 이런 사람이니 이 사건 덮어달라며 수사관에게 부탁하는 것이지요. 아들이 죄를 안 지었고, 아무런 혐의가 없는데 상장이며 성적표며 자랑거리를 가지고 경찰서에 간다는 건 의아했지요.

그리고 죄가 없는 아들인데, 바쁘더라도 귀한 시간 잠시만 내서 수사에 협조하면 될 것입니다. 굳이 그 수사까지도 막는 아버지의 태도가 보통의 경우와는 다르다는 걸 몸소 실감했습니다. 아들의 죄를 더 키운다는 느낌도 받았습니다. 한편으론 한국에 이런 부모님이 있을까? 하고 의심이 들기도 했지요. 온전하게 원장의 말대로라면 아버지와 아들이 공동 정범이 되는 겁니다.

가족끼리 만나게 되면 서로 남을 등쳐먹고, 사기 치는 이야기만 한다는 겁니다. 마치 다른 세상의 이야기를 듣는 듯했습니다. 세상에는 각양각색의 부모님이 존재합니다. 하지만 이런 아버지의 이야기는 생전 처음 들을 정도로 저에게는 너무도 생소하게 와닿았습니다. 온전하게 사실이라면

"오늘은 몇 명에게 사기 쳐서 얼마나 벌었냐?"

이게 이 부자간의 대화일 것입니다. 또한 공통 관심사일 것인데 이 자체가 참 모순이지요. 지명 수배 중이라던 김무관은 조금 더 당당해집니다. 오토바이 퀵 서비스에 이어 테러는 진화됩니다. 이제 너무 당당하게 국제 전화까지 하고 카드사로 속인 국제 문자까지도 보냅니다. 진짜 지명 수배자 맞나 하고 의심이 들 정도로 그의 행동은 과감했습니다. 또한 너무나도 상식 밖이었고 범죄 행위는 점점 대범해져만 갔습니다.

24.

아버지의 45년을
감쪽같이 가져간 그들

　사실, 저희 아버지는 주거래 은행 통장을 약 45년간 이용해 오셨습니다. 꾸준하게 한 은행만 이용해 오셨기에 해당 은행에서도 VIP 등급이었던 것이지요. 사업장도 오래 운영하신지라 신용등급 또한 45년의 긴 세월 동안 항상 1등급만을 유지해 오셨던 겁니다. 하지만 김무관과 박본관이들의 범행 때문에 이 계좌는 사고계좌로 등록이 되었습니다. 이 때문에 없애야만 했죠. 항상 1등급이었던 아버지의 신용등급 또한 박본관과 김무관 이들의 명의 도용과 대출 때문에 나락으로 떨어지는 불상사를 겪게 된 것입니다.

　사업자나 영업인이 연락처 변경을 한다는 것은 곧 생계를 포기하겠다는 것과도 같습니다. 아버지 또한 같은 번호를 약 20년 이상 사용해 오셨습니다. 그러나 끝내 이들의 협박에 못 이겨 연락처를 바꿔야 했던 겁니다. 참으로 어처구니없는 일을 겪으셔야 했던 것이지요. 아버지는 이들의 협박을 이기지 못하고 결국 폐업 절차를 밟으셨습니다.

또한 오래 사용하시던 연락처와 계좌의 추억마저도 잃어버린 셈이 됩니다. 이들은 돈과 행복만이 아닌 아버지의 영혼까지도 앗아간 것이지요. 번호 변경을 하시고, 계좌 변경을 하셨습니다. 급기야 모든 개인정보 변경을 하실 때 아버지는 엄청난 정신적인 스트레스에 시달렸습니다. 없던 원형탈모와 우울증까지도 얻으셨습니다. 그렇다고 연로하신 아버지께서 다시 사업장을 운영하시기란 역부족이었습니다. 이들은 가족의 일상을 통째로, 송두리째 모두, 저 바다에 내던져 버린 것이 된 것입니다. 옛말 중에 이런 말이 있습니다. '돈을 잃으면 적게 잃는 것이요, 사람을 잃으면 많이 잃는 것이요, 건강을 잃으면 모두를 잃는 것이다'라는 말입니다.

비록 넉넉한 편은 아니었습니다. 하지만 정기적으로 적금도 부으셨습니다. 따로 잔병치레나 병원에 입원하신 적도 없으실 정도로 건강하셨습니다. 그리고 알고 지내는 사람도 제법 있었습니다. 하지만 한순간에 다 잃었습니다. 이걸 이해하신다면 아마 이 사건으로 인해 가족들이 얼마나 많은 걸 잃게 되었는지는 답이 나올 겁니다.

그동안 원장과의 대화를 말씀드리자면 김무관의 아버지는 사기 혐의로 구치소에 입감되었다고 이야기해 주었습니다. 조금 이상한 것이 있기를 아들의 위치를 알고자 하는 목적으로 소환을 한 걸로 알고 있습니다. 그런데 갑자기 무슨 사기 혐의이며 구치소 입감인지 영문을 몰랐지요. 하지만 이 일당은 일망타진하기 위해서는 법의 처벌이 필요하다고 판단했기 때문에 소식만으로도 좋았습니다. 그렇기에 물증이나 증거 따위가 없어도 원장을 믿고 신뢰할 수밖엔 없었던 것입니다. 죄가 없다던 아들을 굳이 숨기는 것도 이상했습니다. 또한 증거를 주지 않는 원장도 이상했지요. 그래도 직장 상사가 직원을 굳이 속일 이유가 없기 때문에 믿었던 것입니다. 사건의 원만한 해결을 위해선 그의 도움이 절실했습니다.

 힘든 순간 손 내민 이의 손을 잡는 게 맞는다고 판단했던 것이지요. 구속된 지 열흘이 넘었다고 해도 아들의 위치를 불지 않는 아버지랍니다. 참 이상한 상황입니다. 수사관으로부터 영장까지 발부받아 그 아버지의 거래 명세까지 다 확인했답니다. 거래 명세서엔 약 10년 전부터 박본관과 여러 차례 은밀한 거래를 한 정황이 포착되었답니다.

 그 말을 들은 순간, 아들의 모든 죄는 아버지가 뒤집어쓰려고 하는가 보다 하고 생각하고 있었습니다. 이는 부모님도 같은 생각이었습니다. 그건 그렇다고 하고, 아버지가 구속됐다고 하는데 원장과 너무 태연하게 연락을 주고받는 김무관은 아무리 생각해도 상식 밖입니다.

 김무관을 지명 수배한 지 보름이 넘어 이십일 정도 된 어느 날입니다. 김무관이 원장에게 문자를 보냈습니다. "규철이 어미 보고 내일까지 500만 원 안 보내면, 큰일 날 줄 알아라! 여기 계좌 번호 있다."하고 반복적으로 시간까지 지정해서 입금하라는 문자였습니다. 원장이 계속 저에게 문자를 전달했습니다.

이를 본 어머니께서 말씀하시길, "원장님께 관할 경찰서에 통합 수사 요청해서 내일 은행 앞으로 경찰 배치 좀 해 달라고 해라. 내일 엄마가 은행에 갈게."라고 말씀하셨고 평소와도 같이 이 말씀을 당연히 원장에 게 전달했지요.

문자를 한 지 약 5분이나 지났을까요? 원장에게 답이 왔고, "수사관님 이랑 통화를 해 봤는데, 그렇게 하는 건 어렵고 내일모레까지 꼭 검거해 준답니다. 늦어져서 정말 죄송합니다."라는 답장이 왔습니다. 어머니는 '이놈 잡으면 은행에 가야겠구나. 원장님께 고생 많다고 전해드려라.'라 고 하셨습니다.

원장은 유독 어머니께서 은행에 간다고 하면 장문으로 답장하는 등 상 당히 예민했습니다. 마치 자신이 무엇이라도 저질러서 그것을 은폐하려 는구나 라고 느껴질 정도였습니다. 은행 이야기만 나오면 극도의 과민 반응을 보인 그가 참 수상합니다.

어머니 통장에 있는 예금들을 다 탕진한 아들이라고 비유하면 되겠습 니다.

본론으로 돌아가 원장에게 어머니가 말하신 그대로 문자를 전송했습니다. 이를 본 원장으로부터 최선을 다하겠고 항상 늦어져서 미안하다는 취지로 답변이 왔지요. 그러면서도 "오늘도 김무관에게 계속 시달렸습니다." 하루의 일과 끝엔 원장은 항상 이런 말을 보내주곤 했습니다.

그렇게 나 잡아달라 하고 호소하는데도 수사관이 왜 검거를 못 하나 의심이 든 건 사실입니다. 하지만 우리 가족 때문에 고생하는 원장이 고 맙기도 했습니다. 한편으론 미안한 마음도 들었습니다. 이렇게 만감이 교차했기에, 자세하게 물어보지는 못했습니다. 그렇게 원장을 괴롭히던 김무관이 어느 날 아침 카카오톡을 보냈는데, 그 내용은 '나 지금 일본에 와 있으니 잡아봐라.'였습니다. 또한 아이피 우회 프로그램을 써서 아이 피를 우회까지 했다고 자랑까지 했습니다. 언제나 그렇듯 원장과의 대화 속의 김무관은 너무도 여유로웠습니다. 마치 자기는 평생 잡히지 않을 것인 듯 완전범죄를 꿈꾸는 것 같았습니다.

그렇기에 가족들은 그가 혹시 사이코패스가 아닌지 생각하기도 했었 습니다. 새를 죽이고 희열을 느낀다는 정황이나, 무엇을 보더라도 그는 분명히 정상인이 아님은 확실합니다. 무엇을 봐도 우리와 같은 사람은 아니었으니까요. 그러던 어느 날, 김무관 검거에 계속하여 실패하자 아 버지는 직접 그의 공부방을 직접 찾아가셨습니다. 그런데 웬일 공부방의 간판은 없어진 상태였습니다. 보이는 건 떡하니 영업 정지란 간판이 있 는 겁니다. 아버지는 이 내용을 저에게 전달하셨고 제가 이를 원장에게 물어보자, "수사관이 공부방 운영을 중지시켰어요."하는 겁니다.

해당 공부방은 아버지께서 얼마 전에 가셨을 땐 버젓이 운영 중이었습니다. 최근 경찰이 수사에 착수하자 영업정지 처분을 받은 것으로 알고 있었습니다. 그래서 아버지께서도 '경찰이 없앴구나'하고 그렇게 믿을 수밖엔 없던 것이지요. 시기 또한 너무 감쪽같이 절묘했습니다. 며칠 뒤 확인 차원에서 그 공부방을 다시 방문하자 역시나 영업 정지 중이었습니다. 이를 두 눈으로 확인한 가족들은 '원장은 은인이구나!' 하고 강력하게 믿고 있었던 겁니다.

그리고 하루라도 빠르게 그가 검거되길 바랄 뿐이었습니다. 매일 새벽 어머니는 옥상에 올라가 그가 하루빨리 검거되게 해달라 기도하셨습니다. 이 모든 건 박본관 때문에 일어나는 일임은 맞으니까요.

김무관은 그의 절친이자 동료였습니다. 그렇기에 무슨 짓을 해도 끼리끼리 놀겠거니 생각했습니다. 이제는 그가 무슨 협박을 하고 욕을 하더라도 체념하게 되는 상황에 다다르게 됩니다. 원장과 대화 속에 김무관, 그 하나 때문에 발생하는 피해자는 날이 가면 갈수록 증가했습니다.

이러다간 정말 큰일이 나는 거 아닌가 하고 걱정도 되고 긴박한 마음속에 하루하루 살아야만 했습니다. 그래도 언젠간 해결되는 일이겠거니 생각했습니다. 마음속 한쪽 편엔 원장에게 고마워하는 마음이 있었던 것이지요.

그러던 어느 날입니다. 김무관은 이전에 실행됐던 아버지의 보험 약관 대출까지도 자신이 받았다고 실토했습니다. 이 자금이 현재 어디에 있는지에 대해서도 솔직히 이야기해 주더라고요. 물론 박본관이 지시해서 본인은 대출받은 것이라고 이야기하긴 했지만요. 한술 더 떠서, 그는 아버지께서 인터넷뱅킹을 하셨더라면 5천만 원까지 대출이 가능하답니다. 그걸 안 하셔서 더 빼가지 못한 아쉬움도 토로하게 되었습니다. 이를 들은 아버지는, "그래도 안 잡혀서 다행이다. 잡혔더라면 이거 영원히 묻힐 뻔했다."하며 안도의 한숨을 내쉬셨습니다. 듣고 계시던 어머니도 차라리 이편이 낫다고 하셨습니다. 김무관은 자신의 범행을 마치 양파의 껍질을 까듯 서서히 실토하기 시작합니다. 범행은 누가 들어도 그럴듯한 이야기였습니다. 마치 이미 짜져 있는 드라마 각본과도 같았습니다. 이때 저는 공부방 이름을 인터넷으로 검색해서, 운영자와 대화를 시도하고자 하였습니다. "안녕하세요."라며 인사를 했습니다. 이와 동시에 운영자는 제 계정 자체를 차단하더군요.

공부방은 지역 번호가 아닌 오직 휴대 전화번호만을 걸어놓고 운영하는 곳이었습니다. 또한 해당 공부방은 어떠한 광고도 하지 않고 있었습니다. 차단을 당하자 '아 진짜 정상적인 공부방은 아니구나.'라고 생각해서 원장의 말을 전적으로 믿고 있었던 것입니다.

지금에 와서 생각하자면 어쩌면 이 공부방도 박본관과 원장이 합작으로 놓은 그물이었던 것입니다. 이 사건 참으로 어렵고 복잡합니다. 한편

지옥이 따로 있나, 이곳이 미궁인걸

김무관은 자기 아내와 자녀가 보고 싶답니다. 오늘은 집에 가보고 싶다고 원장에게 말하더군요. 원장은 이 대화를 고스란히 저에게 전송해 줬습니다.

지명 수배자가 집에 가면 경찰에 붙잡힐 것을 뻔히 알고 있을 법합니다. 참 간도 크고 대담한 그입니다. 이때 타지에 사는 오빠에게 연락이 왔습니다. 내용은 "오늘 연락처 변경을 하였는데 오늘 하루는 전화 꺼놓고 있을 거다."라고 카카오톡 메신저를 통해 왔고 그날은 정말 꺼놓고 생활하였다고 합니다. 그런데 박본관인지, 김무관인지 누구인지는 당최 모르겠습니다. 그런데 같이 업무 보는 사람들을 제삼자 전화 테러로 심각하게 괴롭힌답니다. 한술 더 떠, 일면식이 없는 사람에게까지 하다못해 인증 문자를 보내 못살게 군다는 것이었습니다. 더 기가 막힌 건 이 사실을 원장도 알고 있다는 사실이었지요.

그도 오빠 찾는 전화에 하루 종일 시달려서 업무도 마비가 되었다고 하더군요. 물론 증거나, 통화목록 같은 건 보여주지 않았지만, 우리 가족과 같은 피해자로 생각하고 있었습니다. 이전에도 항상 써 왔습니다. 항상 미안한 마음이 앞섰던 것이지요. 그 당시 오빠는 이 일당들의 스토킹 행위에 몸도 마음도 지칠 대로 지쳐있었습니다. 그렇기에 사실상 배달 음식 주문이라던가, 택배 서비스 이용은 일절 못 했습니다. 오직 대면 거래만을 하고 살아가는 중이었습니다. 은행 통장이며 카드며 모두 도용을 당했다고 합니다. 그래서 그것마저도 바꿔야 했으며 가족과는 이산가족 처럼 지내던 때였습니다.

25.

그의 달콤한 빈말
거짓말은 이제 그만

당시에도 원장은 하루도 빠지지 않고 김무관과 대화를 열심히 하고 있었습니다. 이제 김무관은 자신의 이름이 아닌 다른 계정을 사용합니다. '승기'라는 이름을 사용하여 원장을 조롱하기 시작합니다. 그가 범인이 아니고, 가상인물도 아니라면 굳이 다른 계정까지 사용해서 원장을 조롱할 필요가 없었습니다. 어쩌면 그도 그의 일이 있고 생활이 있을 텐데 참 이상하고 기이한 사고방식을 가진 사람입니다.

원장과 그로 추정되는 인물과의 대화에는 온갖 욕설과 폭언이 있었습니다. 심지어는 김무관과 똑같이 음란물 사진도 전송했습니다. 어느 날은 자신이 직접 찍은 사진이라며 자랑하기도 했습니다. 심지어는 이제 다른 소재로 넘어가서 본인이 "대학에 재학 중일 때, 지적장애가 있는 여자친구를 여럿 사귀었는데, 이들 명의로 몰래 대출을 받고 신용카드를 발급받아서 대출받았다."라고 자랑했습니다.

또한 이들 명의의 통장을 새로 개설했답니다. 과거 범죄 행위에 대해 원장에게 자랑하는 어조로 이야기하곤 했습니다. 좀 더 나아가, 그 사실을 부모님께 말했는데 돈을 왜 더 갈취하지 않았느냐는 식으로 그를 나무랐답니다. 도리어 범행을 조금만 한 그를 원망하는 투였다고 합니다. 독자 여러분은 이런 부모님이 상식적으로 이해가 가는지요?

원장은 그 말을 욕 한마디 하지 않은 채 들어주었고 이를 지켜본 부모님은, "너희 원장님 정말 좋으신 분이다. 세상 이런 사람 없다."라며 그의 이런 행위 덕에 더 믿게 된 것이지요.

지금에 와서 생각해 보면 저런 행동은 모두, 자신을 천사로 위장하는 행동에 지나지 않았습니다. 또한 이 사건을 좀 더 길고 악랄하게 끌고 가고, 자신의 범죄 행위를 은폐하기 위해 하는 행동이기도 하지요.

박본관이 구속됐다고 한 지 어느덧 두 달이 다 되어가는 듯합니다. 이쯤 되면 수사 기관에서 그에 대한 서류가 뭐라도 왔을 법하지요. 하지만 원장은 아직 기소 준비 중이랍니다. 따로 받은 서류는 없다는 말만 반복합니다.

기소 자체가 이루어지지 않았다면 우편물은 오지 않는 게 맞다고 판단했습니다. 이에 대해 추궁을 안 했습니다. 어머니도 원장님 힘드신데 자꾸 보채지 말자고 하시더군요. 당시에는 기를 드리고, 위로를 해 드릴 것을 원하셨지요.

그래서 시간이 날 때마다 원장을 위로하는 카카오톡을 많이 전송하곤 했습니다. 그럴 때마다 원장은 이런 글을 보면 힘이 난다는 취지로 더 요청하였습니다. 시간이 많이 남는 날엔 힘내라며 에세이 형태로 시를 써서 보내주곤 했던 것 같습니다. 이쯤에서 이상한 점이 한 가지 더 있었습니다. 바로 원장과 김무관의 말투는 묘하게 뭔가 같다는 느낌을 받았습니다. 또한 범인들에게 접근할 때 자신의 정체를 철저하게 숨기고 접근한다는 점이 참 의심스러웠습니다.

부모님께 이러한 사실을 털어놓자 "원장님이 지위가 높으신 분이라 그런 것이다."라고 하기에 정체를 숨기는 원장에 대해 이해하기로 마음먹었지요. 국어국문학과를 전공해 그쪽 지식이 많은 원장이라 하지만 뭔가 모르게 이상했습니다. 약간은 어딘가 모르게 부족해 보이는 부분이 많아 보였습니다. 하지만 직장 상사이기에 그에 대한 부분은 일단 의심 자체를 접어두었습니다. 강의도 많이 다니고 본인의 이름으로 책까지 출간하였다고 하니 믿었습니다. 당시에 말하기를 5월부터 시작해서 10월까지 계속 강의 시즌이라 했습니다. 각종 고등학교부터 대학교까지 강의 다니느라 바쁜 일상을 보내고 있답니다. 이 일이 끝나면 직원이 저도 자신의 강연에 초청해 준다고 하였습니다.

이 일당들을 다 검거한 뒤 초청해 준다고 하는 기약 없는 약속이었지요. 이것은 일단 흘러들었습니다. 하지만 욕심이라면 욕심이겠지만 은 근하게 기대도 하고 있었던 것이었지요. 지금은 이 일당을 일망타진하는 일에 바빠, 강의는 뒷전이랍니다. 이 일당들을 일망타진하는 일에 바빠서 자기 개인 시간마저 없다고 하는 원장입니다.

우리 가족 때문에 피해를 보는 것으로 생각해서 송구스러운 마음뿐이었습니다. 한편으론, 강의라는 게 외부에서 들어오는 것이겠지요? 원장이 미룬다고 해서 미뤄지는 것 또한 약간 이상했습니다. 그렇지만 상황이 상황인지라 그러려니 하는 수밖엔 없었지요. 이걸 누구에게 하소연할 수도 없을 뿐이었습니다. 이 사건의 열쇠는 원장만이 쥐고 있었습니다.

그래서 그 누구에게도 말할 수 없었던 것이지요. 조금 이상한 점이 보인다고 원장을 마냥 의심하고, 심문하는 투로 질문을 이어갈 순 없었습니다. 한편 아버지께는 국제 전화가 쇄도했습니다. 전화를 켜는 걸 상대방이 어떻게 알아채는지 모르겠습니다. 너무도 이상하게 켠 지 1분도 안 되어서 전화가 빗발치는 것이었습니다. 김무관은 자신이 어머니 정기적금까지도 다 찾아가려 했답니다. 오히려 자신의 범행을 적극적으로 시인했습니다. 그래서 하루라도 빨리 검거가 되길 기다렸던 것이지요. 그 이유 중 하나가 당시에는 김무관만 검거되면 우리에게 일상생활이 가능한 것이었습니다. 어머니께서 은행에도 갈 수 있고 생활비도 찾을 수 있겠다고 생각했던 게 십 중 팔 할은 되었습니다. 이제 이 사람만 잡으면 이

지옥이 따로 있나, 이곳이 미궁인걸

지옥에서 벗어나겠거니 했던 것이지요. 원장 본인과 수사관 이렇게 팀을 합쳐 전적으로 김무관을 검거하는 일에만 주력하고 있다고 했습니다. 하지만 그게 역부족이었는지 아직 검거 소식은 없었습니다.

어머니는 계속 원장에게 힘을 줄 것을 요청합니다. 어찌 생각해 보면 범인을 검거한다는 당사자가 힘을 내야 일이 빨리 쉽게 끝나는 게 사실입니다. 한편 김무관은 자신의 대학 동기인 박본관에 대해 무슨 수를 써서라도 혐의 입증을 막을 것이라 말했습니다. 자기 동기 혐의 입증 비용을 우리 가족에게 요구하는 건 무슨 이유일까요? 참 알 수가 없는 그입니다.

26.

검은 가방과
돈에 집착하는
그들의 공통점

어머니의 가방 색은 어디에서 봤는지, 검은 가방에 유독 관심이 많아 보였습니다. 어느 날은 그 가방을 길에서 보면 자신이 날치기해서 빼앗을 것이랍니다. 그러고는 어머니는 섬으로 보내 죽여버릴 것이라며 협박하더군요.

이 말을 들은 어머니는 다시 한번 관할 경찰서에 통합수사를 하거나 경찰을 배치해 달라고 요청했습니다. 이를 원장에게 전송했습니다. 돌아오는 답변은 수사 관할이 아니라 안 된다는 짧은 답변뿐이었습니다. 이 상황 정도 되면 김무관, 그는 가상 인물이 아닐지 하고 강력하게 의심이 들 수밖에 없습니다.

실존 인물이었다고 칩시다. 원장도 이 사람 연락처와 주민등록번호 등등을 저에게 전송이라도 했을 겁니다. 그리곤 다시 관할서에 신고라도

지옥이 따로 있나, 이곳이 미궁인걸

하게 허락했을 겁니다. 하지만 원장은 그의 신상 정보며 연락처며 감추기 급급했습니다. 사안이 중하니, 연락처라도 전송해 달라고 요청했지만, 원장은 매번 거절했습니다.

지금에 와서 드는 생각인데 그는 가상 인물일 가능성은 점점 더 올라가고 있습니다. 김무관, 그에 대한 증거는 달랑 가까이서 누군가가 찍은 듯한 사진뿐이었습니다. 인터넷에 떠다니는 사진들을 합성하면 얼마든 조작이 가능한 사진입니다.

제 거주지, 오빠의 사무실에 발송이 된다고 했던 퀵 서비스들에 대해 아실 겁니다, 그것들도 김무관 이름으로 보내졌던 건이 참 많았습니다. 사실은 김무관이 아닌 원장이 보냈을 가능성이 매우 높습니다. 한편 구속이 되었다던 김무관의 아버지는 경찰 측에서 계좌 동결을 해놨다고 통보를 받았습니다. 이 또한 원장에게 전해 들은 말로 경찰 측에서 직접적으로 저에게 말해준 것은 아니었습니다.

또한 김무관의 아버지가 이름이 무엇인지, 어디 구치소에 입감이 되었는지도 일절 알려주지 않았습니다. 그가 무슨 혐의인지, 그런 세세한 것조차도 하나 알려주지 않은 캄캄한 상황이었던 것이지요. 금전적으로 피해를 본 건 우리 가족인데 왜 수사관은 원장에게만 연락하는 것일까요? 이 점도 의문이 드는 부분 중 하나입니다. 이 사건에 있어 주목해야 할 부분이기도 합니다. 고소인은 원장이라고 칩시다. 하지만 사실 관계 확인을 위해 수사 기관은 우리 가족을 소환해서 조사해야 하는 게 원칙이라고 봅니다. 하지만 수사 관련해서 연락받는 수단이 있다면 오직 원장을 통해 전해 듣는 것만이 다였습니다. 이 외엔 전혀 없었습니다. 수사 진행 상황을 통보받는 것도, 이 일을 책임지는 것도 그였던 것입니다.

그렇게 시간은 하루하루 흘러가기만 하고 어느 날이었습니다. 수사관이 김무관을 검거하러 잠복하고 있다는 소식을 들었습니다. 마침내 '이번 주 내에 목숨을 걸고서라도 끝내겠다.'라는 통보까지도 받았습니다. 독자분들께서도 아시다시피 목숨을 걸겠다는 표현은 아무나 하는 게 아닙니다. 원장한테서 들은 '목숨을 걸겠다.'라는 말 벌써 몇 번째인지 셀 수조차 없습니다. 그렇지만 이번엔 수사관이 나서는 일이기에 믿어보기로한 거죠. 그리고 돌아오는 주에는 어머니께서도 은행에 꼭 가시겠다며 다짐합니다. 지금까지의 상황을 보아 원장이란 자는 순간을 모면하기 위해 찰나를 사는 인물입니다. 거짓말에 또 거짓말, 계속 무한 반복입니다.

한편 승기라는 예명을 쓰는 김무관은 내일까지 돈을 안 보낼 시 신체 포기각서까지 쓰랍니다. 어디에서 찾은 건지 각서 양식까지 뽑아서 원장을 통해 전송해 주더라고요. 거기엔 차용증도 있었습니다. 더 치밀한 게 각 신체 부위별 가격도 있었습니다. 이걸 안 보낼 시 휴대 전화 모서리 부분으로 찍어 죽인다는 등등의 협박은 날로 심해졌습니다. 지금껏 살아

지옥이 따로 있나, 이곳이 미궁인걸

가면서 이런 협박을 당해본 사람이 과연 얼마나 될까요? 이런 협박을 하는 사람이 있어서도, 듣는 사람이 있어서도 안 됩니다. 하지만 가족들은 이런 협박을 거의 매일 들으며 살아가야 했습니다. 한술 더 떠 이젠 아버지께 직접적으로 간 기증센터, 신장 이식센터 등등에서 전화까지 걸려오게 합니다. 먼저 해당 각서를 쓴 듯한 사람의 신상까지도 보내주기 시작합니다. 그리고 우리 가족과의 대화 속에서 김무관이 지시한 것이 있습니다.

그것은 바로 신체 포기각서와 차용증을 찍어서는 원장에게 전송하라고 한 겁니다. 본인은 이렇게 해서 먹고살았고 빌라인가 하는 집도 샀답니다. 이 와중에 그런 자랑하는 여유까지도 있습니다. 지금 자신이 지명수배 중이라 돈이 없답니다. 규철이 어미보고 몇 시까지 어디 통장으로 보내라며 끊임없이 협박하기도 했습니다. 마침내 김무관을 검거하겠다는 날짜는 바로 내일로 다가왔습니다. 원장은 이번엔 좀 어려울 것 같다며 죄송하다며 거듭 사과하더군요.

무슨 일이 좀 늦어지면 항상 하는 원장의 사과입니다. 벌써 몇 번째 들어보는 건지 모르겠습니다. 또한, 무언가 깊게 알고자 하면 뭔가 숨기는 게 많아 보이는 그입니다. 그는 우리 가족에게 무엇을 숨기고 무마하려 하는 것일까요?

아무리 봐도 미궁인 사건, 의혹도 많고 원장에게 궁금한 게 너무나도 많습니다. 하지만 일단은 조금 더 기다려 보고자 참고 견디기로 했습니다. 독자 여러분들도 아시다시피 은행에 가게 되면 비밀번호를 입력하는 기계는 오직 본인만 보게 돼 있습니다. 이는 철저하게 암호화 처리됩니다. 즉, 아무리 가까이서 본들 보지 못합니다. 약 50cm 정도 근접한 곳이라면 모를까, 아무리 해킹하고 원격을 한다고 해도 볼 수가 없습니다. 원장과 대화를 열심히 하는 김무관은 어머니에게 돈을 맡긴 것도 아닙니다. 심지어는 일면식도 없는 사이입니다. 그 가방을 들고 외출할 때만 호시탐탐 노리고 있는 것만 봤을 때 의문이 많은 인물입니다. 가상 인물이 아니라면, 원장과 김무관 둘 중 하나는 어머니의 검은 가방을 본 적이 있다는 겁니다. 이게 아니라고 가정한다면, TV 뉴스에 가끔 방영되는 몰래카메라를 우리 집에 설치했단 이야기가 되겠지요. 이것도 아니라면 자신의 휴대 전화에 설치해서 어머니의 가방을 지켜봤다는 말이라는 겁니다.

여기에서 잠깐 어머니를 미행한다고 자백한 여성이 한 명 있습니다. 이 여성은 인천광역시에 거주한답니다. 본인 스스로 부모님을 미행했다고 시인했습니다. 이 역시 원장에게 들은 이야기입니다. 따라서 실존하는 인물인지는 확인되지 않았습니다. 다만 박본관의 지시를 받고 가는 곳마다 자신의 차를 이용해서 범행을 저질렀다고 시인했답니다. 마지막의 예시가 들어맞는다 치겠습니다. 만일 미행했어도 가까이 마주치지 않는 한 통장의 비밀번호는 볼 수가 없습니다. 어떻게 이들이 무슨 수단을 이용해서 이런 것들을 알아내게 됐는지는 지금도 의문입니다. 한편 원장과 열심히 대화를 이어가던 김무관은 좀 더 적극적으로 대화를 이어가게 됩니다.

대한민국 수사 기관은 아무도 자신을 검거하지 못한다고 조롱하기까지 합니다. 대단한 그입니다. 지명 수배 중에도 자신은 은행 거래가 된답니다. 또한 아무도 자신의 혐의에 대해 입증하지 못한다며 비웃는 여유도 가지고 있습니다. 대한민국은 아무리 사회적 지위가 높고, 명예가 있더라도 죄를 지으면 처벌을 받는 것으로 알고 있습니다. 법의 사각지대에서 벗어난다던 김무관 그는 과연 정체가 무엇일까요?

한편 부모님을 미행한다던 김소진이라는 여자가 있습니다. 그녀의 말에 의하면 박본관으로부터 사주받았답니다. 하지만 그는 지금 구치소에 갇힌 지 한참 지났습니다. 하물며 김무관에게 대가를 줬다고 해도 지금까지 그 일을 이행할 일이 없지요. 더구나 다른 누군가가 우리 부모님을 미행하고 일거수일투족을 감시할 거리가 아무것도 없습니다. 우리 집이 재산이 많은 것도 아니며 보통 사람 그 자체를 생각하면 되겠습니다. 또한 재산이 많고 대단한 사람이라고 한들 이렇게까지 미행하는 것은 무리수입니다. 어느 날 원장으로부터 김소진을 검거했다는 소식을 접합니다.

김소진은 우리 가족이 원하던 검거 소식이 아니었습니다. 부모님이 원하는 검거 소식은 김무관이었습니다. 그에 대한 검거 소식은 언제 들려올까요?

27.

가짜 원장과
수사관의 대화는
진짜일까

김소진은 박본관에게 대가성으로 삼천만 원을 받았답니다. 그걸 이행하기 위해 범행을 했다고 합니다. 그리고 계속 이어 나갔고 앞으로도 할 것이라고 수사관에게 진술했답니다. 그렇게 오랜 기간 범행을 했는데, 순순히 시인한다는 게 말이 안 되긴 합니다. 하지만 당시에 유일한 동아줄과도 같은 존재가 원장이었죠. 그 때문에 그의 말을 아무런 의심 없이 믿었습니다. 수사에 대한 소식을 들으려면 그를 의지해야 했던 겁니다.

혹여나 법에 대해 모르는 것이 있어도 그에게 물어보곤 했습니다. 생각해 보면 심적으로 의지를 참 많이 하고 지냈던 것 같습니다. 한편 김무관도 어머니를 미행한 적이 있다고 스스로가 시인했습니다. 그런데 김소진까지 부모님을 미행한 거라면 미행만 둘이 한 게 됩니다. 김무관이 어머니를 미행한 정황은 원장과 그의 대화에서 알게 된 사실이기도 합니다. 그의 하수인을 사주해, 어머니께서 검은 가방을 들고나오는 걸 지켜보고 있으라고 지시했답니다. 그 하수인은 저와 같은 동네에 거주하고 있답니다. 한편 박본관에게 어머니를 죽여서 생매장하게 할 대가로 이천만 원을 받았답니다. 김무관이 먼저 알려줬습니다. 아무리 자신이 범행한 것을 자랑스러워하는 사이코패스라고 해도 한번 생면부지인 사람에게 이런 말을 할 필요 없지요. 원장과 한창 대화하고 있는 김무관 그의 주장대로라면 이 사건엔 모두 박본관이 얽혀있습니다. 그러니 그가 사주한 것은 기정사실화된 것이지요. 이쯤이면 박본관이 구속됐다고 통보받은 지 3개월 정도 됐을까요? 아버지 마음은 한이 맺힐 대로 맺혔습니다. 가족들 모르게 혼자 우시는 일도 제법 많아졌습니다.

이제 다 끝난 것 같다며, 저녁마다 흐느끼시는 아버지를 보면 가족들은 망연자실하여 말을 잃게 됩니다. 이 상황을 원장에게 알려봐야 기다리라는 말 한마디뿐입니다. 구속됐다던 김무관 또한 왜 구속이 됐는지, 언제 됐는지조차 모릅니다. 수사 면에서는 비밀이 참 많은 원장이기도 합니다. 아버지께선 평소에 안 보이시던 건망증 증세도 보이셨습니다. 이들의 범행을 낱낱이 알고 나선 충격 때문에 그런 증세가 더 심해졌습니다. 예를 들어, 차를 운전해서 목적지에 가야 하는데, 반대 방향으로 가고 있거나 정신을 놓는 일이 부쩍 늘어났습니다.

원장의 말을 듣느라 휴대 전화를 못 켜고 살게 되었습니다. 그렇기에 아버지께서 외출하실 때면 가족들의 걱정은 이만저만이 아니죠. 한편 원장은 김소진을 계속 추궁한다곤 했습니다. 그녀는 박본관이 사주해서 대가를 받고 이행했을 뿐이라고 말할 뿐이었습니다. 사실 저는 김소진과 원장과의 대화도 몇 장 가지고 있습니다. 우연의 일치일까요? 김소진은 여자, 김무관은 남자인데 둘이 말투가 똑같았습니다. 띄어쓰기를 틀리는 부분까지도 똑같았습니다. 프로필 사진만 달랐지, 다른 건 다 똑같은 셈이지요.

어쩌면 이건 저와 대화했던 원장과 그 외 범인들이 동일 인물임을 나타내는 증거일 수도 있습니다. 원장이 대화하는 범인이란 인물들의 또 다른 특징이 있습니다. 물론 당시에는 몰랐고 지금에서야 알게 된 사실이지만요. 너무나 신기하게도 아버지 통장에 찍힌 실질적으로 돈을 출금해 간 범인과의 대화는 없었습니다. 모두 다 가상 인물과 같은 사람들과의 대화뿐이었습니다. 당시에도 그 부분이 미심쩍긴 했지만, 생명의 은인이라고 생각했습니다. 그래서 원장에게는 내색하지 않았던 것이지요. 이렇게 수도 없이 가상의 인물을 만들어 내는 원장, 그가 진정으로 숨기고 은폐하고 싶은 건 무엇일까요? 김무관이 원장에게 말하기를 그의 누나도 사기를 쳐서 그 돈으로 살아왔답니다. 그 행위를 지금까지도 이어 가고 있으며 어머니도 같은 직업을 가지고 있다고 이야기하더라고요. 아마도 제가 기억하기엔 그날이었을 겁니다. 아버지의 휴대 전화 메시지엔 삼성카드에서 98만 원이 인출됐다는 국제 문자가 날아오게 됩니다.

허위문자인 줄 알고 전화해 보니 사실임을 알게 되는 날이었습니다. 뒤늦게 말씀하시기를 아버지께서도 카드 한도를 50만 원으로 제한해 두셨답니다. 즉 본인도 저 금액은 이용 불가하시답니다. 그런데 이 일당은 어떻게 남의 카드를 자유자재로 이용하는 것일까요? 그것도 해외에서 만들어진 국제 카드였습니다. 자금의 사용 용도에 대해 알아보니 자신의 생활비로 이용했다고 합니다. 아버지는 충격을 받으셔서 쓰러지셨습니다. 그 돈을 갚지 않으면 신용불량자로 전락하고 맙니다. 따라서 힘들게 일을 해서 갚은 뒤 카드를 해지하게 됩니다. 그때 당시에 아버지는 금융거래사고자로 등록해 두셨습니다. 당연히 카드나 휴대 전화 개설을 못하게 막아두셨습니다. 어떻게 이 일당은 그걸 풀었는지도 모르겠습니다. 그에 대한 것은 현재까지도 미궁이지요. 당시에 해당 국제 카드를 해지하시느라 아버지께서 정말 많이 고생하셨고 힘드셨던 기억이 납니다.

이렇게 가족들은 하루하루 지나면 지날수록 더 큰 손해를 볼 수밖에 없었습니다. 매일 된다는 말뿐이고 실질적으로 이뤄진 게 없습니다. 그 때문에 불안감은 점점 더 심해져만 갔던 것이지요. 한편, 아버지가 잘 아는 지인으로부터 김무관 공부방이 다시 영업에 재기했음을 알게 됩니다.

아버지는 학원에 직접 방문하시겠다 했습니다. 이를 안 어머니께서는 범죄자에게 얼굴 알려서 좋을 것 없으니, 지금은 찾아가지 말라고 뜯어말리셨습니다. 따라서 일단 학원에 직접 가시는 걸 보류하게 됩니다. 그리고 얼마 안 가 원장에게 연락이 왔습니다. 그 공부방에 찾아가서 좋을 건 없으니 일단 가지 말라고 신신당부하더군요.

어느덧 김무관이 지명 수배자가 된 지 두 달 반이 다 되어가는 시점입니다. 그런데 경찰도 포기했는지 이렇다 할 검거 소식이 없습니다. 아까 구속됐다던 김소진 외에 아직 추가 구속은 안 된 것이지요. 여기에서 드는 의문이 있습니다. 원칙적으로 수사 기관에서 피의자를 소환할 때 웬만해선 불구속 수사를 원칙으로 하는 것으로 알고 있습니다. 하지만 원장이 검거했다던 범인들은 다 하나같이 구속 수사입니다. 물론 피해자로서 구속 수사를 하게 되면 한동안 범죄자에게 보복당하지 않으니 좋은 점도 있겠지요, 하지만 원장이라는 자는 한 번도 그들이 구속된 사실을 직접 입증해 준 적이 없었습니다.

그렇기에 그들의 구속은 사실 그렇게 완전히 달갑지만은 않았던 것이지요. 입증을 못 해준다면 전화 통화라도 해서 상황에 대해 구구절절 설명했을 겁니다. 그런데 이상하게도 통화조차도 피합니다, 상황이 이렇게까지 악화했는데도 증거 하나 주지 않는 그를 보면 이상합니다. 물론 강의

와 강연을 다녀야 한다고 합시다. 그래도 공과 사는 구분 되어있는 것이지요. 어떻게 보면 이것저것 의혹투성이이며 허점투성이입니다. 한편 타지에 사는 오빠에게 전화가 걸려 오길 오늘은 이상한 전화를 받았답니다.

아마 누군가가 인스타그램을 보고 음식점에 이물질이 나왔다며 DM을 보낸 상황인 것 같습니다. 이 사람은 오빠의 번호를 줬고, 오빠가 그곳에서 식사했는데 이물질이 나온 걸로 안 것이지요. 이 사람들 처지에서는 오빠가 환불을 요청하는 걸로 알고 확인차 전화한 것이라고 전해 들었습니다. 그곳에는 뜻밖의 폭언이 숨겨져 있었습니다. 이젠 음식점을 떠나 오빠가 다니는 곳마다 찾아내서 대놓고 '나 박본관이다.'로 시작해서 협박하기 시작합니다. 심지어 고양이 중성화시키는 동물병원에도 협박했다고 합니다. 그 내용은 나 심규철 어제 우리 고양이가 거기 병원 치료받고 죽었으니 위로금 면목으로 계좌로 300만 원 보내라고 했답니다. 당장 죽이겠다며 수의사에게 폭언까지도 가했답니다. 휴대 전화에 위치 추적기라도 있는 것일까요? 이 일당들의 악행은 날이 가면 갈수록 심해지고, 더 악랄해지던 중, 어느 날이었습니다.

그날 저녁은 어머니께서 유달리 기분이 좋으신 날이었습니다. 말씀하시기를 배고픈데 야식으로 먹으라고, 부추 넣고 김치부침개를 하셨습니다. 아버지께서도 거래처에 업무차 방문할 일이 있으셔서 어머니와 둘이

166

있던 날이었습니다. 시기는 아마 늦은 여름 정도로 추정됩니다. 아마 저녁쯤 되었을 겁니다. 기쁜 소식이 날아왔습니다. 바로 그렇게 찾고 있던 김무관이 검거되었단 소식이었습니다.

28.

당신의 본모습을
보여주세요

그날따라 어머니의 얼굴은 마치 환한 보름달을 보듯 밝아 보였습니다. 업무를 마치고 돌아오신 아버지의 얼굴도 밝아 보였습니다. 본론으로 돌아가서, 김무관이 검거되었다고 말한 그 순간 어머니께서 하셨던 말씀을 저는 아직도 또렷하게 기억하고 있습니다.

"다 원장님 덕분이다, 이제 엄마 은행에 가도 되지?"

"원장님께 한번 여쭈어보겠습니다."

저는 어머니께서 은행에 가도 되는지 원장에게 물어봤습니다. 예상하시지요? 그의 대답 또한 시간이 한참 지난 지금도 또렷하게 기억납니다.

"진짜는 따로 있습니다, 조금만 더 기다려 주시겠어요? 이놈이 진짜입니다."

어머니께선 본인이 은행에 가시는 여부를 떠나 또 다른 범인이 있단

지옥이 따로 있나, 이곳이 미궁인걸

것 자체에 경악하셨습니다. 그 범인은 어디 사는지 궁금해하셔서 원장에게 물어보니 바로 저희 집 근처에 산다고 합니다. 집 근처에 유명한 아파트 하나가 있긴 합니다. 걸어서 채 5분도 걸리지 않는 거리에 산다는 것이었습니다. 어쩌면 지나가다가 한 번 정도는 마주쳤을 수도 있는 범인, 그 생각을 하니 등골이 오싹하고 식은땀이 주르륵 흐르는 게, 아찔했습니다.

"언제나 검거할 수 있을까요? 원장님?"

"아마 이번 주 안으로 검거할 수 있을 것이고 수사관님께서 최선을 다한답니다."해서 한편으론 원장에게 너무나도 감사한 생각이 들 뿐이었습니다. 또 한편으론 새로운 범인이 언제나 검거될지 무서웠습니다. 걱정도 되었습니다. 또 일이 잘될지에 대한 불안함도 있었기에 만감이 교차했습니다. 한편 김무관은 사기 등의 혐의로 구속되었다고 전해 들었습니다.

3개월이 넘는 시간 우리 가족들을 조롱한 것에 비하면, 수사관의 심문은 짧았던 것일까요? 그는 자신의 혐의를 대체로 시인한다고 했습니다. 한편 수사관은 그를 구속 송치하겠다고 원장에게 이야기했답니다.

그가 구속되고 또 한 명이 구속됩니다. 이 책을 처음부터 읽으신 독자분들이라면 아실 겁니다. 가족들은 약 6개월 정도 전화, 문자, 국제 문자, 인증 테러 등등에 시달려야 했습니다. 이 장본인인 홍대익이 구속이 되었답니다. 의정부시에 거주하고 있어서 영장을 집행하러 그의 자택에서 검거했다고 들었습니다. 김무관이 구속되고 바로 다음 날 정도, 홍대익이란 인물이 새롭게 나타나고 검거가 됩니다. 아니나 다를까, 홍대익은 업무 방해 혐의를 받고 있다고 알고 있습니다. 그는 박본관에게 사주받았답니다. 중국 쪽에 우리 가족들의 정보를 돈을 받고 팔았답니다. 한편 홍대익은 홍대익대로 인터넷 홈페이지, 그리고 각종 앱 등등에 가족들 명의로 상담 신청을 남겼다고 진술했답니다. 처음에는 사주받아서 한 일이지만 나중엔 적성에 맞아서 했다고 진술했다고 원장에게 전해 들었습니다. 그가 했다던 진술 중 기억이 남는 부분이 있습니다. 그게 무엇이냐 하면, 국제 전화를 하지 않으면 손이 떨리고 불안하답니다.

생각해 보면 아버지나, 타지에 살고 있는 오빠를 비롯해 국제 전화가 오지 않았던 날이 없었습니다. 그것도 한 번만 오는 것이 아닌 여러 번 왔습니다. 한 번 왔다 하면 연달아 여러 차례 오니 전화기를 작동할 수 없었습니다. 렉이라도 걸린 것처럼 "국제 전화입니다."라는 말과 통화가 걸려 오는 게 너무나도 무서운 상황이었던 것이지요. 심한 날엔 휴대 전화를 통제할 수 없을 정도로 국제 전화에만 시달려야만 했던 날도 있으니까요. 이건 순전히 원장을 통해 전해 들은 이야기인데 홍대익을 조사하기 위해 그를 경찰서 유치장에 입감했다고 합니다. 그의 말에 따르면 국제 전화를 못 한 지 하루가 되는 날이지요. 유치장 안에서의 그는 온몸을 심하게 떨었답니다. 그것도 모자라 경련까지도 일으켰다고 합니다.

지옥이 따로 있나, 이곳이 미궁인걸

그를 조사하는 수사관도 그런 증상이 무서워서 조사를 빨리 끝냈답니다. 그러곤 검찰로 이관한다고 원장에게 알렸다고 하니까요.

국제 전화나, 전화 테러 등등 하루 못 해서 손을 떨고 경련까지도 일으키는 그가 이상했습니다. 하지만 세세한 상황도 일일이 보고하는 수사관도 적지 않게 이상했습니다.

그가 검거되었다고 하고 난 뒤 한동안 국제 전화를 비롯해 퀵 서비스도 안 왔습니다. 잠깐 조용한 일상을 보냈습니다. 그런데 그가 검찰로 송치되었다는 어느 날, 갑자기 전화가 빗발치기 시작했습니다. 그렇습니다. 이전과 같은 상황으로 돌아간 겁니다. 우리 가족을 괴롭히는 인물인 박본관의 하수인 홍대익은 검거가 되었다고 합니다. 그런데 전화 테러와 상담 신청은 누가 하는 것일까요? 참 여러모로 알 수가 없었습니다.

29.

여러 명의 범인 검거,
하지만 사건은 여전히 미궁

    당시엔 원장이 말하는 아직 안 잡힌 엄청난 놈이라는 범인, 그의 이름
은 김중호라 했습니다. 그가 이런 짓을 하나 싶기도 하였습니다. 원장이
몇 번이나 반복해서 말하기를 그는 분명히 엄청난 놈이고 교묘한 놈이라
고 수도 없이 강조하였습니다. 그의 직업은 의정부에 있는 흥신소에서
근무하고 있다고 했습니다. 그는 박본관으로부터 은행에 가시는 어머니
를 죽이기 위해 2천만 원을 받았다고 들었습니다. 요 며칠 사이에 구속
된 인원만 두 명입니다. 원장의 말만 믿고 보면 구속된 인원은 거의 다섯
명 정도 되는 것이지요. 또 한 가지, 원장이 말하기를 홍대익은 마약을
한다고 하였고, 수거책이라고 하였습니다. 또한 마약류 관리법을 위반하
여 구속 수사로 진행한다고 했습니다. 원장의 말만 듣고 보면 홍대익은
너무나도 확실하게 마약류를 하는 사람이 맞았습니다. 그리고 정황 또한

일치했습니다.

"박본관인가 뭔가 하는 놈도 마약 하는 거 아니니? 제정신은 아닌 것 같던데."

어머니께서 이렇게 많은 사람을 사주해서 우리 가족을 들들 볶는 박본 관과 그의 일행들을 원망하셨습니다. 그리고 며칠 뒤 원장에게 중요한 문자가 오기를, 홍대익이 검찰로 이관되어서도 이상 반응을 보였답니다. 그래선 빨리 법원으로 이관하였답니다. 또 그날은 구속된 박본관을 수사 접견 간다고 하는 날이었습니다. 이때, 실질적인 피해자는 우리 가족입 니다. 하지만 이는 배제한 채로 피의자인 박본관의 말만 믿고 조사를 진 행하는 건 의아했습니다. 그래도 직장 상사의 말이기에 믿을 수밖엔 없 었던 것입니다. 이것 또한 원장을 통해 전해 들은 이야기입니다.

박본관이 말하기를 홍대익은 친한 동생이며 자신이 범행하라고 지시 했답니다. 대가성 뇌물로 돈을 건넨 것도 시인했다고 전해 들었습니다. 지난번 오빠에게 들은 고무보다 더 질긴 그럽니다. 그런데 수사관의 물 음에 시인을 잘하는 것을 보면 이상하다는 생각이 듭니다. 한편 타지에 사는 오빠에게 카카오톡으로 연락이 왔습니다. 인천 서부 경찰서 수사관 에게 오랜만에 연락이 왔답니다. 홍대익이 범인으로 지목이 돼서 여러 차례 연락했으나 전화를 안 받는다는 소식이었습니다.

"그 사람 구속돼서 그래 오빠."

"수사관님이 그러는데 지금 다른 건으로도 조사를 받는 중이라는데 그 사람 병원에 있고 진범이 아니래."

"구속됐다니까 왜 이리 사람 말을 못 믿어."

이렇게 경찰마다 말이 다 다르다 보니 혼선이 왔습니다. 오빠가 말하길 홍대익은 다른 경찰서에서 연예인 관련 악성 댓글로 수사 기관에서 수사받았답니다. 하지만 누명일 뿐 진범은 아니었답니다. 그 당시 병원에 입원해 있는 상황이었고 지금도 병원에 입원해 있다고 했습니다. 즉, 오빠가 들은 말이 사실이라면 홍대익은 범인이 아닌 게 되는 것이지요. 병원에 입원해서도 휴대 전화를 할 수는 있습니다. 하지만 집과는 IP주소가 다르기에 용의선상에서 아예 배제되었답니다. 그리고 알리바이까지 입증되었답니다.

누구의 말이 진짜일까요? 오빠에게 농락당하는 기분이 들어, 홍대익은 구속되었음을 재차 전달했습니다. 대화가 안 통한다 싶어지자, 원장과의 대화를 스크린샷을 찍어서 보내줬습니다. 원장이 말하는 홍대익은 사람을 괴롭히지 않으면 못 사는 인물이었습니다. 반면에 오빠가 말하는 홍대익은 누명을 쓴 피해자였던 것입니다. 이렇게 극명하게 달랐기에 당연히 다툴 수밖에 없게 되지요.

오빠의 말에 의하면 그는 알리바이가 너무 확실하여 수사조차도 받지 않았다고 합니다. 그 당시 오빠의 말도 약간은 그럴싸한 것이 홍대익이

지옥이 따로 있나, 이곳이 미궁인걸

구속됐는데도 계속 전화가 온다는 점이 의아하긴 했습니다. 구속됐으면 전화 테러는 잠잠해지는 게 기정사실인데 검찰로 이관되고 다시 시작되었으니까요.

원장이 말하길 그는 하루빨리 구치소에서 나가서 다시 우리 가족들을 괴롭히는 게 목표라고 했답니다. 원장이 대화한 건 수사관일 텐데 검찰 조서를 볼 수 있는 것도 약간은 미심쩍었지요. 그렇지만 원장이란 자가 직위가 있기에 가능한 것으로 생각하고 있었습니다. 아무리 마약사범이라고 칩시다. 수사 기관에서 저렇게 진술했다는 것이 신빙성도 낮았습니다. 처벌 수위를 낮추려면 진술을 잘해야 할 텐데요. 하지만 당시에 원장이란 자가 일이 너무도 많았고 바쁜 상황이라고 했습니다. 실례가 되는 것 같아 다른 정황에 대해선 묻지 않은 게 화근이었습니다.

오직 이 일당들이 소탕되기만을 기다린 셈이지요. 또한 이 수사관 검찰로 송치된 피고인인 박본관 수사 접견을 너무 자주 갑니다. 검찰로 송치가 되었다면 가족들이나 지인들에게 합의를 보자고 연락이 올 법도 합니다. 그런 연락도 일절 없었습니다.

그는 돈이 목숨보다도 귀하다고 여러 번 이야기했기에 이해는 했습니다. 그래도 가족이 구치소에 있다면 걱정은 될 법도 합니다. 파고들면 파고들수록 이상하고, 의문투성이입니다. 또 아내로 추정되는 사람은 자기 남편 사칭을 하는 정황이 있습니다. 이 일에 전혀 없는 박본관(가명) 가족도 수상할 뿐입니다. 가족의 의미가 무엇인지에 대해 다시 한번 생각해 볼 필요가 있겠습니다. 이쯤에서 수수께끼가 하나가 남게 됩니다. 홍대익이란 이름은 저도 모르고, 오빠도 모르는 사람입니다. 즉, 생면부지입니다. 그에 대한 정확한 정보는 의정부 흥선동에 거주하고 있다는 것입니다. 또한 연예인 악성 댓글 관련해서 수사 기관에서 조사받은 적이 있다는 것이죠. 이 또한 누명을 쓴 것이라는 점 정도 되겠습니다. 그와 일면식도 없었을 원장, 그가 어떻게 홍대익을 알 수가 있었던 걸까요? 지금까지도 풀리지 않은 의문입니다. 이것은 이번에 독자 여러분과 같이 풀어야 할 숙제가 되겠습니다.

　오빠와 의견 대립이 생긴 후 얼마 안 가 김무관과 박본관을 대질 신문한다는 소식을 접합니다. 원장한테서 들은 소식이지만 이 둘의 대질신문이라 피해자로서는 궁금하지 않을 수가 없습니다. 아마 금전적인 부분에 관하여 대질을 진행하는 듯합니다. 김무관은 박본관이 지시했다는 쪽입니다. 한편 김무관은 반대의 의견을 제시한 듯합니다. 대질한 지 얼마나 시간이 흘렀을까요? 그날 저녁 원장은 박본관이 혐의를 은폐하기 위해 거짓말을 하는 것이라고 전달해 주더라고요. 지금 새로운 범인인 김중호를 잡아야 한답니다. 즉 자신의 본업도 제쳐두고 거기에만 집중하고 있답니다.
　원장과 대화하면서 가족과 싸울 일도 참 많았습니다. 그리고 작은 일

　　　　　　　　　　　　　지옥이 따로 있나, 이곳이 미궁인걸

들로 긁어 부스럼을 만들어서 조용한 날이 하루도 없었습니다. 하지만 이런 일당을 일망타진하기 위해서는 법에 대해 잘 아는 누군가의 조력이 꼭 필요하였던 것이지요. 그래서 잡은 손을 끝까지 놓지 않았던 겁니다.

우리 가족의 일을 사사건건 원장이 알고 있다는 점은 용변 보고 뒤를 안 닦은 듯 참으로 찜찜했습니다. 당시에 제가 하고 있던 일이 비밀을 지켜야 하는 일이기도 했습니다. 원장이 그 점을 악용하여 가족들을 미행한 거 아닌가 싶기도 합니다.

이때 참으로 기이한 일이 발생합니다. 타지에 거주하고 있는 오빠는 박본관에게 스토킹을 지속해서 당해 관할 경찰서에 신고한 상태입니다. 담당 수사관이 말하길 그는 자신의 차로 운전을 해서 직접 경찰서로 방문해 조사를 받으러 왔답니다. 또한 그의 휴대 전화는 포렌식을 할 거라고 했습니다. 그렇게 되면 자연히 귀가도 자신의 차로 한 셈이 되지요.

원장과 인천 관할 경찰서 두 명의 말이 확실히 다르게 차이가 납니다. 그렇다고 직장 상사를 대놓고 의심하긴 조금 그래서 "원장님, 오늘 박본관 씨를 목격한 사람이 있다는데요."하고 조심스럽게 물어보게 되자 원장에게 답변이 오길, "그럴 리 없습니다. 박본관 씨는 지금 재판 대기 중이고 외부 활동을 할 수 없습니다."라는 답변뿐이었습니다.

평소 원장이 글을 쓰는 것보다는 훨씬 짧게 답장이 왔습니다. 하지만 그 안에는 많은 내용이 담겨 있었고 핵심은 박본관은 사회에 없다는 내용입니다. 이를 본 부모님은 다시 안심하게 됩니다. 한편 부모님은 원장에게 존경의 뜻을 담아 문자를 보내라고 합니다.

당시에 우리 가족이 원하는 건 그의 구속 여부도 나름 중요했습니다. 하지만 그보다 중요한 건 피해 복구였지요. 그 때문에 원장을 믿고 기다렸던 것입니다. 다른 수사관과 원장의 의견대립, 지금부터 본격적으로 시작됩니다.

구속 수감이 되어 있는 사람이 자차를 타고 운전해서 경찰서를 방문하는 것도 웃긴 일입니다. 또한 원장의 말에 따르면 그는 절대로 사회에 내보내서는 안 될 악질 중에서 악질이었습니다. 만약 해당 수사관의 말이 참이라면 우리 가족은 원장에게 농락당한 게 기정사실이 되고 맙니다. 하지만 긴 시간 그를 믿었기에 이러지도 저러지도 못하는 상황이 되고 말았습니다. 이때쯤에, 타지에 살던 오빠는 테러에 이기지 못해서 다니던 회사마저 퇴사하는 상황이 되고 맙니다.

어느 사람이든 오빠를 거쳐 갔던 사람은 모두 괴롭힘과 테러의 표적이 되고 맙니다. 어느 날은 오빠의 가맹 업주라는 사람에게 전화가 왔다고 합니다. 자기는 박본관이라는 사람인데, 어서 가맹 해지를 하지 않을 시에는 가게도 불태워 버릴 것이며 자녀들까지 다 죽여버릴 거라고 협박했답니다.

이러한 소식을 접하게 된 오빠는 그를 다시금 경찰서에 협박 등의 혐

　　　　　　　　　지옥이 따로 있나, 이곳이 미궁인걸

의로 고소를 진행하게 됩니다. 따라서 증거가 될 만한 것은 모두 경찰서에 제출합니다. 그에게 온 메일이며, 문자들, 카카오톡 내용 등등까지 다 제출했답니다. 모두 합하면 200여 장이 훨씬 넘는다고 알고 있습니다. 해당 번호로 전화하면 숨소리만 내고 끊습니다. 너무나 아쉽게도 통화 기록은 확보할 수 없었습니다, 하지만 겉으로 볼 땐 누가 봐도 모든 증거는 그를 가리키고 있었습니다.

당시에 접수하여 조사하던 수사관 역시 박본관이 조금 이상한 사람 같다고 했습니다. 마치 오빠를 좋아하는 것처럼 느껴진다고까지 이야기했다고 했으니까요. 오빠에게 전해 들은 바에 의하면 해당 수사관은 이 일 때문에 야근까지 했다고 합니다. 사건 초기에는 누가 봐도 수사에 협조적인 것으로 보였다고 합니다. 대한민국은 민주주의 국가입니다. 신고하면 수사관이 어련히 알아서 그의 혐의를 입증할까 했던 거죠. 수사관이 말하는 대로 메일이 오면 오는 대로 전송해 주고 그렇게 지냈다고 전해 들었습니다. 그러던 어느 날,

"박본관 씨가 협박성이 짙은 메일을 하나만 더 보내면 바로 영장 발부해서 찾아가도록 하겠습니다."라고 오빠에게 수사관의 통보가 왔습니다. 오빠는 한동안 그가 발송한 메일은 없나 하고 메일함만 쳐다보고 있게 됩니다.

통화를 들은 것일까요? 수사관과의 대화를 들었는지 박본관은 더 이상

어떠한 메일도 보내지 않습니다. 참 이상한 일이었지요. 그래도 다른 증거들이 워낙 많이 있기에 알아서 처리되겠거니 하고 기다리고 있던 참이었습니다. 신고 접수 후 오빠를 향한 전화 테러나 모든 테러 등은 잠잠해졌다고 합니다.

여기에는 관련된 인물이 또 하나 있는데 바로 원장입니다. 원장 또한 그로부터 협박 메일을 많이 받았다고 합니다. 그는 우리 가족의 일이 해결되면 본인은 따로 고소를 진행할 것이라고 하더라고요. 원장에게 전송됐던 협박 메일도 몇 건 가지고 있으며 메일 주소 또한 보관하고 있습니다. 이는 약 60건이 된다고 하며 내용은 이렇습니다. "죽은 어미 곁으로 너희 누나, 형까지 다 데리고 갈 것이다."라는 협박이 메일에 적혀져 있었습니다.

하지만 훗날 이메일은 모두 조작된 것임이 탄로 나게 됩니다. 제 추측이지만 원장의 원맨쇼 같기도 합니다. 여기에서 드는 한 가지 의문점이 있습니다. 원장은 오빠가 협박받고 있다는 사실을 어떻게 알았을까요?

그는 왜, 무슨 이유에서, 거의 같은 날짜에 피해자 흉내를 낸 것일까요? 제일 유력한 모범 답안은, 원장이라는 자가 박본관인 척 사칭을 한 것이 됩니다. 그렇게 오빠에게 메일을 보낸 것이라고 할 수 있겠습니다. 이게 맞는다면 원장은 일명 원맨쇼를 한 것이지요. 수사관과 오빠 단둘이만 통화를 했습니다. 통화를 함과 동시에 협박 메일을 멈추게 된 것은 왜 그럴까요? 전에 박본관이 오빠의 휴대 전화를 자기 마음대로, 자유자재로 봤다고 썼던 사실 기억하실 겁니다. 그때 설치된 악성 앱이 바꾼 휴대 전화로도 옮겨진 것입니다. 그래서 원장이라는 자는 우연히 오빠와 수사관의 통화를 듣게 된 것이지요. 이에 대해 직접적인 증거라고는 할 수 없겠습니다. 하지만 이런 일이 있었던 것은 사실입니다. 수사관과 통화할 때쯤에 오빠에게 속기회사(속기사)로부터 전화가 유달리 자주 왔답니다. 내용은 "긴 통화를 녹음해야 하는데, 이상하게 그런 통화들은 녹음이 잘 안되더라."하며 많이 연락이 많이 왔었답니다. 그저 우연히 걸려오는 업무 방해 전화인 줄만 알았다고 하네요.

오롯이 제 생각일 뿐이지만 원장 본인이 오빠와 수사관의 통화를 철저하게 녹음을 한 것입니다. 정신도 분산시킬 겸 여러 가지 목적으로 속기회사에서 전화 연락이 가도록 접수를 한 것이지요. 오빠가 속기사로부터 연락을 받았다던 바로 그날 원장에게도 똑같은 전화가 갔답니다.

"오늘은 속기사에게 전화가 100통 가까이 걸려 와서 일을 할 수가 없었습니다."

원장이 이런 피해를 당할 때마다 저 때문에 당하는 것 같은 느낌이 강하게 들었습니다. 그래서 원장의 일을 몇 번이나 도맡아서 대신해 준 적이 있습니다.

급여를 더 받기 위한 목적이 아닙니다. 단지 우리 가족들 때문에 고생하시는데 회사 일이라도 덜어드리고자 조금이라도 도와드리려고 했던 것이지요. 부모님은 원장을 너무 강력하게 믿으셨습니다. 원장의 말이 사실이라면 저쪽 수사관이 오빠를 속이고 있다는 것이 됩니다.

굳이? 경찰이? 피해자를 왜 속이나 하는 생각이 들기도 했습니다. 그렇다고 원장의 말이 전부 거짓말이라는 증거도 없었습니다. 중간에서 입장이 참으로 난처했습니다.

일단 일차적으로 내린 결론은, 박본관이 아직 검찰로 기소가 안 됐다는 것이지요, 따라서 수사관들이 그의 구속 사실을 모르는 것이라고 결론을 내렸습니다.

직위도 있기에 수사 기관에서도 원장에게 조금이라도 더 직접적인 사실을 말할 가능성도 생각했습니다. 그렇기에 저런 결론을 지을 수밖엔 없었던 것입니다. 우리 가족에겐 한창 논란이던, 협박 메일도 그렇게 막을 내리는가 싶었습니다. 그런데 거의 그와 동시에 조금은 뜻밖인 소식을 접하게 됩니다. 바로 우리 가족에게 협박 메일을 보내던 그 메일 계정에 놀라운 비밀이 숨어있었습니다. 그 아이디들은 본인 인증조차 안 되었습니다. 누구 명의인지조차 모르는 명의가 없는 아이디였답니다. N사의 메일 서비스 이용해 보신 분은 다들 아시겠지만, 휴대 전화 인증이며 본인 인증도 해야 합니다.

1인당 계정을 3개밖에 만들지 못할 정도로 까다롭게 운영이 되는 곳입니다. 그런데 이 시대에 계정주가 확인되지 않는다니, 경악을 금치 못했

지옥이 따로 있나, 이곳이 미궁인걸

습니다. 좀 더 쉽게 이야기해 보자면 어떠한 휴대 전화로 인증 번호도 받지 않는답니다. 본인 인증도 거치지 않은 채 이메일이 생성되었다는 뜻입니다. 2023년 당시에 참으로 놀라운 일이 아닐 수가 없지요. 오빠의 일을 수사했다던 해당 수사관 또한 무척이나 당황한 기색이었다고 합니다.

범인은 수사관까지도 조롱한 셈이 된 겁니다. 당시에 오빠가 받았던 메일에 대해서 짤막하게 작성해 보자면, "나랑 같이 다이어트약 판매해서 건당 40만 원씩 나누자. 네 블로그 나에게 얼마에 팔아라." 누군가가 본인과 같이 일할 것을 상당히 원하고 있었습니다. 또한 본인의 사업 등을 도와주고 있음을 바라고 있었던 것으로 추정할 수 있습니다. 공교롭게도 그 당시는 다이어트약 관련 범죄를 엄중하게 처벌하고 있던 시점과도 겹칩니다.

30.

우리 가족의 모든 것을
알고 있는 그

이를 알고 있었기에 그는 오빠에게 함께 다이어트약을 팔아서 돈을 벌자는 취지의 메일을 보낸 것입니다. 이를 다른 관점에서 잠시만 보게 되면 오빠를 마약 사범으로 처벌받게 하기 위함도 있는 듯합니다. 여기에서 말하는 다이어트 약이란 우리가 알고 있는 일반적인 다이어트 식품이 아닙니다. 반드시 의사의 처방을 거쳐야 하는 향정신성의약품이지요. 지금 유명한 일명 나비 약 등등을 같이 팔자고 하는 게 되겠습니다.

아무런 물증도 없지만 심증만으로 제 관점에서 이야기를 좀 더 해보겠습니다. 마약류가 조금 더 처벌 수위가 높기에 그걸 노리고 빌미 삼아 협박성 메일을 보낸 것도 배제하진 못합니다. 또한 해당 메일에는, 이 일에 대해 한창 방송사에서 방영하고 있을 때입니다. 해당 제작진과 박본관 단둘의 대화도 있었습니다.

또한 오빠와 박본관 단둘만 알고 있는 내용도 다수 포함이 되어 있었답니다. 실제로 둘이 카카오톡 메신저로 대화를 나눈 내용 또한 포함되어 있었다고 합니다. 메일을 보낸 이는 그가 맞습니다. 박본관 그의 주장대로 전혀 이 일과 무관하다면 누군가가 해당 방송사 제작진의 휴대 전화까지도 해킹했다는 말이 됩니다. 이는 마치 술은 마셨지만, 음주 운전은 하지 않았다는 것과 같은 말 정도로 이해가 됩니다. 그의 주장이 사실이라고 칩시다. 1년간 같이 업무를 보고 같이 밥도 먹으며 동고동락했던 오빠와는 어느 정도 편할 것입니다. 억울한 면을 나름의 증거도 제시해가며 호소하면 될 것입니다. 그런데 오히려 적반하장으로, 자신도 피해자란 말만 반복할 뿐인 상황입니다. 그러니 그의 말엔 논리와 일관성이 전혀 없지요. 무엇보다도 화부터 내고 말부터 빨라진다는 점에서 신빙성이 떨어짐을 알 수가 있습니다.

한편 원장은 김중호 검거에 한창이라고 하네요. 과연 오늘은 성공할까요? 그를 검거하는 일을 하느라 제 일은 하나도 못 했다고 합니다. 김무관은 경찰 조사에서 자신의 혐의를 모두 시인한다는 취지로 진술했다고 합니다.

그런데 여기엔 아버지 대출금이라는 놀라운 비밀이 숨어있습니다. 이 내용만 봐도 실질적인 피해는 가족이 봤습니다. 하지만 수사관이 우리 가족에게 궁금한 것들을 물어봐야 하는데 그런 게 없습니다. 대출금으로 나간 금액만 해도, 큰 금액입니다. 어찌 보면 김무관과 아버지의 진술도 차이가 있습니다. 그의 진술만 듣고 검찰로 송치한다는 건 조금 의아한 부분이지요. 피해 금액과 관련해서 수사관에게 하고 싶은 말씀이 많으시다고 말하는 아버지이십니다. 이럴 때 피의자와 피해자의 진술은 비교해봐야 한다고 생각합니다.

물론 소액 사건은 예외로 할 수도 있겠습니다. 대부분의 경제 사건의 경우 대질 조사 등은 다 하는 걸로 들어왔습니다. 좋은 게 좋은 거. 경찰서에 가서 조사받는다는 게 보통 힘든 일이 아니었습니다. 좋은 게 좋은 거라고 기다리기로 합니다.

오빠의 전화는 조용해졌다고 하지만 아버지는 아직도 큰 피해를 보고 계십니다. 원장의 말에 따르자면 그저 그가 불안해서 하는 발악 정도로 생각했습니다. 궁지에 몰린 사람은 언제나 불안하기 마련이지요. 자기도 곧 검거될 것을 알기에 자포자기하는 심정으로 이런 짓을 하는구나! 저만의 해석하는 중이었습니다. 하지만 아무리 범죄 천재라고 해도 혼자서 이렇게 많은 사람을 괴롭히고 이런 범행을 혼자 하는 데는 무리수였습니다.

부모님은 김무관 옆에 조력자가 한두 명은 있으리라 추측하셨습니다. 이 이야기를 원장에게 하자 "걱정하지 마세요. 이번 주까지 검거하도록 하겠습니다."라며 자신이 마치 수사권을 가진 사람처럼 호언장담하며 검거를 확신하였습니다. 보통의 수사권을 가진 사람들도 검거에 대해 최선을 다하겠다는 식으로 이야기하는 걸로 알고 있습니다. 즉 저렇게 장담

지옥이 따로 있나, 이곳이 미궁인걸

까진 안 한다는 것이지요.

하지만 원장의 경우, 확신에 찬 말투로 말하는 게 불안했습니다. 하지만 하루가 급한 상황인 데다가, 가족 간의 신뢰도 되찾아야 하는 처지였습니다. 그렇다 보니, 어쩔 수 없이 그의 말을 전적으로 신뢰하기로 했던 겁니다. 그러던 어느 날, 아주 생뚱맞은 범인 한 명이 인천 광역 수사대 수사관에 의해 또 검거되게 됩니다. 바로 김중호의 어머니 되는 사람이랍니다. 그녀는 아들에게 사람들에게 사기를 쳐서 돈을 벌 것을 강요했답니다. 성인이 되자마자 다른 사람을 속여 갈취하는 수법부터 가르쳤더라고 수사관에게 자백했다고 합니다. 검거된 김무관의 경우와 마찬가지로 그 또한 가족 단위로 범행을 저지르는 것이었던 거죠. 특히나 엄마 되는 사람이 범죄 행위를 강요한다는 것이었습니다. 그의 어머니는 사기 혐의로 검거되었다고 합니다. 수사관이 아들의 위치를 신문하자 모른다고 했고 연락조차도 끊긴 지 오래라고 들었습니다. 김중호 모친의 은행 거래 명세 관련해서 영장을 발부해서 확인해 봤답니다. 그걸 보아하니 이미 수년 전부터 박본관과 은밀한 거래를 한 정황이 있는 걸 포착했다네요. 하지만 이는 단순한 돈거래에 지나지 않는다고 원장이 수사관에게 들었다고 이야기해 주더군요.

순간 가족들은 범인을 남김없이 검거해 주는 원장에게 정말 고마워했습니다. 한편으로는 미안한 마음도 있었던 것이죠. 그렇기에 항상 원장님 힘내시란 취지로 유독 정성을 다해 장문으로 하루에 두 차례 문자를 하곤 했습니다. 김무관에 이어 이 집도, 오랜만에 아들과 만난다면 오늘도 '누구에게 사기를 쳐서 얼마나 벌었냐?'가 주된 소재일 듯하네요. 아, 물론 그것은 원장의 말이 완전히 사실이라는 전제하에요. 하지만 김중호의 어머니를 검거했고 박본관과의 은밀한 거래까지도 포착했답니다.

그런데 왜 아들인 김중호의 소재는 확인 못 하는 걸까요? 수년간 범죄 자금으로 생계를 꾸려온 사람이라면서 말이 앞뒤가 맞지 않습니다. 박본관에게 사주받은 심부름센터인 김중호, 그렇다면 박본관이 구속이 된 것을 모를 리가 없습니다. 아마 늦게라도 들었을 것입니다. 또한 자신의 어머니까지도 검거된 상황이라는데 점점 더 대담해지는 그입니다. 이젠 좀 더 당당하게 인스타그램을 통해 나 김중호인데 돈 보내라 하고 협박하기도 합니다. 그렇다면 김중호, 그는 누구일까요? 독자 여러분도 많이 궁금해하실 그에 대해 알아보도록 하겠습니다.

31.

효도 전화,
어떻게 개통하셨어요?

어느 날 저희 아버지 앞으로 우편물 하나가 날아오게 됩니다. 세상에! 이 우편물의 발송처는 충주에 있는 한 경찰청이었습니다. 아버지 명의로 대출금 사기 피해가 칠천만 원 정도 발생했으니, 수사에 응할 것을 요청하는 출석요구서였죠. 번호는 아버지께서 평소 사용하시는 번호가 아닙니다. 이름도 들어보지 못한 곳에서 발생한 개통된 것이었습니다.

그것은 바로 어르신들이 많이 사용한다는 효도 전화 통신사였던 것입니다. 효도 전화의 경우 들어본 적이 많이 없습니다. 따라서 개통 방식이라든가, 사용 방식에 대해서는 잘 모릅니다. 그런데 지준근이라는 인물이 아버지 명의의 효도 전화로 대출 사기극을 벌여 통지서가 날아온 것입니다. 여기에서 지준근은 원장에게 몇 번 언급은 들어봤지만, 일면식이 없는 사람입니다. 원장이 가끔 지준근에 대해서 말하곤 했습니다. 그는 박본관과 아는 사이이자 그의 하수인이랍니다. 또한 같이 전화 테러를 저지르는 범인이지요. 그가 우리 가족들 명의로 사기 행각을 벌여달라고 부탁하곤 했답니다. 그래서 그가 시킨 일만 하는 심부름꾼 정도로 알고 있었습니다. 지준근은 사채업자이며 타인에게 장기 매매 대출까지 알선한답니다. 또한 이를 받게 유도한다고 들었습니다.

너무도 놀란 나머지 우편물을 고스란히 사진 찍어서 원장에게 전송했습니다. 원장은 "조사 안 받게 해줄 테니 걱정 말고 지준근도 곧 검거될 것이다, 지금 조사 중이다."라는 취지로 말했습니다. 여기에서 관심이 가는 것은 한 가지 의문이 듭니다. 우리 가족이 모르는 그의 정체를 원장은 이미 우리보다도 일찍 알고 있었습니다. 심지어 검거할 것이라는 말까지 합니다. 실제로 원장이라는 자는 그의 주소지며 연락처며 주민등록번호까지 다 알고 있었습니다.

그와의 대화 내용도 몇 개 전송해 주곤 했습니다. 이를 보고 경악을 금치 못했습니다. 사람의 장기를 표로 나열해서 어느 부분은 얼마, 이런 식으로 가격까지 측정했습니다. 또한 그에게 해당 대출을 받은 사람도 있는 듯했습니다. 어떤 남성에게 신체 포기각서도 받은 듯했습니다. 이런 사람이 있는데 왜 말하지 않았냐고 원장에게 물어봤지요. 그는 제가 걱정하는 게 싫어서 말하지 않았다 하더라고요. 혐의 인정이 되면 먼저 말해줄 예정이었답니다.

지옥이 따로 있나, 이곳이 미궁인걸

이를 부모님께 알렸습니다. 이번에도 원장님 아니었으면 아버지 경찰서에 갈 뻔하지 않았냐, 천만다행이라며 안도의 한숨을 내쉬었습니다. 이때가 아마 박본관이 구속됐다고 말한 지 3개월 차 정도 되는 시점입니다. 그에게 사주받은 하수인이면 잠적하는 게 맞지요. 그런데 버젓이 사기를 치며 활동하는 것도 이상했습니다. 굳이 우리 가족의 명의로 효도 전화를 만들어서 그런 행각을 벌이는 것 또한 매우 수상한 상황이었습니다. 더 이상한 건 당시에 아버지께선 금융감독원 측에 개인정보 노출자로 등록하신 상태였습니다. 휴대 전화를 만드는 건 본인이 직접 신분증을 들고 대리점에 방문하는 방법 외에 다른 방법은 없었던 것입니다. 하물며 일면식도 없는 그가 아버지 주민등록번호는 어떻게 알아냈을까요?

또한 어떻게 뚫어서 개통했는지, 말 그대로 의문투성이입니다. 큰 사건이 터진지라 금전적인 부분에 있어서는 매우 철통 보완해 놓은 상태였습니다. 타인의 휴대 전화로 인증 번호 하나 없이 어떻게 그걸 만들었는지 파면 팔수록 미궁입니다. 원장에게 아버지 명의로 개통된 효도 전화를 해지해 달라고 요청하자 5분도 안 돼 답장이 오더군요.

"네, 알겠습니다. 이 휴대 전화는 요금을 납부하지 않아도 됩니다. 선불 전화이고 걱정 안 하셔도 됩니다."라고 답장이 온 것입니다. 경찰서에서 갑자기 날아온 우편물이었습니다. 법에 대해 너무도 잘 아는 원장인지라 한 치의 의심도 없이 믿었습니다. 30분도 안 되어서 해당 전화는 '수사관님께서 해지 완료했습니다.'하고 카카오톡으로 문자가 온 것입니다. 해당 수사관은 일도 안 하고 원장과 전화 통화만 하고 있을 정도로 의사소통이 잘 되는 듯하였습니다. 법률적으로 알아야 했던 가족들은 당시에 사건을 해결해야 했던 것이죠. 한편으론 이 점이 참 마음에 들었습니다. 당시에는 원장이라는 자가 우리 집의 은인 역할을 했던 것입니다. 이번에도 이를 아신 어머니께선 "원장님 오시면 큰절이라도 드려야 하겠네."라고, 말씀하셨습니다. 아버지의 휴대 전화가 해지되었다고 하자 한시름 놓으셨지요. 이런 식으로 하루에 한 번 일이 터집니다. 원장은 뒤에서 이를 해결하는 척 무마하는 역할을 했습니다. 가족들은 이를 고스란히 믿고 넘어간 것이지요. 이 일이 있고 얼마나 흘렀을까요? 아마 일주일 정도 흘렀을 시점에 원장이라는 자가 연락이 왔습니다.

"지준근 이거 상습 사기범이네요. 전과가 무려 13개 정도 있습니다. 수사관이 오늘로 지명 수배한답니다."하고 연락이 왔습니다. 전과 13범이란 자가 우리 가족을 노리고 있다는 게 소름 돋았습니다. 그리고 무서웠습니다. 하지만 수사 기관에서 하는 일이니 이 부분에 대해서는 일절 신경 쓰지 않고 지내고 있었지요. 효도 전화를 만들 때와 아버지 명의로 대출이 한창 나갈 때, 공통점이 하나 있습니다. 바로 아무런 흔적도 없이 대출이 실행되고, 전화가 만들어지는 것입니다. 전에도 잠깐 언급했습니다. 소리 없이 이루어졌던 그 큰 액수의 대출이지요. 분명히 이번에 효도 전화를 만든 그와도 관계가 있어 보입니다.

제 생각이지만 그는 실존 인물은 맞습니다, 또한 원장과 함께 대출금 등 금전적인 피해를 발생하게 만드는 인물 중 한 명인듯합니다. 김무관이 가상의 인물이라면 지준근은 실존하는 인물입니다. 원장과도 박본관과도 관련성이 있어 보입니다.

이건 온전한 제 생각입니다. 원장과 지준근이 가족들의 운전 자금을 빼돌리는 걸 무마하는 역할을 할 가능성도 있습니다. 박본관과 다른 하수인들은 방해 공작을 하는 역할을 하는 것이고요. 그에 대한 유일한 단서가 있습니다. 원장이라는 자는 지준근과의 대화를 언급하기도 훨씬 전에 가지고 있었던 겁니다. 실제로 경찰서에서 '그에게 피해 본 사람이 존재한다.'라는 우편물을 받은 것도 단서입니다. 또한 그 시기가 한창 원장과 대화하던 시기와 겹치기에 단순한 우연의 일치라고 보기엔 어렵습니다. 그렇게 효도 전화 사건은 마무리가 되는 듯하였습니다. 이번엔 제 이름으로 우편물이 하나가 날아옵니다. 아니나 다를까 모 통신사에서 효도 전화에 가입이 되었단 내용이었습니다.

아버지의 우편물이 오고 불과 사흘 정도 지났을까요? 이름 모를 효도 전화 회사에서 우편물이 날아온 겁니다. 불행 중 다행스럽게 미납 요금에 관한 고지는 아니었습니다. 이 번호로 효도 전화가 개통되었으니 확인해 달라는 취지의 우편물이었습니다. 직접 전화하는 것보다는 어느 정도 법에 대해 아는 원장이 처리하는 게 나을 것 같단 생각이 들었습니다. 그래서 해당 우편물을 사진 찍어 바로 원장에게 전송했지요. 답변은 너무도 당연하게 '바로 해지해 줄 테니 걱정하지 말아라.'라는 식이었고 원장에게 그런 대답을 들은 뒤에 효도 전화에 대한 사건은 일단락되는 듯하였습니다.

그 무렵 아버지 휴대 전화에 새로운 이상한 점이 생겼습니다. 모 카드를 이용하고 계시고, 명의 도용 방지 서비스에 가입해 두셨나 봅니다. "누군가가 아빠 신용조회를 계속하는 것 같구나."하고 말씀하시더라고요. 이 역시 원장에게 이야기했더니 "김중호나 이 일당들이 경찰에 검거될까 무서워서 불안해서 하는 짓이다."라고 해서는 우리 가족은 그를 범죄 영재 정도로만 생각했습니다.

아버지께 오는 박본관 사칭 문자부터 전화 테러 협박 등등 그의 소행인 줄로만 알고 있었지요. 그래서 이놈 잡힐 때까지 참고 기다리자 하고 있었던 겁니다. 이때가 원장과 대화를 가장 많이 했던 시기이기도 했습니다. 이전에 김무관 검거할 때와 마찬가지로 '내일은 좋은 소식 전해드리겠습니다.'라고 하더군요. 이번엔 원장에게도 조금은 달라진 점이 있었습니다. 그것은 바로 김중호는 검거하지 못할지라도 다른 심부름센터 일당들은 검거한다는 것이었습니다.

32.

그가 해준다던
모든 것은
꿈이었습니다

그 심부름센터들은 하나같이 아버지의 통장에 찍힌 이름들이었습니다. 공교롭게도 아버지의 통장에서 찾아간 금액과도 얼추 맞아떨어졌습니다. 또한 더 믿을 수밖에 없었던 이유는 이러합니다. 그건 바로 원장이라는 자가 미리 행복 서비스센터를 알고 있어서였습니다.

행복 서비스센터에서 출금해 간 금액만 대략 계산한다고 해도 약 2천 5백만 원은 넘었습니다. 이것은 어찌 된 일일까요? 그 계산도 원장의 계산과 너무도 절묘하게 맞아떨어졌습니다.

한마디로 요약하자면 원장은 아버지의 모든 거래 명세를 알고 있었던 게 됩니다. 그 통장을 사용했다는 결정적인 정황도 될 수 있는 겁니다. 한편, 어느 날부터인가 모든 금융 회사며 보험 회사에서 아버지 이름으로 된 우편물은 일절 오지 않게 됩니다. 또한 주소도 엉뚱한 곳으로 가곤 했습니다. 나중에 알고 보면 우체국으로 다시 반송된 경우도 많았습니다. 오빠는 이 일당들의 괴롭힘에 못 이겨 실직한 이후, 바로 구인·구직 사이트에 글을 게시했답니다.

이를 박본관은 어떻게 찾아냈는지, 이력서 넣는 곳마다 용하게 찾아냈습니다. "심규철 사기꾼이다. 쓰지 말아라. 채용하면 너희 회사 불 질러 버리고 망하게 할 거다."라면서 협박하는 상황이었던 것이지요. 따라서 일자리를 구하는 것 또한 난관 그 자체였습니다. 어떻게 해서 어렵게 일자리를 구한다고 해도 박본관이란 사람이 협박한답니다. 그러면 또 해고 당하고 무한 반복이었습니다.

오빠는 하루하루가 지옥이었던 것이죠. 또, 항상 범죄에 노출된 듯한 그런 상황을 살아야만 했답니다. 면접을 다니는 곳마다, 채용하지 말라고 연락하니 오빠로서는 참으로 어이도 없고 화가 날 일이지요. 단순 협박 전화, 문자가 아닌 항상 음란물 사진도 함께 간다고 들었습니다. 제가 들기로는 전 회사에서는 박본관의 사진을 출력해 놓은 뒤 벽에 붙여놓고는 "이 사람이 오면 바로 경찰서에 신고해라." 할 정도로 그는 기피 대상이었으니까요. 그러던 어느 날 원장에게 연락이 왔습니다.

이번엔 지준근이 검거되었다는 소식입니다. 그는 청주에 있는 자택에서 검거가 되었다고 했습니다. 그리고 사기나 마약 등의 혐의로 구속 수사를 할 예정이랍니다. 해당 수사관 원장에겐 참 잘도 보고해 줍니다. 이게 바로 사람 차별인가 싶을 정도의 생각도 들었습니다. 또한 수사관과 원장 둘이 카카오톡상으로 대화한 것 또한 저에게 여럿 보내 줬습니다. 후에 이 소설이 마무리될 정도쯤, 원장과 수사관의 대화라고 주장하는 대화들을 몇 장 첨부하도록 하겠습니다.

한편 원장은 지준근과 수사관 둘이 한 말을 모두 다 알고 있었습니다. 마치 그의 법률대리인이라도 되는 것처럼 모르는 게 없었습니다. 지준근 또한 다른 범인들처럼 자신의 혐의를 쉽게 시인했다고 합니다. 모두 박본관이 지시해서 행동만 했다고 전해 들었습니다. 수사관은 박본관을 다시 접견하기로 하고 그날 원장과의 대화는 막을 내리게 됩니다. 어떤 수사관은 박본관이 사회에 있다고 하던데, 원장은 그를 또 접견 간다고 합니다. 제가 알기론 벌써 접견 조사를 세 번 정도 받았던 것 같네요. 사회에 있는 박본관, 구치소에서 수사 접견을 받는 박본관, 누가 진짜 우리를 괴롭히는 사람일까요?

결론적으로 그가 구속이 된 것이 맞다고 칩시다. 원장은 어떻게든 그에 대한 증거를 제시해야 합니다. 그렇게 해서 가족과의 불화가 생기지 않도록 막았어야 했던 것입니다.

이상하게도 원장이라는 자는 부모님께서 먼저 만남을 요청해도 회피하기에만 급급했던 것이지요. 따라서, 가족 간에 멀어질 수밖에 없고 오해가 눈덩이처럼 불어날 수밖엔 없는 상황이지요. 지준근은 검거되고는 김중호는 지명 수배 중이라고 합니다. 따라서 이제 범인들은 거의 다 검거되었습니다. 하지만 아버지 휴대 전화로 '신용평점이 변경되었습니다.'라는 연락이 자꾸만 옵니다. 이는 누군가가 아버지 명의로 인증이 필요한 사이트에 가입하는 것이지요. 만약에 그것도 아니라면 대출을 받기 위해 신용조회를 하는 것이고요. 정황상, 이 둘 중 하나가 매우 유력한 상황입니다.

대출의 경우 실행이 될 수 없는 상황이란 걸 이들도 잘 알 겁니다. 그런데 이들은 왜 이런 짓을 하는 것일까요? 무엇을 감추고, 이들이 덮으려는 것은 무엇일까요?

33.

정기 후원,
본인 확인은 철저히

며칠 뒤, 타지에 거주 중인 오빠에게 연락이 왔습니다. 오빠에게 들은 소식은 놀라움 그 자체였지요. 본인의 명의로 여기저기 후원 신청이 적게는 5만 원부터 시작해서 많게는 200만 원까지 자동 이체 등록을 해놨다고 합니다. 전해 듣기로는 업체가 모두 20곳은 족히 넘는다고 들었습니다. 번거롭게도 한곳 한곳 전화를 해서 명의 도용 당한 거니 환급해 달라 요청해야 했답니다.

일부 후원단체의 경우 "본인이 직접 서명까지 해서 안 된다."라며 단호하게 말을 해 피해 금액을 돌려받지 못했다고 합니다. 매달 일정 금액 후원을 하고자 하면, 본인 확인 절차를 거쳐야 하는 것으로 알고 있습니다. 해당 업체들은 본인 확인 절차를 단순히 서명을 등록하는 것에서 그쳤다고 합니다. 그러니 주민등록번호, 계좌 번호 등등 몇 가지 인적 사항만 알고 있다면 마음속으로 앙심을 품은 사람이 있다면 이런 식으로 얼마든지 이를 악용하여 돈을 편취하는 범죄에 이용할 수 있지요. 어떻게 보면 이는 본인 확인 절차가 너무 미흡하다고 생각합니다. 정기 후원이란 게 사회적 취약 계층을 위해 반드시 누군가는 해야 하는 일이 확실합니다.

하지만 본인 확인 절차는 강화할 필요가 있어 보입니다. 그 인증 절차를, 단순히 서명 하나로 대신하기엔 조금은 미흡합니다. 정기 후원이란 것은 주로 비대면, 즉 인터넷을 통해 이루어지지요. 지금에 이 시점에서는 본인 확인 절차가 어떻게 되는지는 모르겠습니다. 하지만 오빠가 피해를 당할 시점만 해도 오직 서명과 계좌 번호가 맞는지 확인하는 절차가 전부였습니다. 그 두 가지가 인증이었다고 하니까요.

혹시라도, 후원 업체 관계자분께서 글을 읽으신다면 회사 측에 본인 인증 절차를 강화하는 걸 추천합니다. 그 이유를 굳이 설명하자면 앙심을 품고 한 사람을 사회에서 완전하게 매장을 하고자 마음만 먹으면 누구라도 가해자도 피해자도 될 수 있습니다. 미리 인증부터 강화해서 방지하는 게 중요하다고 판단됩니다. 오빠는 원하지 않는 후원으로 인한 피해 금액만 200만 원 가까이 된다고 들었습니다. 어떤 곳은 수사 기관의 협조하에 돌려받았다고 하지만 대다수의 단체는 서명했기에 환불은 못 해준다는 의견이었다고 합니다.

아무리 금융거래 노출자로 등록돼 있어도 후원 신청은 가능합니다. 자동 이체 신청만 하면요. 간단한 인적 사항을 아는 사람이 사회적으로 완전하게 매장하고자 마음을 먹는다면 누구라도 쉽게 할 수 있습니다. 지금 이 책을 읽는 독자 여러분도 금세 피해자가 될 수 있습니다. 그렇기에 조심 또 조심이 답이지요. 감히 또 한 가지 부탁드리고 싶은 것이 있다면 계좌 번호도 믿을 만한 사람에게만 공유하실 것을 부탁드리고 싶은 바입니다.

당시에 상황을 말하자면 오빠는 실직한 상태였습니다. 새로운 일자리를 구하는 중이었습니다. 그때 이 범인들이 계좌 번호를 악용해 오빠가 모은 돈을 공중분해를 한 상황이었습니다. 이와 동시에 어느 업체에서 면접 제의가 들어왔답니다. 오빠는 그다음 날 정도 면접을 보러 갔다고 합니다. 그곳에서 오빠가 접한 광경은 놀라운 그 자체였습니다. 해외토픽 머리말에 나올 정도로 기이한 상황이었다고 합니다.

아무도 몰랐을 인사 담당자의 휴대 전화로, 오빠를 찾는 연락이 수도 없이 빗발쳤답니다. 그걸 직접 목격했다고 합니다. 그뿐 아니라 입사하는 회사마다 홈페이지에 상담 신청을 해 테러를 해서 계획적으로 업무를 방해한다고 합니다.

34.

온라인 본인 확인,
강화할 필요가 있습니다

이를 막을 수 있는 유일한 대책이 있겠습니다. 무엇이냐 하면 어떤 상담 신청이든, 본인이 사용하는 휴대 전화번호로 인증 번호 하나라도 보내서 확인하는 것입니다. 즉 본인 확인 절차를 철저하게 거친 뒤 상담 신청을 받아주면 이런 전화의 반 정도는 막을 수 있다고 생각합니다.

N사나 인터넷 광고를 하시는 분이 계시면 상담 신청 시에 인증 번호를 통한 인증 시스템 도입도 생각해 보시면 좋겠습니다. 광고를 진행하시는 광고주님들의 광고비도 절감하실 수 있는 효과를 보실 수가 있습니다. 또한 불필요한 연락은 안 하셔도 되고 이 짓을 하는 범인들 또한 이젠 안 통하는구나 하고 포기를 할 겁니다. 즉, 여러 사람이 이익을 보는 일이라고 생각합니다. 조금 더 폭을 넓혀보겠습니다. 이러한 시스템은 하루라도 빨리 국회에서 도입이 되어야 합니다. 그래야 전화 테러로 인해 생계

지옥이 따로 있나, 이곳이 미궁인걸

를 위협받는 피해자는 생겨나지 않을 것 같습니다.

법적인 처벌이 이루어진다 한들, 본인이 반성하지 않는다면 또다시 범행을 저지를 게 뻔합니다. 따라서, 국회에서 해당 시스템을 도입하는 게 시급해 보입니다. 만에 하나 그게 안 된다면 광고주님께서 본인 확인 요청 시스템만큼은 도입하시기를 바랄 뿐입니다. 오빠의 말을 좀 더 옮겨보자면 면접을 보고 있거나 회사에 재직 중일 땐 인사 담당자를 괴롭힌다고 합니다. 더 이상한 상황인 게 실직한 상태이면 오빠에게 테러가 지속적으로 가해진다고 하네요.

이쯤 되면 그가 괴롭히는 피해자의 수는 보통 사람들은 갈음할 수 없을 정도로 커지게 되는 것입니다. 대면이 주를 이루던 과거와는 달리 요즘은 비대면이 활성화된 시대입니다. 따라서 모든 건, 휴대 전화나 컴퓨터를 통해 이루어집니다. 상담 신청하는 자가 그의 친구인지, 아니면 원한 관계에 있는 사람인지 아무도 모르는 상황이 됩니다. 과거의 대면 인증만큼이나 꼼꼼하게 비대면 인증을 실행하는 것이 더 이상의 피해자를 막는 길입니다. 그러면 적어도 우리 가족처럼 소 잃고 외양간 고치는 사람은 없을 것입니다. 더불어 이런 피해를 방지함으로써 그 누구도 생계를 위협받을 일이 없을 겁니다. 그리고 원치 않는 전화로 스트레스를 받을 일도 없게 되는 것이고요. 우리 가족들이 피해를 당할 당시에는 본인 확인이 쉬웠습니다. 어떤 사이트에 접속해도, 성명, 그리고 연락처만 알면 그 누구도 상담 신청을 남길 수 있게 돼 있었습니다.개인적으로 원한을 갖는 사람이 있다면 홈페이지마다 돌아다니면서 그 사람의 연락처로 접수를 할 수 있습니다. 그 방법으로 전화기를 완전히 마비 상태로 만들어 놓을 수 있는 그런 구조였습니다. 누구도 쉽사리 가해자가 될 수 있는 상황이었던 것이지요. 한 가지 더 추가해 보자면 법의 사각지대를 교묘하게 빠져나간다는 점이 되겠습니다.

제삼자로 인한 전화 테러는 현행법상 업무 방해로 처벌이 어렵다는 점을 악용한 것입니다. 즉, 자신의 정체 자체를 끝까지 숨기는 것이라 할 수 있습니다. 또한 수사 기관에서 이 업체들을 다 소환하지 못한다는 점을 악용해서 이 같은 일을 꾸미는 것이라고 생각합니다. 박본관이 상담 신청을 하는 업체가 한두 곳이라면 끝까지 소환하겠지만 수백 수천 곳에 달합니다. 그렇게 하는 방식으로 우리나라 수사 기관에선 나에 대해 죄를 입증 못 하니 할 테면 해보라는 거라 예상이 됩니다. 이건 온전히 제 생각이지만 개인정보를 팔아넘긴 대가 외에, 가족들을 괴롭히고 사람들을 괴롭힘으로써 얻는 것은 없습니다. 즉 피의자가 얻는 이득도 없습니다.

금전적으로 이득이 없는 짓을 하는 이유가, 바로 원한 관계이지요.

박본관과 마지막 통화를 할 때 장비값을 포함해서 150만 원을 한꺼번에 줄 것을 요구했답니다. 또한 자신이 모든 범죄를 했다는 증거를 찾아 오라고 강력하게 어필했답니다. 장비값에 대해서는 저도 처음 들은 이야기입니다. 확실한 건 돈에 병적으로 집착하는 그가 150만 원을 받기 위해 침묵의 살인을 저지르고 있는 것만큼은 기정사실인 셈이지요. 범행에 이용하는 전화, 이메일 계정, 이 정도는 추측하시겠지만 너무나도 당연하게 본인의 계정은 아닐 것입니다. 여기에서 그는 노숙자 등 타인의 명의를 사용할 것으로 추측을 해봅니다. 엄연히 한 회사를 운영하는 사람입니다. 따라서 대표자 회원으로 로그인해서 오빠가 이력서 접수하는 것도 열람하고 있을 것입니다. 이에 따라 자연히 인사 담당자의 연락처 또한 돈을 내면 열람할 수 있지요.

미루어 보면 이런 식으로 인사 담당자를 정신없게 만드는 방법을 택한 겁니다. 오빠의 경제 활동을 원천적으로 막는 것이지요. 애초에 오빠가 채용되는 것을 차단하는 것이지요. 따라서 영원히 생업을 포기하게 만들어 사회적 낙오자를 만들 생각인 거죠. 시대가 워낙 빠르게 흘러가는 만큼, 모든 사람이 그 흐름에 반드시 적응해야 할 의무는 없다고 봅니다. 이러한 범죄 행위를 애초에 원천 차단한다면, 굳이, 모든 것을 알아도 하는 게 의무는 아니지요.

소수의 피의자 때문에 다수의 피해자가 조심해야 할 필요성은 없어지는 것입니다. 갈수록 빠르게 흘러가는 시대에 적응은 해야 하는 건 맞습니다. 다만 거기에 100% 맞출 필요는 없다는 것이 제 생각입니다. 무지한 게 죄라는 모순의 말, 그것 또한 피의자들을 옹호하는 것뿐이지요. 정보화 시대는 갈수록 가속화되어 갈 것이고 거기에 완전하게 적응하는 사람은 소수에 불과할 것입니다. 점점 더 고령화 시대로 진입하고 있는 우리나라, 피해자들에게 주의를 하라고 할 게 아닙니다. 그 시간에 피의자를 하루빨리 구속하고, 비대면 거래에 대한 허점들을 보완하는 게 옳다고 봅니다.

대부분 사람은 자신의 생업에 바쁘고, 생활에 바쁠 것입니다. 점점 디지털화되는 사회에 적응할 여유를 가질 사람은 거의 없다고 생각합니다. 다 안다 한들, 득보다는 실이 더 크겠지요. 이에 대해 예시를 들어보자면, 만취 상태로 운전대를 잡은 운전자가 있습니다. 행인은 이 운전자가 만취 상태인지 알 길이 없습니다. 이 운전자는 끝내 40대 가장을 치어 숨지게 했습니다. 그는 당연히 만취차량인지 몰랐을 것이며 허무하게 당한 셈이지요. 우리 가족 또한 박본관이 이런 사람인지 몰랐었습니다. 오빠가 말하기 전까지는 그의 존재 자체도 몰랐었습니다.

오빠가 말할 때도 '집요하긴 하지만 착하고 멍청한 사람이다.' 정도만 이야기해줬습니다. 그가 이렇게 천사의 탈을 쓴 악마인지는 같이 일한 장본인조차도 몰랐을 정도이니까요.

　　　　　　　　　　　지옥이 따로 있나, 이곳이 미궁인걸

적어도, 이런 일을 당한 피해자가 무지해서 당했다고 질책할 것이 아니라 공감해야 합니다. 주의할 필요성은 인정하지만 멍청하니까 당하는 것은 아닙니다. 제가 거듭 강조하지만, 홈페이지를 통한 삼자 전화 테러는 제도 자체를 완전하게 바꾸어야 합니다. 번거로우시겠지만 광고주님이 잠깐의 시간을 투자해서 본인 인증 절차를 하게 하는 것이 답입니다. 그렇게 하지 않는 이상, 피해자는 계속 발생할 것입니다. 이에 대한 대책 마련이 무엇보다 시급해 보입니다. 애초에 이러한 제도만 있었어도, 이러한 무분별한 테러를 당하는 피해자는 없었을 것이니까요.

본인 인증 제도란 반드시 홈페이지 상담 신청으로 시작해야 할 것입니다. 더불어 비대면 대출을 진행할 때도 보완해야 할 점들이 많습니다. 예를 들어 어르신께는 강화하는 등, 뭔가 조치를 해야 할 것으로 생각합니다.

토스뱅크의 경우, 대출이 실행될 때 본인 인증을 영상 통화로 한다고 합니다. 하지만 이는 나이가 지긋하신 어르신들께는 좀 더 강화해야 합니다. 이유는 그분들은 대면 거래를 주로 해 오셨던 분이시기도 합니다. 따라서 본점에 직접 방문해서 대출받으라고 하는 게 가장 적절해 보입니다.

만에 하나, 비대면 대출을 시행한다고 해도 직접적으로 경제 활동을 하실 시간이 길지 않습니다. 따라서 소액 생계비 대출 정도만 시행하는 방향이 적당하다고 볼 수 있겠습니다.

조금만 다른 관점에서 생각해 보도록 하겠습니다. 60대 이상의 어르신에게 한 번에 1억이 넘는 돈이 필요하다는 것은 매우 드문 일입니다. 만에 하나 어르신 명의로 거액의 대출이 이루어진다면 금융사는 금융 사고임을 인지해서 대처해야 할 것입니다. 또한 대출이 시행된 즉시 본인에게 확인 전화를 해서 사실이 아니라면 대출을 즉각 취소하는 방안이 필요해 보입니다. 그렇게 된다면 무엇보다도 큰 사고나 재산 손실 정도는 막을 수 있습니다. 어르신들은, 그동안 모아두신 돈을 생활비나 병원비로 주로 사용하시는 경향이 있습니다. 이 돈을 잃게 되면 젊은 시절엔 다시 벌 수 있다는 마음가짐으로 시작하면 됩니다. 하지만 그분들은 피해복구 자체가 느리고 힘든 경우가 많습니다. 따라서 물리적, 심리적으로 상실감이 더 클 것입니다. 이런 상황이 지속이 되면 건강까지 잃게 되는 건 시간문제일 것입니다.

따라서 이차적인 피해도 우려됩니다. 토스뱅크나 저축은행권, 은행권 등등에서 본인 인증 제도에 대해 강화할 필요성을 뼈저리게 느끼고 있습니다. 또한 저축은행들은 본인 확인을 1원 입금을 통해 하는 걸로 알고 있습니다.

하지만 부모님 세대만 해도 1원 입금 방식에 대해 매우 낯설어하십니다. 이번 일을 계기로 대출을 실행할 때 어르신에 대한 본인 인증은 조금 더 개선하는 건 어떨지요? 이와 더불어 인증 절차를 강화하는 것이 시급해 보입니다. 모든 금융사에 본인 인증 제도가 좀 더 잘 구축돼 있었다면, 대출이 이루어진 당일에 취소 및 철회 신청을 할 수 있었기에 우리 가족도 피해가 없었을 테고, 이는 조금은 아쉽습니다. 어쩌면 계란으로 바위 치기 격으로 어려운 일임은 저도 잘 알고 있습니다. 하지만 이 책을 읽으시는 독자분들께 하소연 아닌 하소연을 해봅니다. 자신이 쓴 돈이 아닌데 다달이 이자까지 포함해서 갚아나가야 한다면 어떠하실까요? 또한 이를 돌려받는다고 해도 절차는 매우 복잡하다면 어떠실지요. 그 억울한 심정은 직접 당해보지 않은 이상 누가 이해를 할 수 있을까요? 임금은 그대로이고, 물가도 점점 올라가서 생활이 어려워지고 있는 이 시대에 살고 있습니다.

연로하신 어르신이 한 달에 약 300만 원에 가까운 이자를 감당하기란 사실상 불가능에 가깝습니다. 저 또한 이 일을 유명 유튜버, 블로거, 법무법인에도 하소연해봤지만, 파산만이 답이라는 말만 들었습니다. 70이 다 되어가는 부모님 연세에, 파산을 진행한다고 해도 75세 정도 되는 시점까지 신용불량자로 살아야 한다는 것입니다. 이는 경험해 봐서도 안 될 일입니다. 경험해 보지 않고 피해자의 마음을 알아줄 사람 아무도 없다고 생각합니다. 아무리 돈이 최고가 아니라고 합시다. 그래도 어느 정도 선에서 경제적인 만족이 충족돼야 행복할 수 있는 시대입니다.

이는 애초에 금융사 측에서 본인 확인을 강화하는 것만이 유일한 해

답이지요. 또한 이 나라의 모든 명의 도용범, 사기꾼들을 원천 차단하기란 말도 안 되는 현실입니다. 지금부터라도 제2의 피해자만큼은 막는 취지에서 금융당국에서 대출 실행 시에 꼼꼼한 본인 확인 절차를 시행하는 것만이 답인 것이죠. 그것만이 2차 피해를 막는 유일한 답일 겁니다. 아버지 명의로 거액의 대출이 실행되던 그때, 제대로 된 본인 확인 전화만 왔었더라면 상황은 지금과는 달라졌을 것입니다. 그게 어렵다면 지금 대출 진행하시는 분 본인 맞으시냐는 취지의 문자 한 통만 왔더라면 분명히 확인 전화를 하셨을 것입니다. 따라서 이렇게 큰 피해가 발생하는 일도 없었겠지요. 괴롭히고, 협박하는 범인들이야 재미로 그렇게 한다고 칩시다. 하지만 허술하기 짝이 없는 이 나라의 본인 확인 제도를 생각하면 겪지 말아야 할 피해를 겪은 사람으로서는 한숨만 나올 뿐입니다. 아날로그가 익숙하신 어르신께, 1원 입금을 통한 본인 확인과 영상 통화는 사실상 무용지물인 셈이지요.

35.

천사의 탈을 쓴 악마,
그의 실체

우리 가족이 잃어버린 돈을 무슨 일이 있어도, 심지어 자신의 목숨을 걸고서라도 받게 해준다는 원장의 이야기를 해보도록 하겠습니다. 어느 날, 원장으로부터 김중호의 여동생을 검거했다는 소식을 접하게 됩니다. 김중호의 여동생 역시 인천 광역 수사대 마약 수사팀에서 검거했다고 전해 들었습니다. 역시 어떠한 인적 사항도 알려주지 않은 채 오직 카카오톡으로 "검거되었습니다."라는 말만 할 뿐이었지요. 그때 워낙 원장을 믿었기에 깊은 추궁은 하지 않았습니다. 원장의 말에 따르자면 그의 여동생 또한 사기 혐의로 검거가 되었다고 합니다. 그리고 이 역시 구속 수사로 진행한다고 전해 들었습니다.

여기에서 이상한 점이, 그의 여동생이라면 오빠인 김중호가 어디에 있는지 정도는 알 겁니다. 그런데 연락이 끊긴 지 오래되어 생사도 모른다고 했답니다. 또 이상한 점은, 핵심 인물인 김중호는 내버려 둔 채 애먼 사람만 검거한단 점이었습니다. 지명 수배자가 된 지 한 달이 넘어가는 시점입니다. 그런 그를 아직 검거를 못 한다는 게 석연치 않았던 것이지요. 이렇게 오랜 시간 검거에 실패했다면 우리 가족들을 먼저 만나자고 제안해야 하는 게 맞지요. 그에 맞는 상황 설명을 하는 게 맞습니다. 하지만 원장이라는 자는 그런 것도 일절 없었고, 그의 주민등록번호도 모른다고 했습니다. 심지어는 전화번호도 모른다고 했습니다. 그의 인상착의, 체형 등등, 알고 있을 법도 한데 실질적인 피해자에게는 알려준 정보가 하나도 없었습니다.

그저 자신이 김중호와 밤늦게까지 대화한답니다. 그는 일도 못 하고 자신도 피해자라는 하소연만 할 뿐이죠. 실질적으로 그가 피해자인지조차도 모르는 그런 상황이었습니다. 그 말이 맞다면 하루빨리 관할 경찰서나 다른 경찰서와 함께 통합수사를 해서 피의자를 검거하는 것이 맞습니다. 제가 너무 예민한 것일까요? 이건 그게 아닌 오히려 원장이라는 자가 뭔가를 숨기는 듯한 그런 느낌이 너무나도 강하게 들었습니다. 간단한 전화 통화조차도 회피하는 상황입니다. 그러니 의심은 더욱더 강력해질 수밖에 없는 상황이었지요.

"원장님이 너무 바쁘시고 힘드셔서 통화가 안 되는 거다."

어머니께서 말씀하셨습니다. 저도 그 자리에 오르신 분인 만큼, 업무도 많고 자기 일이 있을 거라 보고 다시 한번 믿어봅니다. 그러던 어느날, 원장은 자신에게 택배기사 아니냐면서 반복적으로 연락이 온다고 하소연을 시작했습니다.

이번엔 피해자로 추정이 되는 사람에게 문자가 온 것까지 보여주더라고요. 나름의 인증을 하는 듯하였습니다. 사실 이러한 문자의 경우 아닐 경우, 아니라고 한 뒤 끊으면 되는 것이기에 큰 방해는 되지 않는 것이었지요. 그래도 원장이 보내준 유일한 피해 증거였기에 저에게는 나름의 큰 증거였습니다. 당시에 너무도 절박했기에 범인을 검거할 수 있다는 희망이기도 했습니다. 지금에 와서 생각해 보면, 원장이 저나 가족들의 명의로 약이나 물품 등을 파는 듯합니다. 그러고는 돈을 챙긴 뒤 유유히 잠적하고 피해자를 발생시키는 거죠. 자신은 용의선상에서 벗어나야 하기에 피해자이자 은인 행세를 해야 했던 것이었던 것입니다.

자신의 정체가 탄로 나는 게 두려워 오직 카카오톡 메신저로만 대화했던 것이겠죠. 한편 박본관에 대한 공판은 구속 상태로 구공판으로 진행될 것이라고 말해줍니다. 정확한 시점까지는 잘 모르겠지만 공소장이 오게 되면 저희 집으로 꼭 전해주겠다고 합니다. 그는 그런 치밀함도 보였습니다. 대한민국의 국민이라면 누구나 있을 주민등록번호입니다. 김중호, 그는 누구이기에 이렇게까지 검거가 안 되는 것일까요?

그를 정말 수사하고 있는 것은 맞을까요? 의문은 꼬리에 꼬리를 물어 가는 이 상황, 언제 정도면 끝이 날까요? 하다못해 아버지의 금융정보를 열람한다는 우편물 하나 오지 않는 말 그대로 사건은 미궁에 빠지는 느 낌을 받았습니다. 박본관이 기소된 게 사실이 맞는다면 수사관은 아니더 라도 금융사로부터 확인 전화가 오는 게 정상이죠. 하다못해 속도 위반 한다고 해도 우편물로 해당 내용에 대해 보고가 오는 세상이지요.

하지만 원장이라는 자는 우리 가족을 바보로 아는지 오직 대화 수단은 저와의 카카오톡 메신저 하나뿐입니다. 다른 건 일절 없습니다. 그러던 어느 날, 아버지께 참으로 이상한 연락이 왔다고 합니다. 아니나 다를까 아버지 주거래 은행의 모든 거래 명세와 카드 사용 명세를 모두 카카오 톡으로 가게 변경해 놓았다네요. 무슨 말이냐면 아버지는 아무런 연락도 받을 수 없는 상황이 되는 것이지요. 즉, 누군가가 아버지의 은행 거래를 막기 위해 이런 수작을 부리는 것처럼 보였습니다.

다행히도 알아차리셔서 추가적인 피해는 막을 수 있었습니다, 하지만 알아차리지 못했다면 또 다른 피해가 발생했을 겁니다. 당시에 무슨 피 해가 있거나 무슨 일이 있으면 항상 버릇처럼 원장에게 보고하곤 했습니 다. 그날 역시 이 일을 원장에게 보고하였고 돌아오는 답변은

"아버지께 당분간 은행에 가지 말라고 전해주세요. 큰돈을 찾는 건 위 험합니다."라는 답변이었습니다. 원장은 왜, 무엇 때문에 아버지께서 은

행에 가시는 걸 막는 것일까요? 지금부터 그 이유에 대해 독자분들과 함께 파헤쳐 보도록 하겠습니다.

원장은 제 이름, 그리고 가족의 이름으로 공개 채팅방, 카페 등등에 삭센다, 다이어트 약품 등을 게시했습니다. 다른 사건과 마찬가지로 원장이 게시했다는 증거는 없는 상황이지요. 하지만 그는 제가 경찰서에 가는 것도 다 알고 있었습니다. 한술 더 떠 담당 수사관의 이름까지도 아주 정확하게 꿰고 있었습니다. 경찰조차도 속인 그런 인물입니다. 그 엄청난 이야기, 조심스럽지만 조금만 해보도록 하겠습니다. 어느 날, 점심시간 무렵에 원장이라는 자에게 연락이 옵니다. 인천 광역 수사대 마약 수사팀으로 조사를 받으러 가라고 하는 것이었습니다. 원장 본인도 수사받았다는 겁니다. 그러니 내일 가서 조사에 협조하면 이 사건은 금방 종결이 되고 진범도 금방 잡을 것이니 '협조하라'는 것이었습니다, 이게 웬걸, 경찰서에서 조사받으러 오라고 하면 몹시나 귀찮고 따분하며 불안한 게 정상입니다. 당시에는 사건이 해결되길 바라는 마음이 컸습니다. 따라서 들뜬 마음으로 내일이 오기만을 기다렸습니다. 원장은 수사관에게 좋게 말해놨으니 묻는 말에만 잘 대답하면 된답니다.

그 이후 말하길, "수사관이 조금이라도 기분 나쁜 투로 심문하면 국민신문고라는 곳에 민원 제기를 해라."라는 말을 했습니다. 죄를 짓지 않았는데 경찰서에 가는 건 조금은 귀찮기도 했습니다. 그래도 금방 이 지옥에서 벗어나게 해준다니 한편으론 기쁘기도 했지요. 그렇게 하루가 흐르고 내일이 왔고 아버지 차를 타고 인천 광역 수사대 마약 수사팀으로 향했습니다. 저희 집에서 한 시간이 훌쩍 넘는 거리입니다. 아침에 출발했는데 정오 정도에 도착했을 정도로 길은 막혔습니다. 그렇게 한참이 지나 도착하자 담당 수사관은 외근을 나갔다며 자리에 없었습니다. 대충한 시간 정도 기다렸을까요? 외근을 나갔던 담당 수사관이 들어와서 조사받을 수 있었고 수사관은 "원장님이 참 좋으신 분이네요. 칭찬을 많이 하시더라고요."하면서 원장에 대해 좋게 이야기하였습니다.

통화로 이야기한 것 같진 않고 원장을 만나본 듯한 눈치이긴 했습니다. 하지만 박본관에 대한 이야기는 따로 없었던 것으로 기억하고 있습니다. "이 사건에 협조하면 손지훈이라는 소액 결제 업자를 검거하러 갈 것이다."라는 취지로 이야기했습니다. 이쯤에서 손지훈에 대해 잠깐 언급해 보겠습니다. 그 또한 원장과 대화하던 범인 중 한 명이었습니다. 그리고 박본관과 개입이 돼 있었습니다. 어떻게 되어있는가 하면 박본관이 손지훈에게 의뢰하길 우리 가족들 명의로 소액 결제를 최대 한도로 뽑을 것을 지시했답니다. 그동안 청구된 요금들을 합산해 보면 그는 지시를 잘 이행한 듯합니다. 어머니 명의로 천만 원 이상, 제 명의로 천만 원 이상, 오빠의 명의로 300만 원 넘게 총 2천3백만 원 정도입니다. 소액 결제가 이루어졌다는 사실 또한 뒤늦게 알았지요. 이는 주로 게임 아이템, 쇼핑 등에 이용이 되었고 박본관의 지시하에, 손지훈이든 원장이든 누군가

지옥이 따로 있나, 이곳이 미궁인걸

가 범행을 한 것만큼은 확실해 보입니다.

자세한 건 앞에 썼지만 소액 결제 요금이 한창 나갈 때, 모든 알림은 꺼져 있었습니다. 연체가 발생했다고 온 적은 단 한 번도 없었습니다. 게다가 정지되었다고 알림이 온 적도 없었으니 소액 결제를 했는지 알 길이 전혀 없을 뿐이었지요. 요금이 두 달 이상 미납이 지속되면 신용정보사 등에서 연락이 와야 하는 게 맞습니다. 하지만 그런 것 또한 일절 없었습니다. 원장과의 대화 속의 손지훈을 보면, 박본관과 오랫동안 거래를 해온 사람인 듯했습니다. 무조건 최고 한도로 뽑아달라 박본관이 손지훈에게 제일 많이 했었던 말로 기억합니다.

다시 본론으로 돌아가서, 그날 수사관은 저에게 다이어트약에 대해 추궁했습니다. 그러면서 인터넷 카페, 공개 채팅방, 등등에 주로 밤에 로그인해서 판매 글이 많이 게시되어있다고 했습니다. 저는 당연히 이에 대해 누가 했는지 모르겠다고 명확하게 대답했습니다. 금전적으로 피해를 본 사람도 한 사람 있는 듯했고요. 단순 다이어트약에 지나지 않고 주사제 등등 정말 다양하게 게시가 돼 있었습니다. 모두 마약 성분을 포함하는 다이어트약이랍니다. 인천 광역 수사대 담당 수사관을 만났을 때, 박본관에 관해 깊은 이야기를 하지 않는 게 수상했습니다. 하지만 박본관과 아는 사이인 손지훈을 검거해 준다는 말에 신뢰가 갔습니다. 앞으로 수사 방향이나 결과에 대해서는 원장님을 통해 통지해 주겠다고 했습니다. 그러니 이 말은 수사관도 원장의 정체를 확실하게 아는 듯했습니다. 또한 그가 말한 대로 정말 원장을 통해 모든 걸 통보받고 있었습니다. 따라서 조사하며 했었던 말의 대부분은 사실이었던 겁니다. 이것은 우연의 일치일까요?

인천 광역 수사대에서 수사받고 온 날 저녁입니다. 해당 수사관이 손지훈을 검거했답니다. 원장이란 자에게 카카오톡 메신저를 통해 연락이 온 것이었습니다. 머릿속에 스치는 생각이, 오늘 조사받으러 가길 참 잘했다는 생각이 들었습니다. 어머니도 원장님 말 듣길 참 잘했다며 앞으로도 '수사에 협조할 일 있으면 적극적으로 하겠다.'라고 문자를 보내라고 하셨습니다.

고마운 마음이었기에 그런 취지로 작성해서 보냈더니 '네. 알겠습니다.'라는 답변이 5분도 안 되어 날아왔습니다. 이후 손지훈의 혐의에 관해 이야기했습니다. 명의 도용, 전기 통신법 위반, 사문서 위조 등이 있었습니다.

정말 그는 박본관에게 지시받아 몇 개월에 걸쳐서 소액 결제를 해갔다고 시인했다고 합니다. 원장에게 저 말을 들은 순간 드는 기분이 이거였습니다. '이젠 모든 건 끝이 나고 있고 순조롭게 진행이 되어가고 있구

지옥이 따로 있나, 이곳이 미궁인걸

나.'라고 생각하고 있었지요. 이제 경찰서에 가는 건 끝이겠지 생각하고 있었습니다.

그런데 이번에는 본인이 성남시에 있는 모 경찰서에서 강압 수사를 받았다고 연락이 왔습니다. 저에게 말하길 이번에는 수사관을 관할 경찰서로 위탁해 준답니다. 따라서 바쁘더라도 30분 정도만 조사받고 오랍니다. 한술 더 떠 이제 법에 대한 건 자신에게 맡기라면서 제 전문 변호인도 소개해 주겠다는 취지의 말을 했습니다. 즉 약간은 위로해 주는 듯한 투였습니다. 아무튼 이 상황에서 하루라도 빨리 벗어나기 위해 이번 수사에도 성실하게 임했죠. 이번엔 택시를 타고 갔는데 정말 수사관들이 와 있었고 원장의 존재까지도 알고 있었습니다. 저에게 원장님의 부탁을 받고 시간 내서 이곳까지 왔다고 이야기하였습니다.

그 당시엔 한편으로는 미안한 생각도 들고 만감이 교차했습니다. 조사는 모두 다이어트약, 그리고 주사제에 대한 것이었습니다. 처음엔 괜찮았지만, 몇 차례 경찰서에 들랑날랑하는 게 싫었습니다. 똑같은 말을 해야 하니 심적으로 조금씩 지쳐가기 시작했습니다. 경찰서라는 곳이, 꼭 나쁜 곳만은 아닙니다. 아무리 원장의 부탁이라곤 해도 여러 번 반복이 되니 이상한 마음이 들었습니다. 왜 그가 조사받았다는 경찰서에 내가 가야 하지? 라는 의문이 들기 시작했습니다. 이런 생각 하면 안 되는 것이지만 원장이 약간은 이상하기도 했네요. 그 순간, 처음 협박이 들어오

기 시작하면서 박본관이 한 말이 문득 스쳐 갔습니다. 그 말을 생각하니

등골이 오싹하고 머리카락이 주뼛하고 섰습니다.

36.

보여주기식인가
이 역시 자작극인가?

그 말은 바로 '너희 아비 교도소 보내고 너희 가족 고려장 치르게 한다.' 이 말이었습니다. 저 때 왜 이 생각이 났는지는 모르겠으나 문득 스쳐 가는 느낌이 있었던 겁니다. 이제 경찰서에 갈 일은 없지요? 하도 답답한 나머지 원장에게 직접적으로 물어봤습니다. 원장은 그렇다고 답하였습니다. 시간이 보름 정도 흘렀을까요? 이번엔 본인이 서울 중부경찰서에서 네 시간 정도 강압 수사를 받았답니다. 그래서 회사 일은 아예 못했다는 것이었습니다. 그래도 직장 상사이니 위로하는 차원에서 회사 일은 제가 전담해서 하겠다고 문자를 보냈습니다. 예상했지만 거절하더군요. 원장도 여러 경찰서에 다니면서 조사를 받아서 그런지 심신이 지친 기색이었습니다.

방송사하고 잠깐 통화할 적, 약을 판매하는 자는 여성이며 50대에서 60대 정도로 추정된다고 했습니다. 현재 조사를 받는 곳이 마약수사대입니다. 또한 광역이다 보니 이런 아줌마 검거하는 것은 식은 죽 먹기일 거로 생각했습니다. 따라서 이 여성에 대한 건 아예 언급조차 하지 않았습니다. 오직 박본관 일당들 일망타진에만 온갖 신경이 가 있었지요. 지금에 와서 생각해 보면 약을 파는 일당도 한둘이 아닐 겁니다. 최소 세 명이상일 거란 생각이 듭니다. 그 이유는 게시글을 작성하는 자, 휴대 전화명의자, 통장 명의자 이렇게 세 명 정도는 있어야 가능할 겁니다. 그래야이렇게 끈질기고 악질적으로 범죄 행위를 이어가는 것이지요. 그런데 이런 조사를 이어가던 중, 서울 중부경찰서에서 찾아온 겁니다. 원장의 말에 따르자면 중부경찰서에서는 조사를 받을 필요도 없게 조치해 놨다고합니다. 이 말은 거짓말이었던 것이지요. 하도 이상해서 이 사실을 오빠에게 알렸는데, 아버지가 사용하는 휴대 전화로 약이 게시됐답니다.

따라서 아버지를 모시고 경찰서에 방문하라고 며칠 전 연락이 왔다고들었습니다. 이번엔 집에 찾아오니 한편으론 어이가 없기도 했고 너무의아했습니다. 누군가 제 명의로 다이어트약을 게시했으니 잠깐 10분 정도만 시간을 내서 관할 경찰서에 방문하자고 했습니다. 수사관의 부탁으로 약 20분 정도 짧은 조사를 받고 해명을 한 뒤 귀가했습니다. 지금 생각해 보면 이 수사관은 원장에 관해 이야기를 하지 않았던 것으로 기억합니다. 다만 제가 국어 관련 업무를 보고 있는 것 정도는 알고 있었습니다. 원장이 하라는 대로 다 하고, 협조하라는 대로 수사에 협조하고 은행에 안 갔습니다. 정말 그의 꼭두각시로 살아왔습니다.

하지만 너무나 억울하게도 이루어진 일은 하나도 없었습니다. 시간은 계속 흐르고 있었고 너무 답답한 나머지 박본관 공판 일자에 대해 직접적으로 원장에게 물어보았습니다. 역시나 돌아오는 답변은 아직 검찰청에서 기소 대기 중이라 모른다고만 할 뿐이었습니다. 또한 조금만 더 기다리라는 말만 반복할 뿐이었습니다. 경찰 수사가 끝이 나면 자연히 검찰로 송치가 될 것이고 일정 기한이 지나면 법원으로 구공판 회부가 되는 것으로 알고 있습니다.

기소 대기 중이란 말은 원장에게 처음 접한 말이었고 낯선 단어였습니다. 그래도 원장이 이런 일로 우리 가족을 속일 일은 없다고 생각했습니다. 또한 국어 국문학을 전공했다던 그였기에 제가 모르는 단어려니 생각했습니다. 여태 기다려온 만큼 조금만 더 힘을 내서 기다리는 방법이 제일 현명해 보였습니다. 그 방법을 택하고는 기다렸습니다. 원장이 전해주는 범인들의 이야기에 한 가지 특징이 더 있습니다. 그것은 바로 검찰청으로 기소가 되는 순간 그 범인에 대한 연락은 딱 끊긴다는 점이었습니다.

가끔 검찰 수사가 궁금해 물어보기도 했습니다. 그러면 내일 연락해 보겠다는 말만 할 뿐, 막상 내일이 되고 보면 아무런 소식도 없었습니다. 시간 끌기용 수법임이 확실해지는 순간이었습니다. 이와 관련해 조금 더 부연 설명을 하자면 사실은 인천 광역 수사대 마약 수사팀 같은 수사관에게 오빠도 조사받은 적이 있었습니다. 오빠는 당시 나름대로 해명하고 나왔다고 합니다.

저, 원장, 그리고 오빠까지 해당 수사관은 세 명을 수사한 셈이 되는 것이겠지요. 그래서 우리 가족에 대해 잘 알고 있는 수사관이 이 사건을 수사한다길래 믿었던 것이죠. 지금에 와서 생각해 보자면 해당 수사관은 보여주기식 수사를 한 것으로 생각합니다. 조심스럽지만 이것은 단순한 제 생각일 뿐입니다. 그 이유는 조사가 끝난 뒤 원장과 수사관이 한창 연락이 잘 되던 때 저도 하고 싶은 말이 있었습니다. 그렇기에 개인적으로 연락을 여러 번 시도했지만 끝내 닿지 않더라고요.

좋게 생각하는 게 건강에도 좋다고 판단하였습니다. 그렇기에 직접적인 고소인이 아니니 전화를 받지 않는 것으로 생각했습니다. 하지만 아무리 광역이고, 업무 때문에 바빠서 통화가 잘 안 된다고 치더라도 이건 말이 안 됩니다. 이렇게까지 전화 연결이 안 되는 수사관은 처음이었습니다. 이 와중에 원장이라는 자는 해당 수사관의 청첩장을 저에게 전송했습니다. 그래도 수사관과 연락이 잘 되는 정황이었던 거죠. 따라서 사

지옥이 따로 있나, 이곳이 미궁인걸

건 해결만 되면 되는 거라는 마음으로 기다렸습니다. 조금만 더 인내하고 기다리면 좋은 소식 올 것이다! 하고 기다림은 이어졌지요. 그러던 어느 날, 원장에게서 기괴한 연락이 왔습니다. 김중호라는 자가, 귀신 사진 등을 보내 업무도 방해되고 무서워서 수사관은 검거에서 손을 떼겠다고 한 거였습니다.

즉, 이제부터 범인은 직접 검거하라는 연락이 왔다는 것이었습니다. 수사관이라도 살아있는 생명체가 아닌 것이 무서운 것은 당연합니다. 하지만 범인을 경찰이 아닌 민간인에게 잡으라고 떠넘기는 것 자체가 너무 이상했습니다. 그래도 열심히 범인을 잡겠다는 원장을 먼저 생각했습니다. 의심스러운 부분은 많지만 조금만 더 참자 하고 기다리고 또 기다립니다. 하루가 급했던 우리 가족은, 범인을 잡고 피해 회복을 하는 게 우선이었습니다. 일을 그르치기는 싫어 며칠만 더 지켜보기로 합니다.

원장과 박본관의 악행은 여기에서 끝이 아닙니다. 전화 테러, 문자 테러, 약 팔이까지도 참아주는 것이라면 참아주고 있었습니다. 그런데 이젠 법원 사칭까지 시작했습니다.

37.

공문서 위조,
법원 사칭!
남의 일이 아닙니다

여기에서 말하는 법원 사칭이란 법원이라며 전화가 걸려 오는 것이 아닙니다. 지방 법원에서 '방문했다 갑니다.'라는 하얀 쪽지와 함께, 자신의 휴대 전화번호를 남기고 가는 것입니다. 별다른 내용도 없이 연락을 줄 것을 기다리는 취지로 쪽지를 남깁니다. 그러고는 누군가 직접 방문합니다. 사실 저희 집엔 개 한 마리가 있습니다. 먼발치에서 사람 발걸음 소리만 나도 짖는 녀석입니다. 이 법원 사칭범은 어찌나 조심스럽게 올라오던지, 개조차도 모르고 있었습니다. 오직 문 앞에 붙여져 있는 하얀 쪽지만 보고 알았습니다. 직인도 없고 그저 연락처가 인쇄된 종이에 불과했지요. 연로하신 아버지께서는 법원이라고 하니 믿으실 수밖에 없었습니다. 원장이라는 자가, 법원 문서는 이런 식으로 하얀 종이만 남겨두고 가지 않는다고 합니다. 그래서 아 가짜인 것을 직감하셨습니다. 그래도 진위를 확인해야 마음이 놓일 듯했습니다. 해당 법원 사이트에 들어가서 검색을 해 봐도 사건 번호 조회가 되지 않길래 가짜인 것을 확신했습니다. 보통 법원에서 재판이 열리면, 사건 번호 조회가 됩니다. 일절 되지 않는 것 보아 누군가가 위조 서류를 만들었구나 하고 직감했지요. 혹시나 진짜 법원 문서가 맞나 확인 전화를 해보기 위해 연락처에 적혀있는 번호로 통화 시도를 해 봤습니다.

전화를 걸었더니 약 30분 정도 통화 중이라는 멘트가 나옵니다. 한참 뒤에 다시 전화하자 해당 번호는 꺼져 있었습니다. 제 추측에 지나지 않지만, 전화를 하는 사람 따로, 그리고 문서를 전달하는 전달책 따로 최소 두 명은 있어야 가능한 범행이라 생각해 봅니다. 하필 법원 사칭하는 사람이기에 단서라도 잡고자 원장에게

"경찰에 신고하면 안 될까요?"라고 문자를 보내자, 원장은 "절대 신고하지 마시지요. 제가 처음부터 끝까지 알아서 하도록 하겠으니 마음 편안히 계시길 바랍니다."라는 말과 함께, 신고를 강력하게 막았습니다.

당시에는 원장의 말을 믿는 처지인지라 신고는 일단 보류했습니다. 비록 기분은 좋지 않았지만, 가짜 문서를 받은 일로 마무리 지었습니다. 하지만 법원 문서는 여기에서 끝이 아니었습니다. 그날은 주말이고 일요일이었던 것으로 기억하고 있습니다. 아버지께서는 안방에서 한창 TV 시청 중이셨습니다. 밖에서 누군가가 아버지를 부르는 소리가 나기에 아

버지는 나가봤습니다. 그런데 웬 오토바이를 탄 남자가 법원 등기로 추정이 되는 문서 수천 개 정도 들고 있었다고 하더군요. 그는 아버지더러 "저는 지방법원에서 나왔는데 이거 변호사 선임 안 하시면 정말 큰일 납니다. 어서 변호사부터 선임하세요."라고 명령조로 말한 뒤 서류 하나를 건네곤 유유히 사라졌다고 합니다.

법원 사칭범과 대화를 나누고 오신 아버지께서 이건 진짜인 것 같다고 하십니다. 사건 번호부터 알아보라고 하는 것이었습니다. 그런데 이게 웬일 사건 번호를 조회하려고 했는데 볼펜으로 고쳐놓은 흔적이 딱 보이는 겁니다. 이 사람이 참 급했구나 하고 속으로 생각했지요. 사건 번호 또한 조회가 안 되었습니다. 놀랍게도 기소한 검사는 인천 광역 수사대 우리 일을 전담해서 수사해 준다는 그 수사관 이름이었습니다. 그가 기소 검사라며 공소장에 명시돼 있는 것이었습니다. 제 휴대 전화에 연락이 왔던 번호, 전화를 해보니 통화 중이라 한참 걸렸습니다. 어느 순간 전화기의 전원을 껐고, 이전의 번호와 똑같았습니다. 자신이 왔다 간 것을 알리는 하얀 쪽지로 한 번 그리고 위조된 공소장으로 또 한 번 법원 사칭 우편물만 벌써 두 번 받았습니다. 연락을 달라는 번호는 무슨 앙금이 있는 걸까요? 결과적으로 연결이 안 되었습니다.

그 번호로 전화해 보고 싶었지만 참았습니다. 평생 시달리는 것은 아닌지 의심은 꼬리에 꼬리를 물었습니다. 별별 생각이 다 들었고 그 전화

번호로 연락하는 것조차도 매우 찝찝했습니다. 이때 역시 첫 번째와 마찬가지로 원장이란 자에게 조언을 구했습니다. 역시 그는 신고하지 말라는 말만 반복했습니다. 법에 대한 모든 건 자기가 해결하겠다는 취지로 말합니다. 뭐가 꿀리는지 경찰에 신고하지 말 것을 신신당부하더라고요. 지금 와서 생각해 보면 혹시나 법원 사칭범의 증거를 잡아 기소라도 되면 자신이 위험해지는 듯합니다. 그래서 그렇게 신고하지 말 것을 당부한 것 같습니다. 서류엔 누군가 위조를 했단 점 외에는 이상한 점은 없었습니다. 보통의 집 같으면 평생에 한 번 받을까 말까, 하는 법원 등기입니다.

하지만 저는 한 달이라는 짧다면 짧은 시간에 두 번이나 받으니, 만감이 교차했지요. 의문은 더욱 강하게 들기 시작했습니다. 도대체, 누가 이런 짓을 하는 건지 궁금한 마음도 들기 시작했습니다. 이 일당들 때문에 경찰서부터 제집 드나들 듯 들랑날랑해야 했고 불안한 마음은 더욱 커졌습니다. 정상적인 일상생활도 불가하게 되었습니다. 또한 은행에도 못 가고, 이런 가짜 법원 등기나 받아야 하는 스트레스는 무엇으로도 환산할 수 없었습니다. 정신적인 스트레스와 트라우마 그리고 피해는 돈으로 환산할 수 없을 만큼 컸지요. 예전엔 사람이라면 다 믿고 보자고 생각했는데 없었던 불신마저 싹트기 시작했습니다. 없었던 불안장애까지 생겼습니다. 사람들과 말도 하기 싫고, 사람 자체가 피폐해지고 망가진다고 표현해야 할까요? 누군가 말을 걸어오는 것조차도 짜증이 날 정도로 극도로 예민해졌습니다. 누구나 그렇듯, 밖에 누군가가 오면 두근거리기 시작했습니다. 그동안 그렇게 잘해 오던 택배 거래조차도 피하게 됐습니다. 그와 원장 그들은 무슨 관계일까요?

그리고 도대체 왜 꼭꼭 숨어서 우리 가족을 이렇게 괴롭히는 것일까요? 돈에 유달리 광적으로 집착을 한다던 박본관입니다. 그는 무슨 이유에서 오빠가 아닌 동생인 저를 달달 볶는 것일까요? 모든 게 의문투성이입니다. 경찰이든, 누구든 간에 박본관과 통화만 됐다 하면 안 좋은 일이 일어나는 것은 진리이니까요. 법원 등기 사건은 어차피 저와 상관이 없는 일이기에 일단은 신경 쓰지 않고 살기로 다짐했습니다. 후에 그런 일이 또 있으면 원장과 상의하기로 마음을 먹었지요. 하루하루 행복하게 살아야겠다고 다짐했습니다. 또한 상황에 맞게 대처하고 현재에 충실하자는 마음으로 살기로 결심했습니다.

불행 중 다행이라고나 할까요? 한동안 제 이름으로 법원에서 등기는 오지 않았습니다. 언제나 그랬듯 테러는 멈출 기미가 보이지 않았습니다. 점점 진화하니 더욱 힘든 하루하루를 이어가고 있었습니다. 힘든 나머지 하루라도 빨리 원장을 만나 이런 상황들을 다 이야기 하고 싶었습니다. 마치 사이다처럼 뻥 뚫리는 그런 답변을 듣고 싶었습니다. 네 조금

지옥이 따로 있나, 이곳이 미궁인걸

만 기다려 주십시오. 이 말도 이젠 싫증 날 뿐이고 더는 듣고 싶지 않았습니다. 저 말만 이미 수백 수천 번은 넘게 들은 듯합니다. 검거한다던 범인을 자기 목숨을 걸고 잡겠다고 한 지도 어느 정도의 시간이 흘렀는지도 기억조차 나지 않습니다.

범인은 안 잡고 왜 이런 등기들만 받아야 하는지 모르겠습니다. 그나마 믿었던 원장에게 이런 하소연을 하면 자기도 똑같이 받았답니다. 그러니 무시하라는 말뿐입니다. 전화 테러 같은 건 김중호가 하는 것이니 무시하라는 대답뿐이었습니다. 이름이 너무도 자주 언급되는 그였기에 부모님은 그가 모든 일을 하는 걸로 알고 계셨던 것입니다. 이때까진 법원 문서도 그가 보낸 걸로 알고 계셨습니다. 정확하게, 너무도 확실하게 이런 일들은 모르고 사는 게 맞습니다. 왜 이걸 강제로 알아야 하지? 시대의 흐름이라는 게 이런 건가? 의문이 들기도 했지요. 겪어서는 안 될 일이지만 난생처음 겪는 일이라 분하고 화가 났습니다. 우리 가족에게 이런 일이 생긴 건가, 시초가 알고 싶을 뿐이었지요. 그저 진실이 알고 싶을 뿐이었습니다. 일정 금액의 돈을 내고 N사에 광고하는 변호사님께 자문도 여러 번 구해봤지만 "이런 일은 일어날 수 없는 일이다. 자작극 하지 말아라."하는 차가운 말들뿐이었습니다. 점점 더 자신감과 희망도 잃어가고 있었습니다. 한술 더 떠, 원장이라는 자는 "혼자는 아무 일도 구하지 말라."하니 답답할 뿐이었죠. 사건에 대한 작은 단서 하나조차 없다 보니, 의지할 곳이라고는 없었습니다. 만에 하나 김중호가 범인이라면, 지금 확인된 피해자만 해도 스무 명이 넘습니다. 그런데 그걸 경찰에서 가만히 놔둔다는 것도 너무 이상했습니다. 주민등록번호도 경찰서에 가면 조회가 될 것입니다. 그리고 어머니며 여동생까지도 교도소에 있다던 그입니다. 그런 그를 검거를 못 한다는 게 너무도 의아했지요. 이때, 타지에 거주하고 있던 오빠에게 놀라운 소식을 전해 듣습니다.

그는 오빠나 주위 사람들이 협박받았던 전화번호의 명의자가 없다는 사실을 통보받았답니다. 즉 명의자가 없는 전화로 여기저기에 욕을 하고 협박하고 다녔단 뜻이 되겠습니다. 온갖 협박을 했던 N사 아이디 또한 명의자가 확인되지 않은 인증이 안 된 아이디라고 합니다. 더 기가 막히는 사실은 최종적으로 사용한 위치 확인도 안 된답니다. 그리고 특정할 사람도 없다는 것이었습니다. 결정적으로 빈 아이디 그 자체이지요. 오빠에게 전해 들은 바로는 담당 수사관 역시 "10년 넘게 경찰 생활하면서 이런 사건은 처음 맡는다."라고 말할 정도로 실마리조차도 보이지 않는 사건인 겁니다. 수사관조차도 이 일은 미궁이라고 했습니다. 그래도 우리 가족이 당한 게 있고 어떻게든 피해 회복은 해야 하기에 사건을 어떻게든 해결해야겠다고 다짐하게 됩니다. 아버지께서 몸이 너무 편찮으셔서 병원에 가셨던 어느 날이었습니다. 역시 토요일이었고 그날따라 대문을 잠그지 않고 있었습니다. 이게 웬걸, 밖에 나가보니 하얀 쪽지 하나

지옥이 따로 있나, 이곳이 미궁인걸

가 또 와 있었습니다. A4용지 종이에 스카치테이프를 길게 붙여놓은 모습은 그때나 지금이나 변하지 않았습니다.

더 놀라운 사실은 그의 연락처 또한 그대로였습니다. 모든 게 똑같았고 사건 번호 또한 조회되지 않는 서류였습니다. 당연히 아버지께는 가짜 서류임을 먼저 말씀드렸습니다. 또한 마음 편하게 병원에 가셔서 치료받고 오실 것을 권해드렸습니다. 사건 번호 조회도 되지 않고, 누군가 볼펜으로 고친 흔적이 팍 나는 이 서류, 누가 봐도 위조입니다. 더구나 몇 번이나 강조했듯 통화 한번 하고 싶어서 전화해 보면 통화 중입니다. 그것도 아니라면 전원이 꺼져있다는 멘트만 나올 뿐입니다. 피해자가 고통스러운 건 너무 당연합니다. 피의자 또한 자신에게 돈이 된다거나 이득이 될 만한 거리는 아닌 듯합니다. 그러면 그들은 왜 이렇게 우리 가족을 괴롭히지 못해 이런 방법까지 동원하는 것일까요? 그 이유, 독자 여러분과 조심스럽게 파헤쳐 가보고 싶습니다.

드디어 1년의 행사 중의 행사, 슬슬 김장을 준비해야 할 때입니다. 올해는 원장 것도 같이 해야 했기에 양은 어느 때보다도 더 많았습니다, 어머니께서 말하길, 원장님 무슨 김치 좋아하시는지 물어봐 달라고 하시더라고요. 저는 그 말을 옮겨 바로 원장이라는 자에게 전했습니다. 답변이 오길 자기는 어떤 종류의 김치든 다 가리지 않고 잘 먹는다고 하더군요. 사람마다 좋아하는 종류가 따로 있기 마련입니다. 원장이라는 자는 그런

종류가 딱히 없고 다 좋다고만 대답했습니다.

저는 워낙 한국어를 전공하신 분이다 보니 토속적인 음식을 좋아하시나 보다 하고 생각했지요. 김장을 준비하는 당시에도 김중호라는 범인은 검거하지 못했습니다. 또 원장이라는 자는 자신이 그를 검거하여 포토 라인에 세운 뒤, 정정당당하게 부모님을 보길 원하였습니다. 반면에 우리 가족들은 이 일에 나서준 것만으로 고마웠습니다. 그동안 범인들도 많이 잡은 성과가 있었다고 생각하고 있었습니다. 그리고 이분이 제 앞날을 보장해 주실 분이라고 여기는 마음이 매우 강했습니다. 따라서 이 정도 드리는 것은 아무것도 아니라며 하루라도 빠르게 보고 싶어 하셨습니다.

"원장님 이번 주중에 김장할 것 같은데 잠깐 10분만이라도 좋으니 들르셔서 김치 좀 가지고 가는 게 어떠하실까요?"

"생각해 주신 점은 매우 고마운데 저는 아직 가족들을 볼 면목이 없으니 기다려 주세요. 정말 죄송합니다."

이 말뿐이었습니다. 항상 말하는 것처럼 '다음 주엔 꼭 갈게요. 조금만 기다려 달라'는 말이 습관화가 된 사람이었습니다. 그래도 시일이 많이 흐르기도 한 게 사실입니다. 이번 달 중으로는 올 거라는 마음으로 그를 기다렸고 즐거운 마음으로 김장했습니다.

이때까지만 해도 우리 부모님의 희망은 원장 하나뿐이었습니다. 그의 말이 우리 집의 법이었던 것이지요. 그때까진 그가 어떤 마음을 먹고 있

지옥이 따로 있나, 이곳이 미궁인걸

는지 무슨 생각을 하고 있는지 몰랐습니다. 열 길 물속은 알아도 한 길 사람 속은 모른다고 하지요. 그의 속마음을 알 길이 없었습니다. 이때까지 죄송해서 안 온다는 그가 어쩐 일로 온다고 합니다. 김장하는 날에 바쁘지만 약 10분 정도 시간을 내서 온다고 합니다. 순간 들뜨고 설레고 기쁜 마음 그 자체였습니다.

하지만 그 마음도 잠시, 김장하기 바로 전날 원장에게 연락이 왔습니다. 내용은 다음과 같습니다. "병원에 계신 아버지가 위독하시니 다음 주 중으로 가지고 가면 안 될까요? 정말 죄송해서 드릴 말씀이 없고 다음 주엔 무슨 일이 있어도 꼭 뵙는 걸로 하겠습니다."

"네 할아버지께서 아주 편찮으신지요? 저희 일에 신경 쓰지 마시고 할아버지 병간호에 집중하시길 바랄게요." 자녀의 입장이 되면 누구나 그렇겠지요? 연로하신 부모님이 병원에 계시고 위독하다고 합니다. 이런 걸로 거짓말할 사람 드물다고 생각하고 한 번 더 그를 믿고 기다리기로 했습니다. 이때, 타지에 살던 오빠가 김장을 거들겠다며 저녁에 집에 들렀습니다. 그리고 오빠도 관할 경찰서에 박본관을 신고해 놓은 입장입니다. 따라서 그쪽 수사관에게 들은 그에 관한 이야기를 가족들에게 하기 시작했습니다. 오빠의 말에 따르면 박본관은 구속된 적도 없으며, 감옥에 다녀온 적도 없답니다.

요 며칠 전에도 박본관은 조사받으러 경찰서에 다녀왔답니다. 그는 자신의 차를 운전하고 왔더라고 이야기하는 겁니다. 저와 부모님은 박본관이 여전히 구속된 상태인 줄 알고 있었습니다. 그렇기에 뭔가 착오가 있는 것으로 생각했었습니다. 이 와중에, 오빠는 그에 대한 우편물까지도 챙겨왔더라고요. 정말 고소를 진행했던 관할 경찰서에서 왔던 우편물이 맞았고 수사관이 발송한 게 맞았습니다. 거기에는 그에 대한 혐의는 증거불충분으로 소명 부족이라고 적혀있었습니다. 자꾸만 연락을 피하는 것도 이상하고, 뭐 하나 해결되는 것도 없었습니다. 무엇보다도 직접적인 피해자인 우리 가족이 직접적으로 알아볼 수 있는 것은 없었습니다. 지금으로선 화를 내면 오빠랑 사이만 악화가 될 것 같았습니다. 또한 원장을 대놓고 추궁하자니 백수가 되는 건 따놓은 당상인 것이죠. 맞아 죽을래? 물에 빠져서 죽을래? 양자택일을 해야 하는 것처럼 어려웠습니다. 참 난감하고 이러지도 저러지도 못하는 상황이었습니다.

만약 이 모든 게 거짓이면 우리 부모님은 어떡하나 하는 생각이 문득 머릿속에 불현듯 스쳤습니다. 원장에게 줄 김치는 아주 정성스럽게, 따로, 다른 곳에 보관해 두신다고 했습니다. 저희 집은 옥상이 있어 조그마한 규모로 농사를 지을 수가 있습니다. 이 당시에 아마 아버지께서 원장에게 줄 무와 상추를 따로 보관했던 것으로 보입니다. 아버지께서는 "오시거든 옥상에 잠깐 들르셔서 가지고 꼭 가지고 가서 맛있는 요리 해 드시라고 해라." 이 말씀을 여러 차례 하셨습니다. 그렇게 하루라도 빨리

지옥이 따로 있나, 이곳이 미궁인걸

원장을 만날 날만 기다리셨습니다. 별건으로 진행이 되고 있다고 하는데 어떻게 되어가고 있는지도 알고 싶었습니다. 묻고 싶고 확인하고 싶은 게 한둘이 아니었습니다.

　박본관은 구공판으로 진행이 된다고 했습니다. 그 상황에 대해서도 알고 싶었습니다. 김중호는 지명 수배자인데 왜 인터넷상으로 조회가 안 되는 건지, 그것에 대해서도 묻고 싶었습니다. 우리 가족은 하루가 급했고 사건을 맡은 지는 1년이 다 되어갑니다. 올해도 다 가는데 이렇게 해결되는 것 하나 없이 흘려보내나 하는 불안감마저 엄습해져 왔습니다. 그러던 어느 날, 원장이란 자에게 카카오톡 한 통이 날아오게 됩니다. 당시에는 참 반가웠던 연락이었습니다. 내용은 즉, 김중호 어머니 되는 사람이 아들의 위치를 알려줬답니다. 문자의 내용은 "그 위치는 밀양일 것입니다. 오늘부로 해당 수사관은 밀양 시내에서 잠복근무한다고 하고 어떻게든 검거해 온다고 하니 걱정하지 마십시오." 이런 문자였습니다. 이번에도 실패할까 불안하기도 했지만 기대감이 훨씬 더 컸었지요. 뭔가 이번에는 될 것 같은 희망에 부풀어 올라 있었습니다. 원장의 말에 따르면 수사관은 아침 일찍 인천에서 밀양으로 출발한다고 했습니다. 그리고 오직 김중호 하나 검거하기 위해 아침 일찍 인천에서 밀양으로 간다고 했습니다. 그 순간은 원장에게 고마웠습니다.

　비록 박본관처럼 남을 등쳐먹고 사는 사람들이 많음에도 따뜻한 사람이 있기에 세상이 아름답구나 싶었습니다. 원장이라는 자가 굳이 나서서 어머니와 오빠의 사이를 갈라놓은 이유도 없었습니다. 또한 거짓말을 할 이유도 없기에 이때 잠시나마 원장에 대한 불신은 사그라졌습니다. 다시 이전과 같이 우리 가족을 도와주는 은인으로 생각하게 되었습니다. 수사관이 밀양에 가서 있었던 일, 그리고 주변을 수소문하는 일 등 모두 원장에게 보고하는 정황이었지요. 이게 웬일? 연락 또한 평소보다 훨씬 자주 왔습니다. 밀양의 어떤 상점 주인의 말에 따르면 며칠 전에 김중호가 이곳에서 외상을 지고 돈을 안 갚는 상황이라고 하기도 했습니다. 오직 원장의 말에만 따르자면 밀양에도 우리처럼 피해 본 사람이 있답니다. 하지만 김중호의 보복이 무서워 신고하지 않는 사람이 많다고 했습니다.

이 말을 하며 원장은 지금 김중호를 탐문 수사 중이라 했습니다. 따라서 어머니께 은행에 가지 말 것을 당부 또 당부했습니다. 탐문 수사랑 어머니가 은행에 가시는 건 무슨 상관일까요? 궁금했지만 일단은 참았습니다. 우리 가족 말고도 다른 피해자가 더 있다는 사실을 인지하고 나서는

"네 알겠습니다. 원장님. 은행 업무는 나중에 보도록 하겠습니다."하고 상황은 일단락하고 마무리 지었었지요. 정확한 주소를 알고 밀양까지 간 사실을 알기 때문에 오늘 안엔 검거되겠지 하고 생각했었습니다. 하지만 직접 본 것이 아니라 그런 것일까요? 어딘가 모르게 불안하고 석연치 않은 구석들이 참 많이 있었습니다.

그러던 어느 날, 수사관이 밀양에 간 걸 알기라도 한 것일까요? 김중

지옥이 따로 있나, 이곳이 미궁인걸

호는 "규철이 어미 내일 은행에 안 가면 내가 짱돌로 머리 깨서 죽여버린다."라는 협박 카카오톡을 원장을 통해 보냈습니다. 이를 들은 어머니는 "멀리까지 갔는데 다시 여기 와 있나 보구나."라며 약간은 실망하신 기색을 보이기도 했습니다. 독자 여러분도 아시다시피 어쨌든 원장의 시나리오대로라면 김중호만 검거하면 모든 일은 해결이 되는 겁니다. 그 하나만 검거하면 이제 민사소송을 걸어서 피해 금액을 받으면 되는 거죠. 우리 가족은 일상생활로 복귀만 하면 됩니다. 그렇게 다시 행복은 시작되는 겁니다.

그런데 그 한 명이 이렇게 검거가 안 되는 겁니다. 수사관들이 밀양에 간 지도 어언 일주일이 지났습니다. 하지만 그에 대한 소문만 무성할 뿐 검거 소식은 아직 들리지 않습니다. 우리 가족들의 일 때문에 멀리까지 가서 고생만 하고 오는 것은 아닌가 하고 걱정도 된 건 맞습니다. 머릿속엔 온갖 생각들로 가득했습니다. 한 가지 이상한 점이 밀양에 갔으면 그쪽 관할 경찰서와 소통을 할 겁니다. 적어도 합동 수사를 하겠다는 말 정도는 있었을 건데 그것조차 없고 오직 탐문 수사 이야기뿐이었습니다.

그쯤 해서 원장에게 해당 수사관은 지금 다른 사건은 일절 받지 않는다는 말을 전해 들었습니다. 이 사건만 수사 중이라는 말을 듣게 된 것입니다. 그게 사실이라면 정말 고마워해야 할 일이지만 수사관이 이 사건을 맡은 지도 6개월이 훨씬 넘어갑니다. 이렇게 긴 시간 범인 검거에 번

번이 실패하고 있는 상황인 거죠. 이 와중에 다른 일은 수사하지 않는다는 점도 조금은 이상했습니다. 하지만 이제 김중호가 검거될 날이 얼마 안 남았다고 강력하게 믿었지요. 그래서 마지못해 조금만 참아보자, 하는 심정으로 기다림을 이어갔던 겁니다. 원장이 집에 오거나 외부에서 잠깐 약속을 잡아 만나면 모든 의문은 다 풀릴 거라는 심정이었지요. 그 마음으로 하루하루를 보냈던 것입니다. 실질적 피해자이신 부모님을 생각하면 이 모든 게 사실이어야 하는데 두려움도 있었지요. 한편 밀양에서 머무르다가, 20일 정도 되어서 다시 인천으로 복귀했다고 전해 들었습니다.

앞서도 말했듯 해당 수사관은 이제 시체 사진이나 귀신 사진 등등 살아있지 않은 죽은 생명체 사진이 무섭다고 했다네요. 그래서 수사를 못한답니다. 그렇지요. 다시 본론으로 실질적으로 그를 검거하는 사람은 원장이 되는 겁니다. 원장이 아이피며 위치며 모든 걸 수사관에게 바치면 그때야 검거하러 가는 방식으로 진행이 되는 거겠지요. 상황이 이렇게까지 왔으면 부모님께 전화 먼저 드리는 게 맞아 보입니다.

원장은 이때 역시 미루기에만 너무 급급했습니다. 이젠 원장의 불순한 의도가 딱 보이는 듯했습니다. 그것은 바로 우리 가족과 오빠가 멀어지게 하는 것이 첫 번째 의도였던 것이지요. 그다음으론 저를 범죄자로 만들어서 가족과 완전히 남이 되게 하는 게 그의 전략이라고 할 수 있겠습니

지옥이 따로 있나, 이곳이 미궁인걸

다. 마지막으로 우리 가족 풍비박산 나게 하는 게 세 번째 계획이라 추측하고 있습니다. 기다려도 박본관의 공소장은 오지 않았습니다. 어느 정도 예상했지만 아무런 소식도 없습니다. 힘이 들 때 손을 내밀어 주는 사람의 손을 잡는 건 너무나도 당연한 이치라 생각했습니다. 원장 또한 벼랑 끝에 있을 때 유일하게 우리 가족의 편이 되어준 사람입니다. 그래서 고맙게 생각하고 있었습니다. 그렇게 하루하루 보냈지요. 지금껏 그렇게 지내왔기에 그가 거짓이라는 건 꿈에서도 있어서는 안 될 일입니다. 가끔가다가 오빠가 "원장이 말하는 건 신뢰가 안 가 증거도 제시 안 하고 가족들을 속이는 것 같다."라고 말하면 대판 싸웠습니다. 그렇게 되면 거의 며칠은 연락도 서로 차단한 채 지내곤 했습니다. 원장이라는 자가 바라는 게 바로 이거였는지 모르겠습니다. 제가 가만히 생각해 보면 어떻게 보면 오빠의 말도 일리가 있는 말이었습니다. 이 책을 처음부터 끝까지 읽으신 분들은 아시겠지만, 그의 말엔 어떠한 증거도 없었습니다.

두 번째로는 아버지 통장에 찍혔던 숱한 이름만 나열하는 것 같기도 했습니다. 그리고 세 번째는 어떠한 혐의로 구속된 피의자들의 혐의에 대해서 말해주지 않았습니다. 그저 무언가 숨기기에만 급급해 보인다는 점이었습니다. 마치 자기 자신도 피해자인 척하는 것이 제일 의심이 가는 부분이었습니다. 지금에 와서 생각해 보면, 그는 어쩌면 이 사건을 영원히 미궁에 빠트리려 하는 박본관이 설치해 둔 덫이 아닌가 합니다. 이유는 즉, 그가 스토킹하는 동시와 모든 안 좋은 일이 일어났습니다. 또 모든 범행은 휴대 전화로 이루어졌습니다, 또한 자신의 목소리조차도 들려주지 않은 채 문자로 모든 연락이 이루어졌지요.

예를 들어 나 박본관인데 마약 했으니, 경찰에 신고해 주라 등등 이런 어이없는 문자에도 그의 이름은 있었습니다. 모든 증거는 모두 그를 지목하고 있다는 그가 쳐놓은 덫에 우리 가족이 걸린 것입니다. 그가 준비하라는 서류, 부모님께서 거동이 불편하신 몸으로 가서 직접 준비하셨습니다. 다른 일은 제쳐두고라도 준비부터 하셨습니다. 원장은 끊임없이 우리를 가지고 노는 눈치입니다. 폐업 신고를 마치신 아버지께서 원장에게 피부양자 등록을 해주라고 요청하십니다. 저는 원장에게 그대로 부탁해 놓았습니다. 직접 해 봐도 오류가 나자 직속 상관인 원장에게 부탁한 것입니다. 원장은 "지금 연말이라 바빠서 조금 나중에 해 드리겠습니다."라는 답변만 할 뿐이었습니다. 뭐든 바로 되는 게 없는 원장, 그가 사기꾼이란 증거는 어디에도 없습니다. 하지만 단 한 가지, 의문투성이의 사람인 것만은 확실해 보입니다.

지난번 법원 등기에 관해 잠깐 이야기했던 것으로 알고 있습니다. 총세 차례에 걸쳐 제 이름으로 등기가 왔습니다. 세 번 중에 한 번은 본인이 법원에서 나온 사람이라고 주장했답니다. 아버지께 무슨 일이 있어도 변호인을 선임할 것을 말씀드렸다고 합니다. 뚱뚱하고 왜소한 차림의 남성이었다네요. 그는 오토바이를 탄 채, 서류만 휙 집어 던지고는 아버지께 약간은 신경질적인 태도로 말한 채 다시 줄행랑했습니다. 상황을 알고자 휴대 전화번호로 전화했는데, 없는 번호로 나오는 등 남자의 행방은 묘연했습니다. 그 이후, 이제 법원 등기로 괴롭힘을 당하는 일은 없을 줄 알았는데 얼마나 지났을까요? 아버지께서 잠깐 외출하고 오시는데, 법원에서 등기가 또 왔다고 합니다. 아니나 다를까 이번 역시 하얀 A4용지에, 스카치테이프만 길게 붙여놓았습니다. 수법도 지난번과 같이 자신의 연락처만 남겨놓고 갔다고 합니다. 벌써 법원 등기만 네 번째이고 어찌 생각해 보면 범인에게도 남는 장사는 아닐 텐데 이렇게까지 악질적이고도 질기게 괴롭히는 의도가 궁금했습니다.

법원 문서란, 공문서에 해당이 되어서 위조하는 즉시 공문서 위조죄에 해당한다고 알고 있습니다. 범인이라는 자는 이런 불법 행위를 하는 것이기에 공문서 위조죄에 걸리게 된다고 볼 수 있겠지요. 이걸 보내는 범인의 특징을 유추해보자면, 법에 관해서는 누구보다도 더 잘 알고 있다는 점입니다. 또한 문서 작성에 능숙하며 컴퓨터에 능숙한 사람이라고 추정할 수 있습니다. 제 주변에 추정되는 범인이 하나 있는데, 그는 바로 원장 하나뿐입니다. 다만, 그가 도와주는 역할을 하고 있을 때 이 모든 일이 일어난 것입니다. 이때 당시 상황에서 범인으로 단정 짓기에는 매우 무리수였습니다.

다만 이런 짓을 벌일 사람이 주변엔 그 하나뿐입니다. 본인이 하라는 대로, 은행에도 몇 달째 가지 않고 있었습니다. 본인이 지시하는 대로 다 이행하고 있었습니다. 우리 가족을 너무 만만하게 본 것이고 자신의 장난감 정도로 여긴다고 봅니다. 이와 비슷한 일이 있기를 한번은, 제가 글을 쓰는 직업을 너무 가지고 싶었습니다. 그래서 지금 하는 일 말고 하나 더 찾아보겠다고 하였죠. 그러나 그는 스스로 일자리를 구하는 것조차도 막았습니다. 그는 제가 매일 보내는 위로 글 같은 걸로 일정 시간 동안 수집해서 에세이집을 출간해 줄 테니 기다리라고 했습니다. 따라서 모자라니 조금 더 보낼 것을 요청하기도 했습니다. 원장이 원하는 대로 하루에 하나, 많게는 두 개씩 천자가 넘는 에세이 형식의 글을 써서 보냈습니다. 그때마다 원장은 심신이 안정된다며 칭찬 일색이곤 했습니다. 피부양자 등록 신청을 원장에게 맡긴 지 일주일이 지났을 겁니다. 홈페이지에 안내돼 있기에는 신청하면 바로 반영이 된다고 나와 있었습니다. 원장은 신청한 다음 달부터 반영이 되는 것이라고 하더군요. 무엇이 맞는 걸까요?

지옥이 따로 있나, 이곳이 미궁인걸

38.

잃어버린 1년,
빼앗겨 버린 행복

이 사람, 직장 상사이지만 제가 봐도 하는 행동 하나하나가 의문투성
이입니다. 우리 가족에게 있어서는 중요한 서류이고, 절차입니다. 자기
일이 아니라고 이렇게 대충대충 순간만을 모면하려는 태도가 딱 보입니
다. 그런 원장의 태도가 너무나도 마음에 안 들었습니다. 또한 원장이라
는 자가 나타난 뒤부터 가족과의 관계는 이산가족처럼 멀어졌던 것이지
요. 그래서 그가 중간에서 뭘 어떻게 하는지 의심마저 들기 시작했습니
다, 어쩌면 이렇게 아버지 통장에 찍힌 이름들과 범인들의 이름이 딱딱
맞아떨어지는 건지도 너무 이상했습니다. 수사에 있어서는 조금만 생각
하면 의문투성이요, 허점투성이였습니다. 요즘 같은 정보화 시대에, 직
접적인 피해자인 우리 가족이 확인할 수 있는 서류가 하나도 없다는 점
도 매우 이상했습니다. 또한 무언가 알아보고자 하면 "직접적인 고소인

이 아니면 알아볼 수 없어요."란 말로 일관하는 것도 이상했지만 인내했습니다. 오히려 이젠 원장이라는 자가 이 일을 그르치려고 하나 보다 하는 생각까지 들기 시작했으니까요. 검거된 범인은 열 명이 넘는다고 하는데 나아지는 건 하나도 없었습니다. 시간은 길게 끌고 오히려 상황 악화만 되고 있습니다. 그가 준비하라는 서류 하나하나 준비하는 데에도 자그마치 돈 100만 원은 들어갔습니다. 경제적인 여유는 없다고 칩시다. 그러나 가족과의 화목과 신뢰는 있어야 같이 살아가는 겁니다. 원장이 나타나고선 그것조차도 유리창에 금이 가듯 와장창 깨져버렸습니다.

그러던 어느 날, 어머니께서 몸이 몹시 편찮으신 날이 있었습니다. 그날 어머니는 "엄마 잠깐 앞에, 병원에 다녀올게."하고 나가셨고 저는 언제나 그랬듯 업무를 보고 있었습니다. 그런데 그날따라 어머니는 조금 늦으셨습니다. 어머니도 집에 오시기 전, 원장에게 카카오톡 메시지가 날아온 것입니다.

"어머니께서 은행에 가셨네요. 김중호가 비밀번호 누르는 거 다 볼 텐데요."

어머니는 병원에 가신 게 아닌 은행에 가신 거였고 이를 원장이 먼저 알아차린 겁니다. 그런데 은행에 다녀오신 어머니 표정이 평소와 달리 싸늘했습니다.

"엄마 표정이 왜 그래?"

"은행에 갔는데 돈이 좀 비어."

"무슨 말이야?"

순간 땀이 삐질 흘렀고, 원장이 더 의심스러워졌습니다. 어머니로부터 전해 들은 말은 놀라움 그 자체였지요. 그 내용은 제가 4월에 어머니께 송금해 드린 돈 200만 원이 소리 소문도 없이 공중분해 되었다는 거였습니다. 어머니의 통장은 빈 통장이었습니다. 더 놀라운 건 김장하고 나서인 11월에도, 금융 거래 노출자로 등록을 해 놨음에도 17만 원인가를 출금해 갔더라고요. 일단은 원장에게 이 소식을 알리긴 찝찝해서 말하지 않고 있었습니다. 그가 우리 가족을 이용하는 것과 속이고 있다는 것만큼은 확실해졌습니다.

업무가 끝난 시간 정도 되었으려나요? 평소 이 시간에는 연락이 안 오던 원장에게 연락이 왔습니다.

"오늘 의정부 경찰서 이종현 수사관님이라고 해서 연락을 받았는데, 제 돈 200만 원이 감쪽같이 사라졌습니다. 해당 문자가 오면 클릭하지 마시고 조심하십시오."

마지못해 "네 알겠습니다."라고 답했습니다. 원장이 피해를 봤다고 주장하는 금액은 어머니의 통장에서 비는 금액과 일치했습니다.

어머니는 "원장님도 피해를 보셨구나! 이종현이라고 전화 오면 절대 받지 말아라."라고 하셨고, 그때까지만 해도 어머니는 원장을 계속 피해자로만 생각하셨습니다. 또 "얼마나 속이 상할까?"하고 걱정하셨습니다. 하지만 그때부터 저는 원장이라는 자가 우리 가족에게 무슨 일을 꾸미고 있음을 직감하게 되었습니다. 원장 또한 어머니가 은행에 다녀오신 뒤로 태도가 180도로 바뀌었습니다. 단답형의 연락이 오는가 하면, 이 사건에 대해서도 먼저 물어보지 않으면 답변하지 않았습니다. 뭐든 장문으로 쓰던 그가 단답형으로 바뀌었습니다. 우리 가족이 피해 본 금액을 받을 수 있게 도와준다고 했던 그였습니다. 하지만 오히려 뭔가 저지르고 있다는 불길한 느낌이 드는 건 왜일까요? "기다리십시오. 목숨을 걸고 끝까지 책임지고 해결해 드리겠습니다."라고 말하던 그인데, 이제 점차 했던 말을 복사해서 쓰는 등, 약간은 이상한 낌새마저도 보이기 시작했습니다. 그래도 직장 상사이고 오랜 기간 알았던 사람이라 여겨 믿어왔던 겁니다. 이때 저 역시 은행에 가보진 않았지만, 이 사람에게 급여를 받는 것이고 어른이니 일단 믿어보자는 마음이 컸지요. 그런 마음에서 평소와 똑같이 대하였던 것입니다. 어머니께서, 우리 집 힘든 사정은 다 원장에게 말하라고 하셨습니다.

그래서 그간 심심찮게 힘든 일, 괴로웠던 일 등등 다 그에게 말하였습니다. 나름 비밀 없이 지냈었지요. 그런 그가 사기꾼이라니 있어서도 안 되는 일이었습니다. 그가 사기꾼이라면 모든 걸 처음부터 다시 시작해야 합니다. 그건 생각하기도 싫은 현실이었다고 해야겠지요. 이때쯤 되어서 또 믿지 못할 일이 하나 발생하게 됩니다.

지옥이 따로 있나, 이곳이 미궁인걸

바로 박본관과 통화했다던 사람이 또 한 명 생겨난 거였습니다. '그는 구치소에서 재판을 대기 중이라는데 웬 통화?'라는 생각이 들었습니다. 어쩌면 제가 알고 있는 사실이 거짓일 수도 있겠다고 생각은 하고 있었지요. 그 사람에 대해 자세히 알아보니, 그는 박본관과 30분간, 길게 통화를 했다던 사람, 바로 또 다른 피해자였습니다. 즉 그에게 협박받은 오빠 전 회사 팀장이란 사람이었던 거지요. 그는 너무나도 태연하게 전화를 받아서는 "나도 피해자인데, 신고를 안 하는 것뿐이다. 나도 얼마 전에 규철이 백수 친구란 사람에게 2개월간 시달렸는데 그 사람이 범인인 것 같고 완전히 정신병자 수준이더라."라고 했습니다.

하지만 그의 말엔 허점이 가득했습니다. 정말 본인이 피해자이면 오빠의 백수 친구를 진정하면 될 것입니다. 그런데 왜 당하고만 있는지도 모르겠고 증거도 제시하지 않은 채 피해자라고 하니 신빙성은 떨어집니다. 백수 친구 또한 가상의 인물인지도 모르는 상황이지요. 좀 다르게 생각하자면 백수 친구는 원장인데, 신고하면 자신도 걸리게 돼 있습니다. 그래서 이를 무마하고자 오빠를 비롯해 아는 사람에게는 일명 피해자 흉내를 낼 가능성 또한 있죠. 여기서 쟁점은 박본관의 백수 친구가 아닌, 그가 정말 구속이 된 게 맞나, 이거였습니다. 그래서 이걸 속히 확인해야만 했습니다. 우리 가족의 운명이 달린 사안이었던 겁니다. 그래서 그를 잘 알고 그의 목소리를 잘 아는 오빠에게 통화를 요청했지요. 그리고 원장에게도 박본관이 구속된 건 맞는지, 수사하고 있는 건 맞는지 재차 확인했습니다.

"수사관님께 확인해 보도록 하겠습니다."

원장의 답변이었고 얼마 안 돼 놀라운 답변이 도착했습니다. "박본관 씨는 불구속으로 재판 중입니다." 순간 머리가 띵하고 어지러웠습니다. 그러면 그간 구속된 범인들은 무엇이냐고 추궁하고 싶었습니다. 하지만 불구속으로 재판을 받고 있다고 합니다.

그래도 직장 상사가 부하 직원에게 거짓말을 할 이유가 없었습니다. 마지막으로 희망을 품고 믿어보기로 합니다. 그냥 믿기엔 조금 그래서 이번엔 사건 번호나 불구속으로 재판 중이라는 증거를 보내달라고 요청했지요. 하지만 돌아오는 대답은 "피고인이 법원으로 서류를 보내지 않아 재판이 미루어지고 있습니다." 이거였습니다.

그랬습니다. 원장의 말은 매번 달랐습니다. 언제는 김중호를 검거하고 완벽하게 사건을 처리한 후 재판한다고 했지요. 이젠 사건 번호가 나오지 않아 알려주지 못한답니다. 독자 여러분도 아시다시피 법원은 서류를 보내지 않는다고 해서 마냥 재판을 연기하고 기다려 주는 곳은 아닙니다. 이쯤에서 뭔가 이상하게 돌아가고 있음을 다시 한번 직감했습니다. 결론은 증거 자료는 도청 때문에 못 보낸다, 똑같은 핑계로 우리 가족을 속였습니다. 며칠 후, 타지에 사는 오빠에게 확인차 전화를 걸었답니다. 그 전화는 박본관이 사용하고 있는 거였습니다. 원장은 박본관이 심부름 센터에 돈을 주고 자신이 사용하는 휴대 전화를 판매한 것이라고 했습니다. 하지만 얼마 안 가 그 말은 거짓임이 탄로 났습니다.

그가 사기꾼은 아닐지라도 우리 가족을 속이고 있는 것 하나는 명백한 사실이었습니다. 자신이 현재 사용하는 휴대 전화를 돈 받고 팔았다고 말할 때도 매우 의심스러웠습니다. 그러곤 휴대 전화 업자에게 자신인 척 연기를 해 달라고 요청했답니다. 한마디로 요약하자면 자신이 구속되지 않은 척 연기를 해달라는 것이죠. 그건 말이 앞뒤가 맞지 않는 것이었습니다.

이런 식으로 조금만 짚어보면, 앞서 언급했던 그로 속이는 인물이 있을 겁니다. 오빠가 이직하는 회사마다 협박 보내고, 욕설과 폭언하고 음란 사진을 보낸다던 그를 말하는 것입니다. 조금만 생각해 보면 그는 박본관이 아닌 원장일 수도 있는 것입니다. 이 정도는 합리적인 의심으로 할 수가 있게 됩니다. 도청도, 협박도, 마약류 판매도, 그의 말이 거짓임을 생각하면 알 수 있는 거죠. 이렇게 되면 박본관은 그에게 우리 가족의 정보를 넘긴 것만 됩니다. 즉 실질적인 범행은 원장이 한 게 맞게 되는 겁니다. 만에 하나, 어쩌면 처음부터 끝까지 오롯이 악마의 손에서 놀아난 걸 수도 있습니다. 지금에 와서 생각해 보자면 그는 범인과의 대화를 조작해서 보내질 않나, 뻔뻔함의 극에 달하는 인물입니다. 이쯤 되면 그간 범인들이 했다던 모든 걸 그가 했다고 봐도 무방할 것 같습니다. 얼마 안 돼 또 다른 일이 발생하게 됩니다. 아버지의 피부양자 등록 신청을 했다던 그였습니다. 알고 보니 다음 달에도 보험료는 아버지의 통장에서 출금 되었습니다. 그의 말은 거짓임이 탄로 나게 됩니다.

슬슬 그의 거짓말이 발각되어도 긴장한 기색조차도 보이지 않고 거짓말을 해서 죄송하다는 사과 하나 없습니다. 오히려 자신은 은인인 척 이어갑니다.

"자신이 범인을 추적하는 것은 사실이다. 내 목숨을 건다."라고 하면서요, 어머니께서 은행에 다녀온 뒤로 그의 태도는 돌변했습니다. 또한 카카오톡을 보낼 때마다 귀찮은 기색이 역력했습니다. 그렇습니다, 그는 힘없고, 착한 우리 가족을 속이고자 어느 틈에서 나타난 악마임이 분명합니다.

이 악마의 더한 악행과 그의 본모습에 대해 알아보도록 하겠습니다. 억지로 짜낸 대본처럼 그의 모든 말은 앞뒤도 안 맞고 증거도 없었습니다. 그가 우리 가족을 속이고 있구나 하고 직감했습니다. 약속 또한 차일피일 미루기만 한 원장, 수상함을 감지하고 직접 회사 대표번호로 전화를 걸었습니다. 원장이란 자가 받는 게 아닌 다른 연구원이 받길래, 원장을 바꿔 달라고 정중하게 요청했습니다.

"저희 원장님 오늘 조기 퇴근하셨습니다."

"네 알겠습니다."하고 일단은 조기퇴근 한 게 맞는가 보다 하고 넘기려는 순간, 카카오톡 하나가 전송되었습니다. "저 오늘 조기퇴근 했어요." "내일 회사로 직접 찾아뵙도록 하겠습니다. 원장님 얼굴만 보고 오면 안 될까요?" "저 이번 주 내내 휴가입니다."

뭔가 느낌이 싸했고 그는 회사로 직접 찾아가는 것을 겁내는 눈치였습니다. 이 사건 끝날 때까지 휴가를 안 쓴다고 본인의 입으로 말했습니다. 김중호를 검거하게 되는 날, 저에게도 휴가 하루 줄 것을 먼저 약속했습니다. 또한 본인도 지금 몸이 열 개여도 바쁘다고 말하던 사람이었습니다. 그런데 휴가라니 머리를 망치로 세게 맞은 듯한 느낌이었습니다. 믿는 사람에게 배신당한다는 게 이런 기분일까요? 그 이후의 대화는 더 가관이며,

그가 먼저 한다는 말이 무엇이냐면

"내일 오전 박본관 씨에 대한 우편물은 우체국 등기로 발송하겠습니다. 그 등기 받으시고 제가 잠깐 방문하죠." "아니에요. 직접 찾아뵐게요."

조금 전에 통화를 했던 여자 직원과 짠 것처럼, 둘이 말을 맞춘 것 같았습니다. 그렇습니다. 그는 1년 넘게 우리 가족을 속여왔던 사기꾼임이 사실이었습니다. 그래도 확인 차원에서 아버지께서 그가 준 명함의 변호사 연락처로 직접 전화를 하셨죠.

"원장님 아시나요? 소개받고 연락을 드렸는데, 이번 주 토요일에 방문하려 했는데 시간상 안 될 것 같아 연락을 드렸습니다."

"죄송한데 저는 그 원장님을 모르는데요."

그가 사기꾼임은 좀 더 확실해졌습니다. 그는 인터넷에 떠도는 변호사 명함 하나를 툭 던져 저에게 넘긴 것이었습니다. 그러곤 1년이 넘는 세월 동안 이렇게 어려운 문제를 해결해 주려 나선 게 아닙니다. 도리어 무언가를 무마하고 은폐하려 했던 겁니다. 아니면 박본관의 혐의를 없애려 나타났던 악마에 불과했던 것이지요. 마음을 가라앉히고 그동안 왜 우리 가족을 속였는지, 자초지종을 묻자, 반말로

"네가 호구니까 속였지, 너희 오빠가 다니는 회사, 죽을 때까지 괴롭힐 거다, 그리고 내 친구 박본관 신고하면 그 자리에서 칼로 찔러 죽여버린다."

이 대화가 그와 했던 마지막 대화입니다. 그는 은인의 탈을 쓴 악마였던 것입니다. 1년이 넘는 긴 세월 동안 우리 가족을 가지고 놀았던 것이지요. 깊게 추궁하자 이제야 자신의 정체를 실토하는 겁니다. 그 주 토요일은 아버지 차를 타고. 그가 소개해 준 변호사 사무실에 가려고 했습니다. 가서 상담도 받고, 자문하고 이제 사건이 풀려가나 보다 하고 안도하고 있었던 주이기도 하지요. 하지만 사건은 점점 커지고 피해자는 늘어

지옥이 따로 있나, 이곳이 미궁인걸

가며 해결되는 것은 하나도 없었습니다. 그 흔한 증거조차도 주지 않았습니다. 그래서 뭔가 수상함을 감지했던 것이지요. 아침마다 그것도 매일 같은 시간마다 시험 문제를 전해주는 등의 치밀함도 보였습니다.

특히나 제가 맡은 업무는 감수 업무였습니다. 그는 대한민국 국민이라면 누구나 다 알 법한 특히 국어 교육으로 유명한 K사 원장으로 1년이 넘는 시간을 사칭했던 것입니다. 그런데 사실은 급여마저도 미지급하였습니다. 오히려 돈을 빼갔기에 은행에 가는 걸 그렇게나 뜯어말렸던 것입니다. 아직도 그가 저에게 전송했던 시험 문제들이 일부 남아있습니다. 언제 어느 때 필요할지 모르기에 보관하고 있는 중입니다.

시간을 거슬러 올라가 2022년 여름 국어 능력 인증 시험이란 시험을 보게 됐습니다, 한 번에 985점이라는 고득점을 하는 데 성공했습니다. 기왕 한 거 만점에 도전하자! 라는 마음가짐으로 좀 더 공부해서 마침내 제가 원하던 만점을 받았습니다. 저는 여기에서 만족했습니다. 하지만 이와 동시에 이 회사 정식 사원으로 위촉한다는 전화를 받게 됨과 원장이라는 자를 자연스럽게 알게 된 것입니다. 또한 최고 득점자 후기까지 원장의 이메일을 통해 전송해 줬습니다. 역시나 큰 회사는 뭔가 다르구나 싶었습니다. 기존에 업무 보던 곳과는 복지 자체가 달랐으니까요. 만 61세 정년이란 게 마음에 들었습니다.

K사의 로고가 찍힌 성적표, 그리고 국어 능력 1급 자격증 K사의 직인까지도 너무 선명하게 찍힌 위촉장 직인이 찍혀있는 사원증 등등 모두 보관 중입니다. 모두 감쪽같았고 봉투엔 K사 로고가 찍혀있었습니다. K사의 이름으로 서울 영등포 우체국을 거쳐서 온 등기이기에 의심의 여지는 일절 없었습니다. 이 상황에 어느 누가 의심할까, 생각 먼저 해보는 바이고, 아무리 사람을 못 믿는 사람일지라도 이런 상황에서는 믿을 거라 확신합니다. 우편물이나 등기를 받는 순간, 봉투에 기관명이 적혀있으면 그 기관에서 보낸 게 맞겠지요, 당시에, 전화 금융 사기에 연루되거나, 범죄 행위에 연루된 사람이 아니라면 다들 그렇게 생각할 겁니다.

 더욱이 직원과 원장과도 통화를 몇 차례 했었기에 의심의 여지는 없었습니다. 언제부터 일을 하겠다는 계약서도 정식으로 작성했습니다. 또한 비밀 유지 서약서도 작성했습니다. 직장인으로서 마땅히 작성해야 할 서류는 다 작성했고 주고받을 건 다 주고받았습니다. 그 과정에서 전화 통화도 너무나도 잘 되었고 대표 번호로 문자도 왔습니다. 또한 그 와중에 좋게 봐주셔서 감사하다고 자필로 회사 주소로 우체국에 가서 등기로 우편물을 부쳤습니다. 그걸 원장이 읽고 감동했다고 답장까지도 왔습니다. 그렇기에 의심의 여지는 전혀 없었던 것입니다. 원장에게 보낸 편지를 원장이 읽은 게 맞는 것이지, 그 누가 대신 읽었다고 생각이나 할까요? 이제 조금만 있으면 이 일은 해결이 될 거라고 마음먹고 있었습니다.

지옥이 따로 있나, 이곳이 미궁인걸

하지만 그런 계획들은 모두 물거품으로 돌아갔습니다. 아버지는 너무 충격이 크신 나머지 쓰러지셨습니다. 어머니 또한 건강이 많이 악화가 되셨습니다. 타지에 사는 오빠도 사기꾼에게 온 가족이 속고 그의 손바닥에서 놀아났다는 충격이 너무 컸답니다. 그래서 그걸 안 순간부터 지금까지 거의 무직으로 지내고 있는 중입니다. 사실적으로 집안의 생계를 이어 나갈 사람도 이 빚을 갚을 사람도 없습니다. 우리 가족 앞으로의 앞길이 막막하고 답답합니다.

39.

두 얼굴을 가진
사나이 그 이상

그가 우리 가족을 속이지만 않았더라면, 지금쯤이면 박본관과 일당들의 혐의를 입증했을 겁니다. 그리고 가족들도 보통의 삶을 살 수 있었으리라 생각합니다. 풍족하진 않더라도 그래도 의문점이 이렇게나 많이 남아있진 않겠지요. 제가 추정하기로는, 방송사에서 잠깐이나마 방영되었던 모습 중 가족끼리 친하게 지내는 게 싫었던 것 같습니다. 그래서 완전히 남으로 지내게 하려고 이렇게 범행을 한 것일 수도 있습니다. 또한, 자기 말이면 팥으로 메주를 쑨다고 해도 믿어주니 마냥 가지고 놀아도 되겠다고 생각한 것이죠.

그런 생각 속에 우리 가족을 1년이나 속인 것이겠습니다. 그는 우리 가족을 속일 계획으로 그저 사건을 길게 끌게 한 역할을 한 것입니다. 홍대익을 비롯해 그가 말했던 전과 13범 등등 이런 범인들도 모두 자신의 이야기가 아닐지요? 우리 가족이 그간 받았던 전화 테러들, 문자 테러들 모두 그가 개입돼 있음을 알 수 있습니다. 그가 했던 거짓말 중에는 제가 출제했던 문제들을 모두 엮어서 서점에 출시할 것이라는 말도 있었습니다. 또한 출제했던 문제들을 집으로 보내줄 것을 약속했지만 그 약속 또한 이행되지 않았습니다.

큰일을 해결 중이라 그런 걸로 생각하고 다른 부분은 생각지 않았습니다. 게다가 직장 상사였습니다. 따라서 일적인 면에 대해서는 깊게 추궁할 수가 없었습니다. 직장 상사와 부하 직원의 관계가 그렇듯 쉬운 관계가 아니라는 점을 이용한 것입니다. 그를 악용해 우리 가족을 손바닥 안에 놓고 주무른 것이지요. 그는 이 사건 해결 중에 저에게 조언도 많이 해 줬습니다. 그리고 인생 충고도 많이 해 줬습니다. 또한 아버지로서 하는 교훈들도 많이 알려주었지요. 저 또한 친아버지 못지않게 그를 생각하고 있었습니다. 그는 적어도 우리 집안에서는 신 그 이상이었습니다.

어머니께서 늘 하시던 말씀이 "부처님은 못 믿어도 원장님은 믿는다!"라는 말씀이었습니다. 어머니는 그를 신 이상으로 생각하셨던 것입니다. 또한 저를 딸 이상으로 아끼는 듯한 모습이 글에서도 많이 보였습니다.

마음에서 우러나와 존경심이 들 만하게 행동했던 것이지요. 독자분들의 이해를 돕고자 하면, 두 얼굴을 가진 사나이 그 이상이었습니다. 천사인 척 겉으로는 위해주는 척 배려해 주는 척했습니다.

하지만 뒤로는 돈을 갈취하고, 대출을 받고, 테러하고 온갖 악행이란 악행은 다 한 셈이지요. 그의 거짓말로 인해 잃은 건 돈뿐만이 아닙니다. 가족들은 시간을 허비했으며, 건강을 잃었습니다. 또한 사람을 믿지 못하는 병을 얻었으며 모든 걸 잃었다고 해도 과언이 아닙니다. 차라리 나타나지 않았더라면 좋았을 겁니다. 가만히나 있었더라면 이런 일은 일어나지 않았을 것입니다. 그의 거짓말을 왜 진작에 눈치채지 못했는지 너무도 뼈저리게 후회하고 있지만 이미 때는 늦었습니다. 마치 소 잃고 외양간 고치는 격이 된 것입니다. 그가 있을 땐 사건 해결의 희망이라도 있었지요. 그가 해온 모든 일이 거짓임이 밝혀진 순간, 그 희망은 물거품이 되어 버린 것이지요. 그리고 실망감은 몇 배가 되어 돌아오게 된 것입니다. 이상하리만큼 친절했던 그였습니다. 그리고 수사와 관련돼 모든 보고를 받는다는 점은 매우 이상했고 석연치 않았습니다. 전과 기록이나 수사 상황은 미성년자가 아닌 이상 가족 간에도 비밀로 유지된다고 저는 알고 있습니다. 하지만 원장과 수사관 사이에는 비밀이 없었습니다.

그리고 이와 관련해 일화를 한 가지 더 쓰자면 원장은 인천 광역 수사대 해당 수사관의 결혼 소식까지도 고스란히 전달했습니다. 수사관과 원장이 나눈 대화를 저에게 전송하더라고요. 그 사진의 진위는 확인이 되지 않았고, 그 대화의 진위조차 확인이 되지 않았습니다. 다만 정황상 위조된 사진이며 위조된 대화라고 추정할 수 있습니다. 그 사람의 행동 하나를 보면 열을 알 수 있지요. 그의 모든 게 거짓이었으니까요.

우리 가족의 절박한 심정을 이용해, 그는 타인에게 모든 죄를 뒤집어씌웠습니다. 그러고는 자신은 미꾸라지처럼 뻔뻔하게 빠지는 점을 보면 정말 정정당당하지 못한 행실을 했음이 너무 확실시되었지요. 그리고 하루 이틀 한 도둑질이 아님을 그의 모든 행동에서 알 수 있습니다. 어떻게 1년간 대화하면서 그렇게 친절하게 대표 번호로 연락까지 해가며 자신은 너희들의 은인이라는 행세까지 할 수 있을까요? 그는 한때 레트리버를 죽이는 게 취미였다는 말을 저에게 한 적이 있었습니다. 그 대화를 아직도 보관 중입니다. 이 사람 사이코패스 성향까지도 있는 사람 같습니다. 대화 중간중간에 오빠의 블로그에 집착을 한 점, 오빠의 사생활에 집착을 한 점을 보면 박본관과 관계가 있는 인물임은 확실해 보입니다. 마음 크게 먹고 그를 경찰서에 진정해 보고자 인근 경찰서에 방문했지만, "이런 사건은 없어요. 일어날 수 없는 일이네요."라는 말만 들은 채, 발걸음을 돌려야만 했습니다. 그가 거짓임이 밝혀진 그 이후의 삶은 더 나락으로 떨어지게 되었습니다.

그에게만 의지해 오던 부모님은 의지할 곳이 없어지게 됩니다. 한때 정신을 반 놓고 사시는 등 잃은 게 너무나도 많습니다. 한 집안의 기둥을 송두리째 뽑아가는 것도 모자라서 이산가족을 만들어 놓은 그입니다. 사회의 불신을 초래한 그, 그는 자신이 지은 죄를 어떻게 감당하려 하는 것일까요? 그의 거짓만 아니었다면 일어나지 않았을 모든 일들, 그의 거짓, 희대의 사기꾼 그는 누구일까요? 그리고 하필 왜 우리에게 접근했는가가 정말 궁금합니다. 또한 무슨 목적으로, 어떠한 이유에서 아직도 괴롭히고 있는지 모르겠습니다. 확실한 사실은 테러는 진행 중이라는 것입니다. 이 내용은 독자 여러분과 함께 밝혀야 할 내용이 되겠습니다. 현재 진행형인 테러, 가족들이 현재 겪고 있는 일들에 대해 독자 여러분과 공유하고자 합니다.

지옥이 따로 있나, 이곳이 미궁인걸

40.

아직도
현재 진행형입니다

　그의 집요하고 악독한 괴롭힘은 현재 진행형입니다. 원장의 추악한 민낯이 드러나고서도 오빠는 세 번 정도 이직을 했고 모두 노동의 대가도 못 받은 채 해고를 당한 것으로 들었습니다. 그의 마지막 말처럼 "너희 오빠 죽는 날까지 괴롭힐게."라는 말이 현실화된 것이지요. 우리가 살아가며 겪는 모든 일엔 이유가 있어야 합니다.

　원장 사칭범은 박본관과 끝까지 은밀하게 거래를 한 것입니다. 오빠와 그 주위 사람들을 맴맴 도는 것이지요. 음란물 사진, 협박 메일, 인증 문자 등등 계속 이루어지고 있는 정황을 보면 사회로부터 완전하게 오빠를 매장하는 게 의도인 것 같습니다. 제 오빠는 오랜 세월 영업직에 종사해왔습니다.

이런 일을 하는 사람은 휴대 전화가 곧 생명의 동아줄이라는 점을 악용한 거죠. 그걸 이용해 끝까지 온라인 테러를 이어가는 것으로 추정됩니다. 그렇다면 여기에서 한 가지 의문점이 생길 것입니다. 오빠를 사회에서 매장하는 게 목적이라면 본인만 괴롭히면 되지 왜 다른 사람까지 못살게 구는지에 대한 의문이 드실 수가 있습니다. 그 이유는 고용주나 인사 담당자를 못살게 구는 편이 낫다고 판단을 한 것이죠. 왜냐하면 그 방법이 오빠를 더 마음 아프게 하는 것이라는 점까지 철저하게 계산을 한 겁니다.

원장과 박본관 오빠의 연락처를 모르지 않고 누구보다도 잘 알 겁니다. 다만 주위 사람을 괴롭게 함으로써 그 사람은 오빠에게 상황을 알릴 것을 악용한 것이지요. 이는 오빠의 인간관계도 완벽하게 정리되게 할 겸 이렇게 한 것입니다. 참으로 계획적이고 계산적인 범행임을 알 수가 있습니다. 제 생각이지만 고용주들의 연락처는 어떻게 알아내냐 하면, 대표자인 박본관이 일정의 금액을 내고 오빠의 이력서를 열람합니다. 그는 오빠가 무슨 일을 잘하고 좋아하는지 다 꿰고 있으니까요. 그리고 전화가 빗발치게 하는 방법은 무엇일지 궁금하실 겁니다.

그는 우리 가족의 정보를 국내뿐만 아니라 해외에 일정한 대가를 받고 넘긴 것으로 추정이 됩니다. 오빠의 말에 따르면 바로 전 직장 같은 경우에는 하루에도 600통이 넘는 전화 테러를 받을 정도로 시달리고 있답

지옥이 따로 있나, 이곳이 미궁인걸

니다. 하다못해 한국말이 서툰 조선족에게까지 연락이 왔으며 낮과 밤을 가리지 않고 협박을 이어가고 있답니다. 전 직장 대표 또한 생계가 어려울 정도로 업무에 막대한 방해를 했고 손해를 끼치는 것으로 알고 있습니다. 심지어는 오빠가 잠깐이라도 다녔던 회사는 테러 무서워서 신입 사원 채용 공고도 올리지 못할 정도라고 합니다. 따라서 회사가 받는 금전적, 재정적 손해가 막대하다고 합니다. 이렇게 치면 피해자는 상상 그 이상으로 많아지게 됩니다. 세상 누구보다도 열심히 살아오시고, 사람을 믿으셨던 부모님은 이 추악한 악마로 인해 사람을 믿지 못하는 병에 걸리셨습니다. 결론적으로 이들이 받은 대출금을 그동안 모아두신 운전 자금으로 조금씩 상환하는 상황입니다. 또한 본인들도 몸이 편찮으셔도 병원에 갈 여유조차 없을 정도로 궁핍한 생활을 하고 계십니다. 자신들이 이렇게 가난한 생활을 하고 있음에도 일이 해결되면 "원장님 최신형 휴대 전화와, 보약이라도 한 재 해드려야겠구나."라고 말씀하실 정도로 나 자신보다 남을 먼저 생각하시는 분들이셨습니다. 따라서 그에 대한 충격은 굳이 글로 표현하지 않아도 다 아실 거란 생각이 듭니다.

어머니께선 휴대 전화를 아예 이용 자체를 안 하십니다. 아버지는 휴대 전화를 이용하시는 중인데 아직 모르는 번호로 전화와 문자가 빗발치는 상황입니다. 그러나 세상과 완전히 단절하고 사실 수는 없기에 울며 겨자 먹기로 켜놓고 지내시는 중입니다. 가족도 모르는 오빠에 대한 정보, 인사 담당자의 연락처, 그리고 그 가족의 연락처까지, 도대체 박본관은 오빠에게 무슨 원한이 있는 걸까요? 또한 무슨 이유로 현재 시점까지도 이렇게 못 살게 하는 것일까요? 경제적으로 소득이 없는 상황입니다. 그리고 아무런 일도 하지 않는 상태이며 라면만 먹고 지낼 정도로 어렵게 지내고 있답니다. 말 그대로 무직 상태인데, 대체 왜 괴롭히는 것일까요? 바로 며칠 전엔 한동안 오지 않던 "장기 기증 동의서"가 한 무더기로 우체국 등기를 통해 발송되었다고 합니다. 이 말을 듣는 순간, 박 본관이 했던 말 중 "장기라도 팔아서 돈을 갚아라."라는 그의 섬뜩하고도 끔찍한 저 말이 떠올랐습니다.

지금도 계속 부모님의 금융 및 보험 관련 우편물을 다른 주소로 바꿔 놓곤 합니다. 이렇게 파렴치한 괴롭힘은 이어지는 중이지요. 차라리 이렇게 괴롭힐 바에야 얼굴을 맞대고 1대1로 해결을 보는 게 훨씬 나을 텐데요. 또한, 원한이 있으면 말로 하거나 법적으로 해결하는 편이 낫다는 걸 범인도 알고 있을 겁니다. 그런데 도대체 왜 이런 지저분하고도 추악한 방법을 쓰는지 이해가 되지 않는 부분도 많은 건 사실입니다. 원장과 대표 천사의 얼굴을 한 채 악마를 수백 마리나 품은 그들 덕에 우리 가족의 세상 보는 눈은 180도로 달라졌습니다. 그리고 바로 눈앞에 있는 듯했던 희망은 산산조각이 난 채 어디론가 사라져 버렸습니다.

그가 원장만 내세우지 않았더라도, 이렇게까지 모든 게 물거품이 되어 버리진 않았을 것입니다. 어떻게든 그의 혐의점을 찾아내서 합당한 대가를 치르고 있었을 수도 있겠습니다. 여기에서 말하는 원장은, 박본관의 범행을 덮어준 이불이요, 그의 하수인입니다. 또한 우리 가족의 모든 것을 송두리째 앗아간 악마이기도 하지요. 박본관이 시동을 걸고 원장이 운전해 마침내 우리 가족은 지옥 종착역에 도착하게 되었습니다. 왜 이런 일이 발생했는지 영문도 모른 채 당하고 있으니 더 억울할 뿐입니다. 그들이 가족을 이렇게 악하고 집요하게 괴롭히는 이유만이라도 알아도 그것은 곧 법적인 증거인 것입니다. 그것만 제시되고 있어도 이렇게까지 억울하진 않을 것입니다.

바로 며칠 전, 타지에 사는 오빠는 새로운 마음으로 새 일을 시작하고자 휴대 전화를 한 대 개통했다고 합니다. 개통한 지 1주도 되지 않아 알 수 없는 문자들이 마구 쏟아졌답니다. 일을 구한다는 것을 눈치를 챈 것인지 또다시 하루 300통에 달하는 테러 전화를 받게 되었다고 합니다. 다른 기기로 로그인되었다는 연락을 매일 받는다고 합니다. 박본관은 지금 관할 경찰서에서 수사 중이라고 합니다. 하지만 오히려 자신은 피해자에 불과하니, 내가 했다는 증거 가지고 오라는 식으로 오리발을 내미는 중이랍니다.

이쯤에서 제가 강조하고 싶은 것이 하나 있습니다. 그것은 바로 원장이라는 자는, 오빠와 우리 가족들의 사이가 멀어지게끔 하기 위해 우리 가족에게 접근했다는 사실입니다. 그 이유는 모 방송사에서 이 피해에 대해 방영된 것을 보고 '가족 간에 친하게 지내는구나!'라고 느꼈기에 이 참에 서로를 적으로 만들자고 결심했던 것이겠지요.

오빠의 모든 뒷조사도 할 겸, 겸사겸사 가족과 멀어지게 하는 꼼수를 부린 것은 맞습니다. 하지만, 이 점이 그에게 무슨 이득이 있는 줄은 잘 모르겠습니다. 세상에 태어나 나름대로 선하게 살아왔습니다. 좋은 게 좋은 거다! 하고 남들에게 무료 나눔도 많이 했습니다. 부모님이나 오빠도 법이 지켜줘야 할 정도로 착하게만 살았지요. 하지만 두 사람 때문에 한순간에 모든 재산을 탕진하고, 모든 걸 잃었습니다. 원장과 대표, 악마들만 아니었다면 부모님은 지금쯤 정기 적금을 모아, 집 한 채 더 사셨을 겁니다. 또한 따로 경제 활동을 하지 않으셔도 다달이 들어오는 세를 받으며 풍족하게 사셨을 것이라 확신합니다. 그런데 왜 자신들의 실수도 아닌 남 때문에 이런 손해를 보셔야 하는지 너무 답답하기만 한 상황입니다. 몇천만 원도 아니고 약 2억에 달하는 빚을 갚는다는 것은 불가능입니다. 또한 부모님 연세엔 실질적으로 불가능한 일 입니다. 가족들이 모여 힘을 합쳐 갚는다고 해도 무리수입니다. 평생을 저 돈을 만져보지도 못하고 죽는 사람이 많습니다.

원장 사칭범에게 속고 달라진 것이 또 한 가지 있습니다. 사람을 믿지 못하고 정신적인 피해도 있지만 부모님께서는 건강이 더 쇠약해지셨습니다. 음식의 맛도 모르게 되는 등, 한동안 충격 속에서 삶을 사셨습니다. 어머니께선 기존엔 없던 심장병 증세까지 생겨서 병원 치료를 받으셔야 하는 상태입니다. 하지만 이 자가 운전 자금을 다 외부로 빼돌려 치료도 받지 못하는 상황입니다. 지병들도 모두 증세가 악화했습니다. 고혈압, 당뇨 등의 증상이 평소에도 있으셨던 분이지만 나름 관리를 하며 살아오셨습니다.

하지만 사람에게 속았다는 배신감 때문에 드시던 약을 늘리신 상황입니다. 이뿐만 아니라 우울증 증세가 심해지셔서 신경정신과 치료도 받으시는 상황입니다. 즉 돈뿐만 아니라 건강까지도 잃으신 상황입니다. 집안의 생계를 꾸려나갈 사람은 현재에도 미래에도 없습니다.

또한 우리 가족만의 노력으로는 이 빚은 절대 갚지 못합니다. 지금부터 이 책에 마지막을 장식하게 될 기막힐 이야기를 들려드리도록 하겠습니다. 저희 오빠는 새로운 일을 찾고자 업무 전화를 개통했다고 일전에 잠깐 작성한 적이 있습니다. 그 업무 전화를 해킹하게 된 이유에 대해 간략하게 써볼까, 합니다.

전화가 빗발치기 전날이랍니다. 그때, 서진 학생을 찾는 전화가 몇 통 왔다고 합니다. 서진 학생에 대해 오빠는 아무것도 몰랐기에, 과거에 이 번호를 쓰던 학생이었나보다 하고 찜찜했지만, 그냥 넘겼다고 하네요. 하지만 그 전화가 온 뒤로, 봉안당, 폐차장, 대출 업종을 가리지 않고 또다시 새로운 업무 전화에서도 테러가 시작된 모양입니다. 지금 새로운 회사에서 새로운 출발을 하고자 명함도 새로 제작한 상태입니다. 또한 회사 관계자들에게 업무 전화번호를 다 가르쳐줬다고 합니다. 명함이 나옴과 동시에 전화가 빗발치니 당황스럽기도 하고 만감이 교차한다고 전해 들었습니다. 작년에 오빠의 바뀐 연락처를 알아내려 접근한 석이를 기억하시지요?

이건 제 개인적인 생각이지만 석이라는 매개체가 서진 학생이라는 이름으로 접근을 한 겁니다. 오빠의 연락처를 알아내기 위해 접근을 한 뒤에 또다시 해킹한 것은 아닐지요? 이쯤 되면 박본관과 오빠는 악연 중의 악연이라고 생각합니다. 이 이야기를 전해 듣는데, 박본관은 우리 가족에게 정말 이렇게 집요한 집착을 하고 가면 갈수록 그 수법이 악랄해지고 있습니다. 그렇기에 무슨 짓을 꾸미고 있는지 모르지요. 마냥 넋 놓고 당하고 있을 수는 없는 처지인 거죠. 박본관이 우리 가족을 쫄딱 망하게 한 걸로도 성에 안 찬 듯합니다.

오빠가 완전히 다른 직장으로 이직하였음에도 불구하고 계속 오빠를 괴롭히는 데에는 그만의 말 못 할 이유가 있을 것 같습니다. 원장이 마지막으로 한 말 "내 친구 본관이 신고하면 당장 칼로 찔러 죽여버린다."라는 말이 있었습니다. 우리 가족은 지금 그를 고소 진행 중입니다. 그저 우리 가족은 수사 결과를 기다리는 중입니다. 본인은 털어도 먼지 하나

지옥이 따로 있나, 이곳이 미궁인걸

안 나온다며 무혐의에 불과하다고, 억울함을 펼쳤던 그입니다.

하지만 그가 사무실이나 집에서 우리 가족도 모르는 오빠의 업무 전화 번호를 여러 곳에 퍼뜨려서 괴롭히고 있는 건 기정사실입니다. 이젠 하다못해 국제 전화까지도 빗발친다고 합니다. 박본관이 최근에 다른 사람을 사주해서 오빠를 괴롭히고 있는 정황이 새롭게 포착된 것입니다. 그뿐만 아니라 하다못해 오빠의 윈도까지 해킹한다고 합니다. 이것은 모든 사생활을 침해한다고 해도 과언이 아니지요. 오빠가 말하기를 이 일당을 검거하거나 상황을 해결하지 않으면 한 회사에 정착하는 건 힘들겠다고 이야기합니다.

새로운 번호를 어디에 노출한 사실이 있냐고 물어봤습니다. 그랬더니 개통만 해서 내버려 뒀던 휴대 전화랍니다. 어제 미팅도 할 겸 잠깐 켜봤더니 부재중 전화만 100통 이상 와 있어서 본인도 놀랐다고 하네요. 하루하루 시간이 가면 갈수록 전화 테러는 더욱더 심해지고 있지요. 실시간 위치는 물론이고 누구를 만나 무엇을 하는지 전부 다 알고 있습니다. 가짜 원장이 남기고 떠난 마지막 말처럼 상황은 그대로 이행이 되고 있습니다. 범인 중 누구 하나라도 검거가 되어야 마음 놓고 무언가를 하는데 가족 모두가 그럴 수 없는 상황입니다. 즉 답답하기만 할 뿐입니다. 오늘 역시, 생업을 구하고자 이력서를 제출했는데 인사 담당자에게 또다시 전화 테러가 갔다고 합니다.

이렇게 가는 곳마다 초를 치니, 도저히 무슨 일을 할 수가 없는 상황이라고 알고 있습니다. 또한, 저는 약 5년 동안 국민 건강 보험 지역 가입자로, 보험료를 달 8만 원 정도 성실하게 납부해 왔습니다. 그런데 갑자기 우편물이 날아오지 않아 이를 수상하게 여기고 알아보니, 국민 연금은 일시 중단 상태가 되었답니다. 현재 연체 금액도 이만저만이 아니더라고요. 하지만 정작 본인인 저는 어떠한 통보도 받지 못하였습니다. 천사인 양 접근한 악마 덕에 처음부터 다시 시작해야 하는 격이 된 거죠. 은인인 척 접근해서는 뒤로는 돈이 될 수 있는 모든 것을 다 앗아갔습니다.

제 이름으로 빼간 건 연금뿐만이 아니라, 달에 70만 원씩 붓는 적금이 하나 있었습니다. 약 열 번 정도 성실하게 부었지요. 적금 통장이라 대출이 실행될 수가 없습니다. 은행에 가보니 적금 담보 대출로 630만 원이 실행됐답니다. 그래서 적금을 붓는 게 의미가 없다고 생각해, 해당 적금은 끝내 해지했네요. 모든 건 다시 시작하면 될 수도 있습니다. 하지만 나의 실수가 아닌 남 때문에 이런 상황에 직면한 게 한편으로는 억울한 생각도 들긴 합니다. 어차피 벌어진 일이니, 해결하려면 오직 법으로 해결하는 방법 외에는 없으니까요. 덧붙여서 말씀드리자면 가짜 원장이 나타난 뒤부터 참으로 계획했던 일들이 많이 있습니다. 좀 더 좋은 집으로 이사 가고자 하는 꿈에도 부풀었었지요.

삶의 은인을 만났으니, 앞으로의 인생은 꽃길이겠구나 하는 뿌듯한 생각이었습니다. 그래서 부모님과 대화도 참 많이 나누었습니다. 아버지께선 딸이 재직하는 회사의 원장 덕에 전화 금융 사기범들 다 잡았다고 자랑까지 하셨답니다. 우리나라 전화 금융 사기 범죄자 검거율은 1%도 되지 않는 게 현실입니다. 비록 피해를 당한 사실은 있지만 범인을 검거하고 구제를 받은 것만 해도 다행이지요. 타인의 처지에서 봤을 땐 나름의 부러움을 살 수도 있는 일인 거죠. 하지만 그게 모두 허상임을 알고는 매우 실망한 기색을 보이셨습니다. 사실 원장의 거짓말 때문에, 부모님은 노후 계획도 다시 세우셨다고 합니다.

모두 거짓이니 얼마나 허탈하실지 감히 가늠할 수가 없을 정도입니다. 1년간 지상에 머무르다가 원장이라는 악마의 거짓과 위선을 알곤 우리 가족의 삶은 지옥으로 떨어졌습니다. 가면 갈수록 하루하루 더 힘들어지고 있습니다. 마치 생지옥과 같다고나 할까요? 내일은 무슨 일이 있을까? 하고 설레야 하는데, 계획이 틀어지고 무산되다 보니 설렘은 사라진 지 옛날입니다. 오히려 지겹고 지루하고 숨이 쉬어지니까 산다는 표현이 적당할 것 같습니다. 뉴스에서도 못 본 일이고, 평소에 시사 교양 프로그램을 즐겨보는 편이지만 그런 프로그램에서도 한 번도 다루어진 적이 없는 이야기입니다. 신종 범죄인 것만큼은 너무도 분명해 보입니다. 지금 이 순간에도 박본관은 어딘가에서, 또 다른 석이와 서진이를 찾고 있을지도 모릅니다. 즉, 돈을 주고 자신의 심부름을 해줄 용병을 모집한 뒤 유유히 빠져나오는 것이지요. 아마 이런 거래는 박본관의 차명 계좌로 이루어졌을 것으로 생각하고 있습니다.

또 다른 피해를 막으려면 적어도 새로운 용병이 나타나지 않도록 해야 합니다. 그에게 심부름해 주는 대가로 돈을 받는 순간, 이 범죄의 공범이 된다는 사실을 꼭 알게 해야 합니다. 저희 어머니는 아무나 덥석 믿고 보는 그런 성격이 아닙니다. 돌다리도 두드려 보고 건너듯, 사람에 대해서는 일단 의심하고 여러 번 확인을 거치는 신중한 분입니다. 하지면 확실한 내 편이라고 생각하면 속마음을 다 터놓는 분이기도 합니다. 원장은 우리 가족을 속일 때 빈틈 하나, 허점 하나 보이지 않았습니다. 그러니 속을 수밖에요. 남은 건 아무것도 없는 우리 가족, 이 악마들은 그런 우리 가족들에게 또 무슨 일을 저지를 궁리하고 있을까요? 하수인을 두 번이나 바꿔가면서 같은 범행을 저지르는 박본관을 보면 참 비열하기 짝이 없습니다. 실제로 만난다면, 만나자마자 찍소리도 못한 채 줄행랑칠 게 너무도 뻔하지만요. 차라리 앞에 나와,

"이런저런 점이 싫었고 기분이 나빴다."라고 말했다면, 애초에 이런 신종 범죄는 일어나지도 않았을 것이라고 확신합니다.

이제 우리가 할 일은 분명합니다. 이 악마의 추가 범행을 막아 유사 피해를 보는 분이 생기지 않도록 해야 합니다.

이 글을 적고 있는 이 순간에도 이들의 범행은 계속될 것입니다. 아니,

더욱 악질로 진화돼 최악의 끝을 보려고 발악할 겁니다. 상황은 급기야 최악으로 치달았습니다. 오늘 역시 이 일당들은 어딘가에 숨어서, 가족들을 괴롭히고 있습니다. 하루라도 속히 법의 심판을 받지 아니하면 이들의 괴롭힘은 계속되리라 생각합니다. 끝내 영원히 생계마저 이어 나가지 못할 상황에 직면하고 말 것입니다. 이미 여러 차례 작성해서 독자분들께선 아실 겁니다. 이 사건에 관해 해결책도 구하고 범인도 검거하고자 최선을 다하였습니다. 하지만 정작 시민의 지팡이가 되어줘야 할 그들은 뒷짐만 진 채 남의 집 불구경하는 듯 구경만 하고 있었습니다.

한두 번 신고해 본 것도 아니고 한두 번 상담해 본 것도 아닙니다. 하지만 모두가 입을 모아 가족들의 범행이라 할 뿐입니다. 그러곤 가정에서 일어난 일이니 어쩔 수 없다는 답변만을 듣고 오게 되는 악순환의 반복입니다. 그러니 가족 간의 사이가 틀어지고 더욱 멀어지는 불상사만 발생하게 되었습니다. 그들이 이렇게 손 놓고 있는 사이 일은 커질 대로 커져 버린 것이지요. 저와 가족들이 1년여 간의 시간 동안 박본관에게 당하면서 묘한 점이 있다는 걸 하나 깨달았습니다. 이 사건은 전화 금융 사기도 아니고 협박 사건 또한 더더욱 아닙니다. 이 사건은 박본관이란 자가 오빠에게 앙심을 품은 데서 시작되었기에 이것을 제대로 알지 못하면 도저히 이해가 안 될 사건이기도 합니다. 자신의 욕망을 채우지 못한 일이 이 사건의 발단이 되겠습니다. 그의 악마적 집착은 우리 가족의 파멸을 가져왔습니다.

41.

돌다리도
두드려 보고 건너세요

이 책을 읽으신 독자 여러분께서도 앞으로 살아가시면서 명심해야 할 것이 있습니다. 첫 번째, 궂은일을 도맡아 하겠다고 나서는 자가 있으면 반드시 그를 의심하십시오. 세상엔 공짜가 없듯 이유 없는 호의도 없다고 생각합니다. 누군가가 호의를 베풀며 자기 일도 아닌데 도와주겠다고 나선다면, 이는 무슨 앙금이 있는 것입니다. 그러니 오히려 경계하시길 바랍니다.

우리가 어린 시절, 학교에 다닐 때부터 시험 대신 쳐 주는 사람 없었고 숙제 대신해 주는 사람 없었습니다. 그렇듯 성인이 된 지금도 우리의 일을 무 대가로, 공짜로 대신할 사람은 아무도 없습니다. 그러므로 이유 없는 친절을 조심하시길 바랍니다.

지옥이 따로 있나, 이곳이 미궁인걸

두 번째, 오직 내 눈앞에서 벌어지는 상황만 신뢰하시길 바랍니다. '근거 없는 헛소문'이란 표현을 한 번 정도는 들어 보셨으리라 생각합니다. 입에서 입으로 퍼져나가는 소문은 살이 붙고 붙어 부풀려지게 되어있습니다. 우리 눈으로 직접 확인하지도 않은 채, 한 사람의 말만 믿고 모든 걸 판단하는 일은 어디까지나 어리석고 그릇된 일이라고 생각합니다.

인생을 살아가다 보면 우리도 모르게 어려운 일이 닥치는 경우가 종종 있습니다. 그럴 때면 '썩은 나뭇가지라도 하나 잡고 싶다.'라는 생각으로 우리의 판단력은 흐려지게 되어있습니다. 기댈 사람이 있다면 누군가에게 기대고 싶은 게 사람의 심리일 것입니다. 예전에야, 어려울 때 손 내밀어 주는 사람이 진짜 의인이라 했습니다. 하지만 요즘은 시대가 바뀌고 세상이 바뀌어서, 이 말도 일부는 틀린 말이 되었습니다. 안타까운 현실입니다. 어려울 때일수록 정확한 판단력을 가져서, 그때 다가오는 사람을 오히려 조심해야 할 시기가 왔습니다. 가슴 아픈 현실이지만 이 시대가 그렇고 착한 자를 밟고 일어서는 강자의 세상이 온 것이지요. 그 점 또한 명심하셔야 할 것입니다.

이 이야기는 어려운 순간 접근했던 천사인 척했던 악마와 천사의 탈을 쓰고 봉사 활동을 하는 등의 선한 모습을 보이는 악마의 이야기입니다. 즉 두 악마의 이야기를 담고 있으며 결론부터 말씀드리자면 아직도 사회에서 그 두 악마는 버젓이 활동 중입니다. 이 순간에도 우리 가족을 동물

원의 원숭이처럼 조롱하는 그들입니다. 가족들이 그간 힘들고 지금까지도 힘든 나날을 보내고 있는 만큼, 그들도 이제 법적 처벌을 받아야 마땅합니다.

비록 부족한 책이었지만 끝까지 읽어주신 분들께 깊은 감사의 인사 말씀드리고, 이 일이 널리 알려졌으면 하는 마음입니다. 이젠 이 일이 해결되어 일상의 생활로 복귀하고 싶은 마음에 부족했지만, 책을 통해 마음을 전해봤습니다.

또한 우리 사회에서 두 번 다시는 이런 일이 발생하지 않길 바랍니다. 이와 비슷한 사례가 있을 시에는 타인에 의존하지 마시고, 오직 본인이 직접 가까운 관할 경찰서에 방문하셔서 신고 접수하시길 바랍니다. 아무도 우리의 인생을 대신 살아주는 사람은 없습니다. 가족도 대신 살아주지 못하는 우리 인생의 주인공은 스스로입니다. 이 책을 읽으시는 독자 여러분의 가정은 평안하셨으면 하는 마음에서 이 책을 마무리하도록 하겠습니다.